#hanseterror

Jobst Schlennstedt, 1976 in Herford geboren und dort aufgewachsen, studierte Geografie an der Universität Bayreuth. Seit Anfang 2004 lebt er in Lübeck. 2006 erschien sein erster Kriminalroman. Hauptberuflich ist er Geschäftsführer eines Lübecker Beratungsunternehmens für die Hafen- und Logistikwirtschaft. Im Emons Verlag erschienen die Westfalen Krimis »Westfalenbräu« und »Dorfschweigen«. Außerdem die Küsten Krimis »Tödliche Stimmen«, »Der Teufel von St. Marien«, »Möwenjagd«, »Traveblut«, »Küstenblues«, »Todesbucht«, »Spur übers Meer« und »Lübeck im Visier« sowie der Thriller »Küste der Lügen«. Mit »#hanseterror« liegt jetzt der siebte Band seiner Kriminalreihe um Kriminalhauptkommissar Birger Andresen vor. www.jobst-schlennstedt.de

JOBST SCHLENNSTEDT

#hanseterror

KÜSTEN KRIMI

emons:

Bibliografische Information der Deutschen Nationalbibliothek
Die Deutsche Nationalbibliothek verzeichnet diese Publikation in der Deutschen Nationalbibliografie; detaillierte bibliografische Daten sind im Internet über http://dnb.d-nb.de abrufbar.

MIX
Papier aus verantwortungsvollen Quellen
FSC® C083411
FSC
www.fsc.org

Umschlaggestaltung: Tobias Doetsch
Gestaltung Innenteil: César Satz & Grafik GmbH, Köln
Lektorat: Hilla Czinczoll
Druck und Bindung: CPI – Clausen & Bosse, Leck
Printed in Germany 2016
ISBN 978-3-95451-813-5
Küsten Krimi
Originalausgabe

Macht kaputt, was euch kaputt macht.

Rio Reiser

RAF 4.0

Mit einem zufriedenen Lächeln auf den Lippen lehnte sich Bela Blank zurück und griff nach dem Rotweinglas, das er auf dem Schreibtisch abgestellt hatte. Er verzog den Mund, als die Säure auf seinen Gaumen traf. Für einen kurzen Augenblick war er versucht, den Wein wieder auszuspucken, doch er schluckte ihn hinunter.

Sein Blick fiel auf das Etikett der Flasche, die ihm sein Vater einst zu seinem bestandenen Diplom geschenkt hatte. Ein 95er Château Margaux. Jemand hatte ihm mal gesagt, die Flasche sei mittlerweile mindestens fünfhundert Euro wert. Er hätte sie daraufhin um ein Haar aus dem Fenster geschmissen.

In diesem Moment wünschte er sich, er hätte es getan. Der Wein war ungenießbar. Vielleicht widerte ihn aber auch einfach nur die Vorstellung an, etwas zu trinken, das sich üblicherweise nur die Reichsten der Reichen leisten konnten.

Er stellte das Glas wieder ab und wandte sich dem Blatt zu, das vor ihm lag. Dickes, strukturiertes Papier, auf dem seine Handschrift besonders gut zur Geltung kam. Die schwarze Tinte verwischte leicht, als er seinen rechten Zeigefinger etwas zu fest über die letzten Sätze seines Werks gleiten ließ. Auf sie war Bela Blank besonders stolz.

Jedes einzelne seiner Worte war wohlüberlegt gewesen, und doch gab es da diese herausragenden Sätze, die Großes bewirken konnten. Er war überzeugt, dass sie über viele Jahre, womöglich sogar Dekaden hinaus, Menschen faszinieren und von seinen Ideen überzeugen könnten.

Ohne Zweifel hatte er etwas geschaffen, das die politische Ordnung und das bestehende Wirtschaftssystem der westlichen Welt ein für alle Mal zu Grabe tragen würde. Ein System, das bereits zum Scheitern verurteilt gewesen war, als man es eingeführt hatte. Ein System, das Tag für Tag seine hässliche Fratze zeigte. Ein System, das niemals zum Wohle aller installiert worden war, sondern immer darauf abgezielt hatte, diejenigen zu bevorteilen, die ohnehin an der Macht waren. Die Mächtigen noch mächtiger zu machen. Die Reichen noch reicher. Und die Schwachen noch schwächer. Ein System, das die Menschheit in ihrer Existenz gefährdete, weil sie sich eines Tages selbst zerfleischen würde.

Da lag es vor ihm, sein Manifest für die Menschheit. Exakt tausendneunhundertsiebzig Zeichen lang. Ohne Leerzeichen. Blank hatte penibel darauf geachtet, denn eines war ihm vom ersten Moment an wichtig gewesen: die Wurzeln seiner Idee, die Vergangenheit, auf der alles beruhte, seine Vorbilder, die er nie hatte kennenlernen können, nicht zu vergessen. Kleine, versteckte Hinweise darauf, worauf seine Werte bauten, womit seine Gegner zu rechnen hatten. Diese Hinweise sollten zukünftig das Markenzeichen der Kommunikation mit den Medien und der Staatsgewalt sein.

Er atmete tief durch und ließ die letzten Monate noch einmal vor seinem inneren Auge vorbeiziehen. Die Vorbereitungen, die Gedanken, die er sich rund um die Uhr gemacht hatte, um jedwedes Risiko zu minimieren. Denn die Vergangenheit hatte ihn gelehrt, wie wichtig es war, alles bis ins letzte Detail zu planen. Akribie, Disziplin und Verschwiegenheit waren die Grundsätze, auf denen er das Fundament ihrer Gruppierung errichtet hatte. Jedem seiner Mitstreiter hatte er die Bedeutung dieser Wörter wieder und wieder eingebläut. Bis er schlussendlich überzeugt gewesen war, dass jeder Einzelne verstanden hatte, wofür sie zu kämpfen hatten.

Blank nahm die restlichen Kopien vom Tisch und vergewisserte sich, dass er nichts hatte liegen lassen. Er wollte den Raum schon verlassen, doch nachdenklich schloss er die Tür wieder.

Das Manifest war vollendet. Ein halbes Jahr hatte er daran geschrieben, an jedem Wort gefeilt. Und in wenigen Augenblicken würde er es den anderen überreichen. Ein Moment, dem wohl erst im Nachhinein die gebührende Bedeutung verliehen werden würde. Vielleicht von einem der Mitstreiter, der seine Rolle einnehmen würde, wenn die Zeit dafür reif war.

Er wusste schon jetzt um die Bedeutung dieses Augenblicks. Ehe er in die glühenden Augen der anderen sah, würde er noch ein letztes Mal jeden Satz, jedes einzelne Wort in sich aufsaugen. Sich noch einmal vergewissern, dass er tatsächlich den richtigen Ton getroffen hatte. Ein letztes Mal die Worte wirken lassen, ganz für sich. Blank begann laut zu lesen.

Wechsel
Macht ist menschlich. Tief verankert in uns allen. Menschlicher als Politik. Menschlicher als Religion. Menschlicher als Systeme.
Macht ist mächtig. Will immerzu die Oberhand gewinnen. Lässt sich nicht verdrängen, sobald sie tief verankert ist. Macht ist mächtiger als Liebe. Mächtiger als Glaube. Mächtiger als Geld.
Macht ist ein Teil von uns allen, den wir zu beherrschen wissen müssen. Denn Macht ist endlich. Endlicher als Liebe, endlicher als Leben. Etwas, dessen wir uns immerzu bewusst sein sollten.
Doch die Macht des Einzelnen ist nicht mächtig. Sie wirkt tödlich. Verheerend für die anderen, die doch auch nur nach ihr streben.
Macht im Kollektiv macht uns stark. Ohne Führer, aber mit Führung. Ein gemeinsames Denken, in dessen Mittelpunkt der Einzelne steht, ohne Egoismen zu fördern. Ein Ideal, das das Denken beherrscht und die selbstzufriedene Wohlstandsgesellschaft an den Pranger stellt.
Die Implementierung eines gemeinschaftlichen, antikapitalistischen Systems ist die einzige Chance, die neoliberalistischen und faschistischen Strukturen dieses Staates aufzubrechen.
Klassenkampf anstelle friedlicher Optionen. Als Instrument, um unser ultimatives Ziel zu erreichen. Die Bewaffnung als realistische, unumgängliche Lösung.
Bewaffnung all jener, die bereit sind, den Kampf bis zum Ende zu führen. Ein Ende, das erst dann erreicht ist, wenn auch das letzte Kapital den Bonzen entrissen und auf das Kollektiv verteilt wurde.
Märtyrer wollen leiden. Sterben. Ihnen fehlt das Ziel. Die

Vision, etwas Neues zu schaffen. Den Wechsel herbeizuführen. Stattdessen zerstören sie, weil sie ihren Glauben an einen Gott verschwenden, den es nicht gibt. Weil sie kein Kollektiv sind. Weil sie der falschen Macht vertrauen.
Wir dagegen sind anders. Wir sind das Kollektiv. Der Schwarm. Die Intelligenz. Die Menschen, die den Wechsel wollen. Individuen, die für den Kampf gegen den Kapitalismus ihre Selbstsucht ablegen. Männer und Frauen, die in einer Welt leben, in der Verteilungskämpfe geführt werden müssen, um Verteilungskämpfe für immer zu beenden.
Niemand wird, was wir begonnen haben, stoppen können. Niemand wird sich unserer Idee entziehen können. Der Wechsel ist längst im Gange. Denn wir sind diejenigen, die das System verändern werden. Durch uns wird alles anders werden. Und nach uns alles anders bleiben.

gez.
Rote Armee Fraktion 4.0

Er starrte noch minutenlang auf das Blatt Papier. Auf die Sätze. Die Worte, die ihm so wichtig waren. Die alles verändern sollten. Die sich verbreiten sollten. Es waren seine Worte.

Sein Blick fiel auf den Kalender an der Wand. Er war so neu und frisch wie das Manifest, das er verfasst hatte. Das Jahr, in dem sich alles ändern würde, in dem er die Pläne, die so lange in ihm gereift waren, endlich umsetzen würde, hatte gerade erst begonnen.

Vom morgigen Tage an waren es noch exakt drei Monate, bis das Warten ein Ende hätte. An diesem Tag im April würde der Terror in dieser Stadt losbrechen und von dort aus die gesamte Gesellschaft verändern. Ab diesem Moment würde es kein Zurück mehr geben. Sie würden das fortsetzen, was seine Vorbilder ins Leben gerufen hatten. Jedoch kraftvoller. Mächtiger. Unumstößlicher. Ohne den geringsten Zweifel am Erfolg ihres Unterfangens.

Er nahm die Zettel in die Hand und atmete tief durch. Er war plötzlich nervös. Ein Gefühl, das er kaum noch kannte.

Ihm war klar, dass die nächsten Minuten nicht nur über seine eigene Zukunft, sondern die der Gesellschaft, die er verändern wollte, entscheiden würden. Die Leute, die ihm vertrauten, mussten sich zu ihm bekennen. Zu ihm und zu seinem Manifest, der Grundlage ihres zukünftigen Handelns. Nur mit ihrer bedingungslosen Unterstützung würde es gelingen, das umzusetzen, was er seit Jahren plante.

Für einen kurzen Moment schloss er die Augen. Dann griff er nach der Klinke und öffnete die Tür zu dem Raum, in dem die anderen warteten.

HERINGSSAISON

Der Fisch, der in seiner Hand zappelte, erinnerte ihn an seine Kindheit. An die Urlaube mit seinen Eltern hoch oben in Norwegen, wenn sein Vater Lachse aus dem Alta gefischt und sie lachend in die Kamera gehalten hatte.

Er war stolz auf seinen Vater gewesen. Hatte er doch mühsame Stunden damit verbracht, in dem flachen Fluss zu stehen und darauf zu warten, dass einer der riesigen Atlantiklachse anbiss. Die meisten anderen Väter waren erfolglos geblieben. Hatten unverrichteter Dinge aufgeben und ihren Kindern von ihrem Scheitern berichten müssen. Aber sein Vater hatte einfach immer einen Lachs gefangen. Er konnte sich nicht erinnern, dass er jemals mit leeren Händen nach Hause gekommen war.

Andresen öffnete die Augen. Der kleine Hering zappelte noch immer und japste nach Luft. Vorsichtig entfernte er den Angelhaken, dann warf er den Fisch zurück in die Untertrave. Dies hier hatte nichts mit dem Lachsangeln in Norwegen zu tun, das er als Kind so sehr geliebt hatte.

Er warf einen raschen Blick in seinen Eimer und zählte bereits ein Dutzend Heringe. In weniger als einer halben Stunde gefangen. Er brauchte seine Angel nur ins Wasser zu werfen, schon biss einer der kleinen Fische an, die in riesigen Schwärmen zum Laichen aus der Ostsee in die Mündung der Trave schwammen. Er kam sich beinahe vor wie an der Fischtheke eines Supermarkts, neben ihm unzählige andere Kunden. Und alle wollten sie möglichst viele Heringe aus dem noch kalten Wasser angeln.

Er packte seine Sachen ein, verstaute die Angel, die er sich von seinem Sohn geliehen hatte, in einer Plastiktüte und drückte einem älteren Mann den Eimer mit den geangelten Heringen in die Hand. Während der Mann noch überrascht dreinschaute, nickte Andresen kurz und ging um den Schuppen 9 herum. Dann überquerte er die Straße. Doch dort, wo er heute in den frühen Morgenstunden noch ungehindert entlanggegangen war, waren bereits erste Absperrgitter aufgestellt. Polizisten kamen ihm entgegen und forderten ihn auf, den Bereich weiträumig zu umgehen.

Er war versucht, den süddeutsch klingenden Beamten der Bundespolizei zu sagen, dass sie ihn nicht belehren mussten, weil er einer von ihnen war. Doch er verzichtete auf eine Erwiderung und lief entlang der Absperrgitter in Richtung Kanalstraße.

Offiziell hatte er sich für die kommenden Tage krankgemeldet. Drei Tage im April, an denen in Lübeck Ausnahmezustand herrschen würde. Denn schon in wenigen Stunden würden die ersten Außenminister der wichtigsten Industrienationen eintreffen, um in der Hansestadt ihr jährliches G7-Treffen abzuhalten. Und sie würden ausgerechnet hier, unweit der vielen Heringsangler, im Europäischen Hansemuseum zusammenkommen.

Andresen blieb stehen und sah sich um. Das Hansemuseum war in den vergangenen drei Jahren unter großem Aufsehen der Öffentlichkeit gebaut worden und würde erst in wenigen Wochen offiziell eröffnet werden. Das Gebäude, für das sogar der Bunker, in dem sich lange Zeit ein Jazzclub befunden hatte, und die alte Seemannsmission abgerissen worden waren, erschien aus der Nähe mächtig. Und doch passte es sich mit braunem Klinker und hanseatischer Zurückhaltung gut in die benachbarte Bebauung ein. Andresen nickte, als wolle er bestätigen, dass in Lübeck endlich wieder etwas entstanden war, auf das man stolz sein konnte.

Er ging weiter in Richtung Hubbrücke. Er war nicht im eigentlichen Sinne krank. Er hatte kein Magen-Darm-Virus, so wie er es dem Kollegen im Präsidium telefonisch mitgeteilt hatte. Doch das, was er vor ein paar Tagen erfahren hatte, nahm ihn seelisch mehr mit als jeder Fall, den er in den vergangenen Jahrzehnten aufgeklärt hatte. Ausgerechnet sein Erzfeind, seine Nemesis Boris Roloff, hatte ihn mit der schmerzlichen Nachricht konfrontiert, dass es Wiebke gewesen war, die sein früheres Haus in der Innenstadt in Brand gesteckt hatte.

Noch war er nicht so weit, mit ihr darüber zu sprechen. Denn seine Wut war grenzenlos. Noch schützte sie ihn davor, etwas zu tun, das er später bereuen würde. Das, was sie getan hatte, war so ungeheuerlich, dass er jedes Mal Herzrasen bekam, wenn er nur daran dachte. Egal, wie sehr er sie verletzt hatte, indem er sich nicht zu ihrem gemeinsamen Zuhause am Brodtener Steilufer bekannt hatte. Egal, was sie über ihn und seine Affäre mit seiner Kollegin Ida-Marie womöglich gewusst oder zumindest geahnt hatte, sein Haus anzuzünden und in Kauf zu nehmen, dass auch Menschenleben gefährdet sein können, war ein schweres Verbrechen und durch nichts zu entschuldigen. Er hatte sich geschworen, sie zur Rechenschaft zu ziehen. Selbst wenn das am Ende bedeutete, dass er den Kindern ihre Mutter nahm.

Andresen spürte sein Herz hinter der Brust pochen, die Gedanken an Wiebke trieben seinen Blutdruck in die Höhe. Was für ein Hass musste sich all die Jahre lang in ihr aufgebaut haben, dass sie zu so etwas fähig gewesen war? Obwohl ihre Beziehung Höhen und Tiefen gehabt hatte und Wiebke kein Mensch war, der ein Blatt vor den Mund nahm, hatte nichts jemals darauf hingedeutet, dass sie eine derartige Straftat begehen würde. Dass sie ihm das nähme, was ihm so viel bedeutet hatte.

Andresen bog in die Kanalstraße ein und unterquerte die Burgtorbrücke. Er würde nach Hause gehen, sich auf sein Bett legen, bis es ihm besser ginge und er endlich wüsste, was er Wiebke sagen sollte.

Er nickte einem dunkel gekleideten Mann zu, der hinter einem Mauervorsprung des Brückenpfeilers stand und ein Funkgerät an sein Ohr hielt. Auch auf der anderen Seite der Kanaltrave sah er jemanden, der sich offenbar im Schatten der Brücke positioniert hatte. Die Kollegen der Bundes- und Landespolizei schienen bestens vorbereitet zu sein und jeden Winkel rund um den Bereich des Hansemuseums im Blick zu haben.

Auf der Kanaltrave näherte sich ein Schlauchboot aus Richtung Süden. Es steuerte mit hoher Geschwindigkeit auf die

Hubbrücke zu, drehte jedoch im letzten Moment ab. Andresen sah sich zu dem Mann um, der ihm gerade zugenickt hatte, und hörte, wie er mit ruhiger Stimme in sein Funkgerät sprach, ohne jedoch Einzelheiten verstehen zu können.

Er erinnerte sich an seine Ausbildungszeit, in der er gelernt hatte, sich intensiv auf große Ereignisse vorzubereiten. Auch wenn diese Zeit mittlerweile mehr als dreißig Jahre zurücklag und die Anforderungen und Gefahrenlagen längst nicht mehr mit den heutigen zu vergleichen waren, gab es einige grundlegende Regeln, die immer galten. Dazu gehörte vor allem, bei der polizeilichen Observation eines potenziellen Anschlagsziels so diskret wie möglich vorzugehen.

Er wandte sich um und trat auf den Mann mit dem Funkgerät am Ohr zu, der die Uniform der schleswig-holsteinischen Landespolizei trug. Ihn überraschte, wie jung der Mann aussah. Andresen schätzte ihn auf Anfang zwanzig. »Kennen wir uns vielleicht?«, fragte er.

Der irritierte Blick des Mannes war Antwort genug. Hastig verstaute er das Funkgerät in seiner hinteren Hosentasche und baute sich vor Andresen auf. »Wer sind Sie?«

»Birger Andresen, Kripo Lübeck. Darf ich fragen, woher Sie kommen?«

»Ich würde gerne Ihre Marke sehen.«

Andresen lächelte und sah den groß gewachsenen Mann herausfordernd an. »Ich bin privat hier«, sagte er. »Sie sind nicht aus Lübeck, richtig?«

»Nein.«

»Sie wollen nicht reden?«

»Ich komme von der Westküste, allerdings nicht gebürtig.«

»Das hätte mich auch gewundert. Sie klingen, als kämen Sie aus Bayern.«

»Lässt sich wohl niemals ganz unterdrücken.«

»Gut, dass Sie nach meiner Marke gefragt haben«, sagte Andresen. »Wenn ich Ihnen jedoch noch einen kleinen Tipp geben darf: Sie sollten etwas dezenter vorgehen. Nicht jeder muss mitbekommen, auf welche Eventualitäten sich die Polizei hier vorbereitet.«

»Natürlich nicht«, antwortete der Mann und lächelte zurück. »Dann seien Sie doch bitte so nett und reden Sie mit niemandem darüber, was wir hier machen.«

»Ich bin in Lübeck bis vor wenigen Monaten Leiter der Mordkommission gewesen«, entgegnete Andresen schmallippig. »Glauben Sie mir, ich weiß, mit wem ich worüber reden darf. Und jetzt machen Sie weiter, Sie müssen wachsam sein. Und lassen Sie sich nicht in Gespräche verwickeln.« Andresen zwinkerte kurz, ehe er sich von dem Mann abwandte und weiterging.

Nach einigen Metern drehte er sich noch einmal um. »Gibt es einen Grund, weshalb Sie hier stehen?«, fragte er, ohne dass es ihm gelang, seine Neugier zu verheimlichen. »Ich meine, gibt es Hinweise auf eine konkrete Anschlagsgefahr?«

»Hören Sie, solange ich nicht sichergehen kann, dass Sie tatsächlich Kriminalbeamter sind, verrate ich Ihnen gar nichts. Und selbst wenn, dürfte ich Ihnen nicht –«

»Schon gut«, fiel Andresen dem Mann ins Wort. »Ich sehe, Sie machen einen vernünftigen Job. Wenn ich Sie wäre, hätte ich so jemandem wie mir schon längst ganz anders zu verstehen gegeben, dass er verschwinden soll.« Er nickte dem Polizisten zu und klopfte ihm väterlich auf die Schultern. Dann ging er nach Hause.

DER LETZTE TAG

Früher, das war eine andere Zeit. Früher, das kam ihm wie ein anderes Leben vor. In diesem Leben hatten seine Eltern in dem Haus mit dem großen Garten gewohnt, vor dem er gerade wartete. Hier in dieser Straße, in der er jeden Baum kannte.

Sie hatten hier gelebt, bis seine Mutter verstorben war und sein Vater schon kurz danach beschloss, die noch ausstehenden Jahre seines Lebens zehntausend Kilometer entfernt hinter großen Mauern, dafür jedoch mit Blick auf das Kap der Guten Hoffnung zu verbringen. Gemeinsam mit einer neuen Frau und der ganzen Kohle, von der er sein Leben lang nie hatte genug bekommen können.

Hier in dieser Straße, in der er im Haus seiner Eltern die ersten achtzehn Jahre seines Lebens verbracht hatte, reihte sich Villa an Villa. Architektonisch konnte er ihnen sogar einiges abgewinnen. Und er mochte die fast parkähnlichen Gärten einiger Anwesen mit eigenen Bootsanlegern hin zur Wakenitz. Doch wenn er bedachte, was sich hinter den dreifach isolierten Fenstern der Häuser abspielte, welche geldgierigen, konsumverdorbenen Menschen dort wohnten, überkam ihn eine Wut, die ihm geradezu die Luft abschnürte.

Diese Menschen lebten den Kapitalismus in Reinkultur. Große Limousinen, Porsche Cayenne und Audi Q7, die auf den Auffahrten standen. Eisentore, die sich nur öffneten, wenn standesgemäßer Besuch vorfuhr. In diesem Umfeld hatten seine Eltern versucht, ihm Werte zu vermitteln, die er schon als Teenager verachtet hatte. Es gab keinen Wunsch, den sie ihm ausgeschlagen hatten. Meistens hatte er diese Wünsche nicht einmal äußern müssen. Seine Eltern waren ihm zuvorgekommen. Hatten ihn überhäuft mit sämtlichen Dingen, die sie für Geld kaufen konnten, ohne jemals auch nur ansatzweise zu merken, dass ihn das nicht glücklich machte.

Gemeinsam hatten sie die spektakulärsten Urlaube verbracht, die weitesten Reisen unternommen und in den teuersten Hotels gewohnt. Im Winter waren sie Ski fahren gewesen, in Kitzbühel. Er konnte bereits Snowboard fahren, als die Dinger noch kaum jemand gekannt hatte. Freunde hatte er keine gehabt. Weder in der Schule noch in der Nachbarschaft.

Überhaupt hatten nur wenige Kinder in der Straße gelebt. Die meisten, die sich hier eine der Villen oder zumindest eine Wohnung leisten konnten, waren Pärchen zwischen Mitte dreißig und Mitte fünfzig gewesen, die, anstatt eine Familie zu gründen, Karrieren als Unternehmer, Berater, Anwälte oder Ärzte gemacht hatten. Nicht etwa aus Passion, nein, er kannte diese Leute. Ihnen ging es einzig und allein darum, ihren Reichtum zu maximieren, und das auf Kosten anderer. Ihnen lag nicht das Geringste daran, für eine gerechtere Welt zu sorgen. Reichtum etwa umzuverteilen. Im Gegenteil: Die Ungerechtigkeit des Systems war Grundlage ihrer Existenz. Ihr ungezügelter Konsum konnte nur auf dem Rücken des Großteils der Gesellschaft funktionieren. Sie verstanden einfach nicht, dass dieses System eine Einbahnstraße war. Dass es zwangsläufig zu einem Ende führen musste, das vor allem für sie selbst schmerzhaft sein würde.

Die Menschen hier lebten wie unter einer großen Glocke. Dass sie glaubten, sie seien der Teil der Gesellschaft, der das System vorgeben könne, schien ihm absurd. Denn eines Tages würden sie überrollt werden von der Masse der Einzelnen. Von dem Schwarm, der schon bald verstehen würde, dass die Zeit für einen Wechsel längst überfällig war.

Bela Blank drehte den Schlüssel seines alten Passats herum und legte den ersten Gang ein. Er hatte genug gesehen, kannte jeden Zentimeter des Grundstücks, auch wenn mittlerweile zwanzig Jahre vergangen waren, seit er es zuletzt betreten hatte.

Sein Pulsschlag beruhigte sich, als er die Roeckstraße in Richtung Gustav-Radbruch-Platz befuhr. Heute war der letzte normale Tag. Die nächsten Wochen, vielleicht sogar Monate, würde er im Untergrund verbringen müssen. Das, was in der kommenden Nacht losbrechen würde, würde ihn von einer auf die andere Sekunde zum meistgesuchten Mann des Landes machen. Obwohl er alles versuchen würde, seine eigene Identität und die der anderen so lange wie möglich geheim zu halten, wusste er, dass die Staatsmacht früher oder später herausbekommen würde, dass er hinter der ganzen Aktion steckte.

Irgendwann in einigen Wochen würde ohnehin der Punkt kommen, an dem sie sich zeigen mussten. Sie würden aus der Anonymität ausbrechen und Gesichter zu ihren Taten liefern. Jeder sollte wissen, wer sie waren. Wer hinter der Idee stand. Wer das Manifest geschrieben hatte. Und wem sich die Menschen anschließen sollten.

Blank fand einen Parkplatz an der Kanalstraße und schlenderte die Rippenstraße hoch in Richtung Altstadtkern. Ein letztes Mal für eine sehr lange Zeit. In diesem Bewusstsein sog er den Geruch der Stadt tief ein. Er genoss es, sich die Schaufenster der kleinen Geschäfte anzusehen. Die Ladenbesitzer bewunderte er. Sie schafften es, sich gegen die großen, globalen Ketten mit ihrer Maxime der reinen Profitorientierung durchzusetzen und ihre eigenen Ideen zu verwirklichen. Nicht die Aussicht auf das große Geld trieb sie an, sie gingen einzig und allein ihren Träumen nach.

Er wünschte ihnen, dass es so bliebe. Allzu oft hatte er jedoch erfahren müssen, dass das Geld die Menschen veränderte. Es war verführerisch, konnte aus Visionären eiskalte Kapitalisten machen. Kaum jemand war davor gefeit. Denn oftmals spürten die Menschen nicht einmal, wie sie sich veränderten. Wie sie der Verlockung nach und nach erlagen und ihr Handeln nur noch dem Kapital unterwarfen. Sie schmissen Prinzipien über Bord und waren plötzlich selbst Opfer des kapitalistischen Systems, das sie Jahre zuvor noch verflucht hatten.

Blank verweilte unter den Arkadenbogen des Kanzleigebäudes und war sogar versucht, es sich im Niederegger Café gemütlich zu machen. Doch dann ermahnte er sich selbst und erinnerte sich wieder an die Werte, die er nicht nur geschaffen und verinnerlicht hatte, sondern auch weitergeben wollte. Diesem Unternehmen, das Menschen zum Konsum geradezu verführte, kein Geld in den Rachen zu werfen. Und in diesem Café nicht Stuhl an Stuhl mit Menschen zu sitzen, die er verachtete.

Er ging quer über den Marktplatz bis zur Holstenstraße. In etwas mehr als vierundzwanzig Stunden würde hier die Hölle los sein. Er versuchte sich vorzustellen, wie Dutzende Einsatzfahrzeuge der Polizei und Krankenwagen die Straßen verstopften. Der Ausnahmezustand, der ohnehin schon in der Stadt herrschte, würde in totales Chaos umschlagen. Und niemand würde auch nur ahnen, dass der eigentliche Schlag, der die Gesellschaft in Aufruhr bringen würde, erst noch bevorstand.

Als Blank den Kohlmarkt hinter sich ließ, warf er noch einen letzten Blick über die Schulter. Ihr Plan würde funktionieren. Sie hatten sich wochenlang vorbereitet, kannten jeden Winkel der Stadt und ihrer Gebäude. Sie hatten einen exakten Zeitplan, wussten genau, wann sie was zu tun hatten. Jeder Einzelne war über seine Aufgabe informiert. Wie zu reagieren war, wenn etwas außer Kontrolle geraten sollte.

Während das Holstentor auf seinem weiteren Weg langsam in sein Blickfeld geriet, spürte er sein Herz schneller schlagen. Die Ruhe, die er monatelang empfunden und ausgestrahlt hatte, schien plötzlich einer nervösen Anspannung zu weichen. Vielleicht einer gesunden und nötigen Anspannung. Denn sie alle mussten sich in den kommenden Stunden in den Tunnel begeben, in dem nur noch die völlige Fokussierung auf ihre Aufgabe zählte.

Noch einmal nahm er den Weg entlang der Untertrave, den er seit Weihnachten fast täglich gegangen war, vorbei an den Museumsschiffen und der Drehbrücke. Ein letztes Mal wollte er auf dieser Seite der Altstadt überprüfen, dass alles noch so war, wie sie es sich eingeprägt hatten. Dass es keine unvorhergesehenen Komplikationen gab, keine zusätzlichen Polizeiabsperrungen.

Er stand an der Kaikante der Untertrave in Höhe des Hafenschuppens 6 und blickte die Engelsgrube hinauf, an deren Ende die St. Jacobi-Kirche den nördlichen Altstadtteil überragte.

Die Stadt, in der er groß geworden war. Ein letztes Mal, bevor sich nicht nur Lübeck, sondern das gesamte Land für immer verändern würde.

Blank atmete tief durch und sah einem Fahrgastschiff hinterher, das soeben zu einer Fahrt rund um die Altstadtinsel abgelegt hatte. Noch durften sie fahren, doch das würde sich schon bald ändern. In weniger als achtundvierzig Stunden würde dieser Bereich der Stadt einer Hochsicherheitszone gleichen. Dann würde nicht nur die Straße An der Untertrave ab der Drehbrücke gesperrt sein, sondern auch die Trave selbst.

Bedächtig griff Blank in die rechte Jackentasche und umfasste sein Handy, das er heute Morgen bereits in den Werkseinstellungsmodus zurückgesetzt hatte. Als er sich sicher war, dass ihn niemand beobachtete, zog er das Handy hervor und ließ es unauffällig in die Trave fallen.

Es war eine von vielen Vorsichtsmaßnahmen, die er in den vergangenen Tagen getroffen hatte. Von jetzt an war die Kommunikation per Telefon und Internet mit seinen Leuten gekappt. Die Einzigen, die er vorher noch persönlich treffen würde, waren David und Leo. Sie würden ihn mit den wichtigsten Informationen versorgen. Alle anderen waren auf sich allein gestellt. Und ihm blieb nichts anderes übrig, als darauf zu hoffen, dass alles glatt verliefe. Er musste ihnen vertrauen. Hoffen, dass jeder von ihnen verstanden hatte, was zu tun war.

Plötzlich verspürte Blank einen Anflug von Panik. Die Tatsache, nicht mehr eingreifen zu können, setzte ihm mehr zu, als er befürchtet hatte. Den absurden Gedanken, alles sofort abzubrechen, verdrängte er mit aller Macht. Er besann sich auf das wirklich Wichtige. Auf die Werte, auf ihr gemeinsames Ziel. Auf das, was er in seinem Manifest niedergeschrieben hatte. Und vor allem auf das, was in den kommenden achtundvierzig Stunden geschehen würde.

Entschlossen setzte er seinen Weg fort zu dem Ort, der zum Symbol ihrer Idee werden sollte. Zum Symbol für den Beginn einer neuen Zeitrechnung. Der für immer als der Ort in den Geschichtsbüchern verankert sein würde, an dem die vierte

Generation der »Rote Armee Fraktion« den Grundstein für den Wechsel des Systems gelegt hatte. Mit einem Schlag, der weltweit für Aufsehen sorgen würde. Der ihn selbst und die RAF von einem auf den anderen Tag wieder auf die politische Landkarte Deutschlands spülen würde.

Mit einem Lächeln auf den Lippen überquerte Blank die Straße An der Untertrave und bog in die Große Altefähre ein. Wenn dieser Teil der Altstadt in wenigen Stunden abgesperrt sein würde, um die Anti-G7-Demonstranten fernzuhalten, würde er längst in ihrem geheimen Bunker mitten in der Altstadt sein und darauf warten, dass es in den späten Abendstunden endlich losginge.

POLEN

»Es gibt kein Zurück mehr.« Nikolaus Wieckhorst wandte sich von seiner Frau ab und blickte gedankenverloren durch das Panoramafenster seines Wohnzimmers in den von mehreren Strahlern beleuchteten Garten.

»Bist du dir wirklich über die Konsequenzen dieser Entscheidung im Klaren? Ich will mir gar nicht vorstellen, wie sie über uns herfallen werden, wenn du das öffentlich –«

»Es ist alles gesagt zu dieser Sache«, unterbrach Wieckhorst seine Frau. »Wir können nicht noch länger warten. Diese Stadt und ihre verbohrten Politiker sind es einfach nicht wert. Dank mir gibt es hier Hunderte Arbeitsplätze. Dank mir wurden Straßen gebaut und Kindergärten errichtet. Ich habe Geld in die Universität gesteckt, dem Flughafen geholfen, und dieser Bürgermeister wäre schon lange nicht mehr im Amt, wenn ich nicht gewesen wäre. Wenn man wirklich gewollt hätte, dass mein Unternehmen hier in Lübeck bleibt, hätte man sich uns gegenüber einfach anders verhalten müssen. Oder soll ich wirklich noch einmal aufzählen, welche Steine man mir in den Weg gelegt hat?«

»Natürlich nicht«, antwortete Vanessa Wieckhorst mit einem verständnisvollen Lächeln auf den Lippen. Der Argwohn hinter ihrem Blick entging Nikolaus Wieckhorst jedoch nicht.

»Selbst wenn du Zweifel hast, mein Entschluss steht ohnehin längst fest. Ich werde das Werk in Polen bauen lassen. Die Wieckhorst AG wird Lübeck Stück für Stück den Rücken kehren.« Er zuckte zusammen, als plötzlich der durchdringende Ton der Haustürklingel durch die Räume hallte.

»Es ist Viertel nach zehn«, sagte Vanessa Wieckhorst. »Erwartest du noch jemanden?«

»Hast du jemals erlebt, dass ich um diese Uhrzeit Besuch bekommen habe?« Verdrossen verließ Wieckhorst den Raum in Richtung Hausflur, der in eine Art Empfangshalle mündete.

»Überleg es dir gut mit dem Werk in Polen«, rief sie ihm hinterher. »Deine Mitarbeiter werden dich dafür hassen. Und auch deine Freunde werden alles andere als begeistert sein.«

»Welche Freunde denn?« Wieckhorst gab ein verächtliches Schnauben von sich. An der Haustür angekommen, warf er einen Blick auf das Display der Kamera, die den Bereich vor dem großen Eisentor am unteren Ende der Auffahrt einfing. Doch niemand war zu sehen. Auch die Kamera, die den Abschnitt der Roeckstraße vor seiner Villa filmte, zeigte keine auffälligen Personen.

»Siehst du jemanden, oder waren das irgendwelche Spaßvögel? Vanessa Wieckhorsts Stimme schallte vom Wohnzimmer über den Gang bis zur Haustür.

»Ich schätze, es waren die Jugendlichen aus der Nachbarschaft«, antwortete Wieckhorst. »Zumindest kann ich auf dem Display nichts erkennen.«

»Dann komm jetzt schnell zu mir. Ich habe noch eine kleine Überraschung für dich.«

»Ist es das, was ich denke?«

»Wenn ich es dir verrate, ist es ja keine Überraschung mehr.«

»Ich komme sofort«, rief Wieckhorst. »Ich will mich nur noch ein wenig frisch machen.« Er öffnete die Tür zur Gästetoilette, die sich gleich neben der Eingangstür befand, und schloss sie hinter sich. Das sanfte Licht der Badlampen erhellte sich wie von Geisterhand. Der penetrante Duft des Lavendels auf der Fensterbank stieg ihm in die Nase.

Wieckhorst knöpfte seine Hose auf und ließ sich langsam auf die Toilettenbrille sinken. Nervös blickte er auf sein Handy. Seit Tagen erhielt er anonyme Anrufe, ohne dass sich am anderen Ende der Leitung jemand meldete. Das Klingeln an der Haustür hatte ihn sofort an diese Anrufe erinnert.

Er lockerte seine Krawatte und öffnete den obersten Knopf seines weißen Seidenhemds. Jeden Morgen um halb sieben schlüpfte er in Anzug, Hemd und Krawatte, und erst, wenn er zu Bett ging, streifte er die Kleidung wieder ab. Nachdenklich stützte er sich mit beiden Händen auf dem breiten Waschbecken ab und fixierte sich im Spiegel.

Er sah müde aus. Geschlaucht und mitgenommen von den Ereignissen der vergangenen Wochen. Obwohl er es sich nicht eingestehen wollte, hatten ihm die Angriffe auf seine Person zugesetzt.

Wie zum Teufel konnten ihm diese Menschen bloß vorwerfen, dass er für sein Unternehmen einstand? Dass er jeden Tag bis zur Erschöpfung für den Erfolg arbeitete? Sich in einem zunehmend umkämpften Markt behaupten musste? Unpopuläre Entscheidungen zu treffen, gehörte nun einmal dazu, wenn es darum ging, Arbeitsplätze langfristig zu sichern. Mehr als zweitausend Menschen in dieser Stadt standen bei ihm in Lohn und Brot. Und das nur, weil er Tag und Nacht dafür sorgte, dass das Unternehmen, das er von seinem Vater mit damals gerade einmal zwanzig Mitarbeitern übernommen hatte, weiter wuchs und Jahr für Jahr neue Umsatzrekorde brach.

Niemand in dieser Stadt hatte jemals etwas für ihn getan. Nicht das geringste Entgegenkommen, wenn er mal wieder Probleme anlässlich einer Erweiterung seines Betriebs gehabt hatte. Meistens war sogar das Gegenteil der Fall gewesen – sie hatten ihm Steine in den Weg gelegt, wann immer es ging. Hatten ihm Vorhaltungen gemacht, dass er sich bei der Bezahlung seiner Mitarbeiter nicht an den Mindestlohn halte. Dass unzumutbare Zustände in seinem Betrieb herrschten. Wie er es wagen könne, auch noch Forderungen an die Stadt zu stellen.

Sie hatten nicht aufgehört, ihn zu kritisieren. Im festen Glauben, dass er seine Ankündigung ohnehin niemals in die Tat umsetzen würde. Große Teile des Unternehmens einfach nach Polen zu verlagern, wo man ihn mit offenen Armen empfangen hatte, schien ihnen schlichtweg unvorstellbar.

Einige wenige Manager seines Unternehmens und altgediente Mitarbeiter, die seit mehr als dreißig Jahren für ihn schufteten, hatte er bereits informiert, doch der große Gang vor die Belegschaft stand ihm noch bevor.

Wieder fixierte Wieckhorst sein Spiegelbild. Angst war ein Gefühl, das er in seinem Leben im Grunde niemals verspürt hatte. Er war immer vorangegangen, hatte Entscheidungen getroffen. Zum Wohl seiner Firma und der Stadt. Fair und sozial, jedoch ohne die Fäden aus der Hand zu geben.

Doch in diesen Stunden, den vielleicht wichtigsten seines Lebens, verließ ihn der Mut. Die Überzeugung, die richtigen Entscheidungen treffen zu können, hatte er nicht mehr. Noch gelang es ihm, Vanessa und die wenigen Menschen, denen er vertraute, darüber hinwegzutäuschen, dass er vor seiner eigenen Entscheidung davonlief.

Diese Unschlüssigkeit machte ihm Angst. Nicht mehr auf seine Intuition vertrauen zu können, bereitete ihm weitaus größere Sorgen, als seine Feinde es taten. Denn die – und davon war er überzeugt – hatte er im Griff.

Wieckhorst schrak zusammen, als er plötzlich ein dumpfes Geräusch wahrnahm. Es drang über den Flur durch die Toilettentür zu ihm. Ein Hämmern auf Holz. Dann eine kurze Pause. Bevor das Geräusch erneut einsetzte. Jemand klopfte vehement an die Haustür.

Im nächsten Augenblick hörte er ein Knarzen, das Geräusch, wenn die Haustür geöffnet wurde, dann Schritte auf dem Flur.

»Vanessa?«, rief er laut. »Bist du das?«

»Ja.«

»Bleib von der Tür weg!«

Plötzlich nur noch Stille.

Wieckhorst riss die Toilettentür auf und stürmte in Richtung Haustür.

Seine Frau stemmte sich gegen die halb offene Tür, die jemand aufzustoßen versuchte.

»Geh zur Seite!«, schrie er.

Im nächsten Moment zerfetzten Schüsse die Eingangstür und hallten durch das Haus. Vanessa sank binnen weniger Augenblicke zu Boden. Sofort trat Blut aus ihrer Brust.

Wieckhorst blieb starr vor Entsetzen stehen. Abwechselnd blickte er auf den leblosen Körper seiner Frau und die beiden maskierten Männer, die sich ihm mit angelegten Maschinenpistolen näherten. Er spürte die Tränen, die an seinen Wangen herunterrannen. Fassungslos über das, was gerade geschah. Und unfähig, Hilfe zu rufen.

Wieckhorst hob die Arme und schloss die Augen. In der Erwartung, dass jeden Moment eine Kugel in seinen Körper einschlagen würde.

VIER MÄNNER

Andresen fluchte leise in sich hinein, als er am Nachmittag seine kleine Altstadtwohnung verließ und beinahe über das Rennrad stolperte, das vor seiner Tür abgestellt worden war. Kurz war er versucht, die Treppe wieder hinaufzugehen und bei seiner Nachbarin zu klingeln. Ihr zu sagen, dass ihm das stundenlange nächtliche Hin-und-her-Gelaufe genauso auf die Nerven ging wie die ständig überquellende Mülltonne vor dem Haus oder eben das Rennrad im Flur. Dass ein solches Gespräch mit der jungen Frau zu nichts führen würde, hatte er bereits vor einigen Tagen gespürt, als er sich über ihr Gitarrenspiel weit nach Mitternacht beschwert hatte und auf totales Unverständnis gestoßen war.

Andresen hatte die Wohnung An der Mauer vor einigen Monaten angemietet, nachdem es zwischen Wiebke und ihm zunehmend kompliziert und seine Sehnsucht nach einem Rückzugsort mitten in der Stadt immer größer geworden war. Seit Tagen fiel ihm jedoch die Decke auf den Kopf. Die Wohnung, unweit des Krähenteichs gelegen, war die kleinste Behausung seit seiner Ausbildungszeit. Auf gerade mal fünfunddreißig Quadratmeter verteilten sich zwei Räume, ein Badezimmer und eine winzige Pantryküche. Mit den niedrigen Decken wirkte die Wohnung derart beengt, dass Andresen sich wie in einem Puppenhaus fühlte. Wann immer möglich, flüchtete er raus in die Stadt. Lief durch die Gassen und Gänge. Mal, um Ruhe in der Anonymität der Stadt zu finden, mal auf der Suche nach ungezwungenen Gesprächen in Kneipen, die ihn auf andere Gedanken brachten.

Je weiter Andresen die Aegidienstraße in Richtung Altstadtmitte hinaufging, desto mehr Polizeikräfte fielen ihm ins Auge. Einige hielten sich dezent hinter Häuservorsprüngen oder auf Dächern versteckt, andere postierten sich für jedermann sichtbar an den Zuwegungen in Richtung Altstadtkern. Hunderte Polizisten der Bundespolizei und verschiedene Landespolizeien waren im Einsatz, dazu noch SEK-Einheiten und die Kollegen der Lübecker Schutzpolizei, unter denen er bislang allerdings noch kein bekanntes Gesicht gesehen hatte.

Ziellos ging Andresen durch die Stadt. Er bog in die Königstraße ab, lief bis zum Koberg, dann vorbei an St. Jacobi in Richtung Fußgängerzone. Bereits von Weitem konnte er beobachten, wie Polizisten damit begannen, Absperrgitter rund um das Rathaus und das Kanzleigebäude aufzustellen. In etwas weniger als vier Stunden würde bereits ein Teil der G7-Außenminister in den alten Gemäuern des Rathauses zu einem ersten Empfang zusammenkommen. Nur der US-amerikanische Außenminister verspätete sich. Er würde erst morgen früh am Flughafen Hamburg-Fuhlsbüttel landen und in einem Konvoi aus gepanzerten Limousinen und SUVs nach Lübeck gebracht werden.

Er hatte gelesen, dass noch heute Nachmittag die ersten Demonstrationen und Kundgebungen der G7-Gegner beginnen würden. Die meisten der Demonstranten würden friedlich durch die Stadt ziehen, auf Routen, die die Polizei bereits vor Wochen festgelegt hatte. Und doch befürchteten nicht wenige, dass es zu Blockaden und Krawallen gewaltbereiter G7-Gegner kommen würde. Andresen hatte die Bilder aus Frankfurt im Kopf, als die Situation bei der Eröffnungsfeier der Europäischen Zentralbank durch die Blockupy-Proteste eskaliert war. Brennende Barrikaden, Dutzende verletzte Beamte und Demonstranten, Hunderte Festnahmen und nicht zuletzt verschreckte Bewohner, die sich wie im Bürgerkrieg gefühlt haben mussten.

Trotz der seit Wochen bestehenden Aufrufe in den Medien, die Altstadt während des G7-Treffens zu meiden, drängten auch heute noch zahlreiche Passanten durch die Fußgängerzone. Andresen spürte, wie die bloße Anwesenheit all dieser Menschen ihm die Luft zum Atmen nahm. Seitdem Boris Roloff ihm von Wiebkes Wahnsinnstat erzählt hatte, hatte er Kontakte zu anderen Menschen weitestgehend gemieden. Umso mehr war er in diesem Moment überfordert.

Er fischte seine Dienstmarke aus der Hosentasche und

hielt sie zwei Polizisten hin, die damit beschäftigt waren, in Höhe der Rathausarkaden den Zugang zum Marktplatz zu versperren. Mit einem raschen Kopfnicken ließen sie ihn vorbei.

Andresen konnte sich nicht erinnern, wann er zuletzt hier gewesen war. Gefühlt schien es ihm Jahre her zu sein, wahrscheinlich waren es jedoch nur ein paar Tage. Meistens hetzte er durch die Straßen, gönnte sich keine Sekunde, um sich an den schönen Seiten der Stadt zu erfreuen.

Vor seinem inneren Auge liefen Bilder aus seiner Kindheit ab, als er hinter Tauben hergelaufen war, während sein Eis aus der Waffel tropfte. Mehr als ein halbes Jahrhundert war seither vergangen, der Wiederaufbau der beiden im Krieg zerstörten Türme der angrenzenden St. Marienkirche war damals gerade erst abgeschlossen worden. Die Bebauung rund um den Marktplatz hatte noch anders ausgesehen. Wie genau, wollte ihm jedoch nicht mehr einfallen.

Das Klingeln seines Handys riss ihn aus seinen Gedanken. Ein schneller Blick auf das Display genügte, um zu sehen, dass es Ben Kregel war, sein Nachfolger als Leiter der Mordkommission. Obwohl Andresen versucht war, das Gespräch nicht anzunehmen und weiter planlos durch die Stadt zu laufen, meldete er sich.

»Birger?« Kregels Stimme klang angespannt. »Ich weiß, dass es dir nicht gut geht, aber ich denke, du solltest erfahren, was passiert ist.«

Eine Windböe wehte über den Marktplatz und sorgte dafür, dass Kregel durch das Rauschen in der Leitung kaum zu verstehen war.

»Bist du denn nicht zu Hause?«, fragte Kregel.

»Auf dem Weg zur Apotheke«, antwortete Andresen. »Was gibt es denn so Wichtiges?«

»Ist dir Nikolaus Wieckhorst ein Begriff?«

»Natürlich.«

»Er ist verschwunden.«

»Was soll das heißen?«

»Gestern spätabends ist ein Notruf aus dem Haus der Wieckhorsts bei uns eingegangen. Am Telefon war Vanessa Wieckhorst, die Frau von Nikolaus. Sie sagte, dass sie in ihrem Haus überfallen wurden. Mittlerweile liegt sie im Uniklinikum. Sie ist schwer verletzt. Eine Kugel hat sie knapp unterhalb der Brust getroffen. Kurz nachdem der Rettungswagen eingetroffen war, hat sich ihr Zustand dramatisch verschlechtert. Sie liegt im Koma. Wir müssen davon ausgehen, dass Nikolaus Wieckhorst entführt worden ist. Zumindest gibt es derzeit keine Spur von ihm.«

»Und weshalb rufst du mich nun an?«, fragte Andresen. »Dass ich krank bin, scheint offenbar kein Hinderungsgrund zu sein. Dir ist schon bewusst, dass ich als Leiter der X-Einheit ohnehin nichts mehr mit solchen Angelegenheiten zu tun habe?«

»Ich hätte es nicht getan, wenn es nicht wirklich dringend wäre«, antwortete Kregel. »Das G7-Treffen bindet alle Kräfte, selbst bei uns in der Mordkommission. Die Sache mit Wieckhorst kommt zum denkbar ungünstigsten Zeitpunkt.«

»Worauf willst du hinaus?«

»Ich brauche dich, Birger. Und zwar so schnell wie möglich. Einer der einflussreichsten Unternehmer der Stadt befindet sich wahrscheinlich in Lebensgefahr, und niemand aus meinem Team kann sich um die Sache kümmern.«

»Ihr glaubt also nicht, dass Wieckhorst selbst auf seine Frau geschossen hat?«, fragte Andresen.

»Nein, ergibt keinen Sinn. Einiges deutet darauf hin, dass Wieckhorst entführt wurde. Seelhoffs Techniker haben Spuren gefunden, die kaum einen Zweifel daran lassen. Außerdem sprach Vanessa Wieckhorst noch während des Rettungseinsatzes davon, dass zwei Männer in ihr Haus eingedrungen seien.«

»Habt ihr schon irgendeine Idee, wer dahinterstecken könnte?«

»Überhaupt nicht«, antwortete Kregel. »So wie wir die Situation vorgefunden haben, war das Ganze kein Raubüberfall. Es wurde nämlich offenbar nichts entwendet. Es ist nicht auszuschließen, dass es neben den zwei Tätern weitere Leute im Hintergrund gibt. Würde mich nicht wundern, wenn wir schon in Kürze eine Bekennernachricht erhalten. Und eine Lösegeldforderung.«

»Was genau willst du denn jetzt von mir?«

»Komm so schnell, wie es geht, ins Präsidium«, sagte Kregel. »Ich will, dass du den Fall übernimmst. Du wirst sehen, sobald du wieder arbeitest, wird es dir besser gehen. Diesen ganzen Mist mit Wiebke musst du hinter dir lassen.«

»Woher weißt du davon?«, fragte Andresen überrascht.

»Denkst du denn wirklich, niemandem wäre aufgefallen, dass du wieder in der Stadt wohnst? Dass du bis spätabends im Präsidium hockst, weil du nicht zu deiner Familie fahren willst? Auch wenn du es nicht wahrhaben willst, aber es wissen längst alle Bescheid.«

Andresen atmete erleichtert durch. Einen Moment lang hatte er befürchtet, Kregel habe erfahren, dass Wiebke ein schweres Verbrechen begangen hatte. Der Gedanke, dass sie für das, was sie ihm angetan hatte, würde büßen müssen, setzte ihm mit einem Mal schwer zu. Hatte er Wiebke durch sein Fehlverhalten erst dazu gebracht, sein Haus anzuzünden? Das tief in ihm schlummernde Schuldgefühl wog fast schwerer als das Bedürfnis, sie zur Verantwortung zu ziehen.

»Ich komme vorbei«, sagte Andresen. »Aber versprich dir nicht allzu viel von mir. Ich bin wirklich nicht in Form. Mein Kopf dröhnt, und mein Körper fühlt sich an, als hätte ich mir einen Grippevirus eingefangen.«

»Glaub mir, ich habe dich schon in deutlich schlechterer Verfassung erlebt. Der Fall wird dir helfen, wieder gesund zu werden.«

»Vielleicht«, murmelte Andresen. »Also, bis gleich.«

Während er das Handy in seiner Jackentasche verschwinden ließ, begann er, sich im Kreis zu drehen. Erst ganz langsam, dann immer schneller. Das Rathaus mit den kleinen spitzen Türmchen raste an ihm vorbei. Die Arkaden, die St. Marienkirche, das Modekaufhaus, dessen Architektur einfach nicht zu den übrigen Gebäuden in der Nähe passen wollte, und überall die Polizisten, die das Rathaus und die Umgebung mittlerweile weiträumig abgesperrt hatten.

Andresen fasste sich an die Schläfen. Vor wenigen Stunden war offenbar einer der bekanntesten Lübecker Unternehmer entführt worden. Einer, dem die Stadt viel zu verdanken hatte, der aber auch unbequem sein konnte. Wer zum Teufel hatte einen Grund, ihn zu entführen, und war so skrupellos, seine Frau niederzuschießen?

Ihm wurde schwindelig. Für einen kurzen Moment verschwamm alles um ihn herum. Die Männer, die sich ihm schnellen Schrittes quer über den Marktplatz näherten, sah Andresen erst im letzten Augenblick. Kurz bevor er mit einem von ihnen kollidiert wäre.

»He, Vorsicht!«, rief Andresen, nachdem er endlich zum Stehen gekommen war. Doch die vier Männer gingen ohne jede Reaktion an ihm vorbei und entfernten sich rasch weiter in Richtung Holstenstraße.

Andresen sah ihnen irritiert hinterher. Er schätzte sie auf Ende zwanzig. Sie waren schwarz gekleidet und trugen allesamt die gleichen Rucksäcke. Sie mussten den Marktplatz aus Richtung Schüsselbuden betreten haben, denn dort waren bislang keine Absperrgitter zu erkennen.

Wieder drehte er sich im Kreis, ganz langsam jetzt. Mit Ausnahme von ihm selbst und den vier Männern war der Marktplatz vollkommen leer. Irgendetwas stimmte hier nicht, war er sich auf einmal sicher. Diese im Stechschritt laufenden Männer. Ihre Kleidung, die wie eine Uniform aussah. Und dann die Rucksäcke …

Plötzlich hatte Andresen es eilig. Er rannte in die Richtung, die die Männer genommen hatten, doch sie waren bereits nicht mehr zu sehen. Hinter den Gebäuden, die zur Holstenstraße lagen, hielt er kurz inne und blickte sich um. Er erkannte sie sofort. Sie überquerten die Straße am Kohlmarkt und näherten sich dem Renaissance-Backsteinbau auf der anderen Seite. Wie ferngesteuert. Wie Roboter bewegten sich die Männer und steuerten zielstrebig das Gebäude mit der Nummer 7 bis 15 an. Andresen wusste, was sich in dem Haus befand. Und genau das machte ihn nervös.

Ohne die Männer aus den Augen zu lassen, betrat er die

Straße. In der nächsten Sekunde hechtete er schon wieder zurück, als er aus dem Augenwinkel erkannte, dass sich von links ein Bus näherte. Hupend fuhr er an ihm vorbei.

Endlose Sekunden vergingen, ehe Andresen wieder freien Blick auf die Männer und das Gebäude hatte. Was er sah, ließ ihm das Blut in den Adern gefrieren. Er hatte es befürchtet, und dennoch erschien es ihm vollkommen surreal. Die Männer, die ihn eben auf dem Marktplatz beinahe umgerannt hätten, griffen plötzlich in ihre Rucksäcke, zogen Maschinenpistolen und Handfeuerwaffen hervor und betraten das Bankgebäude.

Andresen blickte ihnen fassungslos hinterher, ehe er schreiend losrannte.

NUR NOCH RAUS

Die Schüsse aus den Maschinenpistolen klangen wie ein minutenlanges Feuerwerk. Einzig das Geräusch der zersplitternden Scheiben und die angsterstickten Schreie der Menschen machten Andresen bewusst, was gerade um ihn herum geschah.

Er kauerte hinter einem der Automaten im Eingangsbereich, in die er normalerweise seine Karte steckte, um Geld abzuheben. Weiter hatte er nicht vordringen können. Die Kugeln aus den automatischen Waffen schlugen seit mehr als einer Minute überall im Innenraum ein. Andresen spürte, dass er an der linken Hand leicht blutete. Es musste passiert sein, als er sich mit einem Sprung hinter den Automaten in Sicherheit gebracht hatte.

Vorsichtig warf er einen Blick hinter dem Automaten hervor. Obwohl noch immer Lampen und Scheiben zerbarsten und Menschen um Hilfe riefen, schien sich die Situation etwas zu beruhigen. Die Menschen hatten sich in Sicherheit gebracht. Ältere, Frauen mit kleinen Kindern, Bankangestellte. Mittendrin die vier schwarz gekleideten Männer, ihre Waffen im Anschlag.

Weitere Minuten vergingen, ehe endlich Ruhe einkehrte. Die letzten Schüsse verhallten in dem weitläufigen Innern der Bank, die aufgeregten Stimmen verstummten. Was blieb, war eine Stille, die Andresen noch grausamer als der tosende Sturm aus Schüssen, Einschlägen und schreienden Menschen erschien.

Plötzlich schloss sich die Glasschiebetür zum Innenraum der Bank. Nicht einmal die Stille war jetzt mehr zu hören.

Andresen richtete sich mühsam auf und riskierte einen Blick durch die geschlossene Scheibe in den Innenraum. Darauf gefasst, dass sich ihm ein grausames Bild bot. Doch alle Personen, die er aus der Entfernung erkennen konnte, schienen unverletzt zu sein. Er sah nach oben. Kaum eine Deckenbeleuchtung im Innern der Bank hatte den Kugelhagel heil überstanden. Doch offenbar war den Männern nicht daran gelegen gewesen, Blut zu vergießen.

Er blickte über seine Schulter in die Richtung, aus der er

die Bank betreten hatte. Der Weg nach draußen war frei, ein paar Meter von ihm entfernt sprangen zwei junge Mädchen hinter einem anderen Bankautomaten hervor und rannten, so schnell sie konnten, hinaus. Auch über den anderen Ausgang weiter links floh ein Mann aus dem Gebäude.

Andresen zögerte. Er konnte nur vermuten, wie viele Personen sich in der Bank befanden. Vielleicht zehn Bankangestellte und etwa doppelt so viele Kunden. Sollte er bei ihnen bleiben und versuchen, auf eigene Faust auf die Attentäter einzuwirken? Oder sollte er es den beiden Mädchen gleichtun und sich in Sicherheit bringen, um einen Polizeieinsatz von außen zu koordinieren?

Er kniff die Augen zusammen. Drinnen in der Bank liefen die Männer noch immer mit erhobenen Waffen herum. Sie gaben Zeichen, riefen den Menschen Anweisungen zu. Offenbar versuchten sie, jeden, der es nicht geschafft hatte zu fliehen, die Treppenstufen hoch in den hinteren Bereich der Bank zu drängen. Dorthin, wo die Beratungsräume lagen.

Andresens Entscheidung fiel innerhalb weniger Sekunden. Er rannte auf die Schiebetür zu und wartete darauf, dass sie sich öffnete. Er musste um jeden Preis verhindern, dass die Männer Geiseln nahmen und sich mit ihnen verschanzten.

Im nächsten Augenblick erklang erneut das ratternde Geräusch der Maschinenpistolen. Schusssalven schlugen in die verstärkten Scheiben der Schiebetür vor ihm ein. Andresen warf sich im letzten Moment zur Seite und landete unsanft auf seiner linken Schulter. Unter Schmerzen gelang es ihm, sich hinter einer Säule in Deckung zu bringen. Sofort wurde ihm bewusst, dass er keine Chance mehr hatte, ins Innere der Bank vorzudringen. Jeden, der sich näherte, würden sie sofort unter Beschuss nehmen.

Vorsichtig richtete er sich so weit auf, dass er erneut einen Blick in den Innenraum werfen konnte. Und zuckte zusammen. Da lag dieser Mann, etwas versteckt hinter einem Tresen. Keine fünf Meter entfernt von ihm. Nur durch die Glasschiebetür waren sie voneinander getrennt. Offenbar hatten die Schüsse doch jemanden verwundet, denn um den

Körper des Mannes, dessen Augen geöffnet waren, hatte sich bereits eine Blutlache gebildet. Für einen kurzen Moment sah es so aus, als könne sich der Mann aufrichten, doch dann sackte er in sich zusammen.

Andresen kannte ihn – eine Tatsache, die ihn vollkommen aus der Bahn warf. Er hatte das Gesicht vor ihm zwar nur für den Bruchteil einer Sekunde gesehen, doch war er sich sofort sicher gewesen. Der Mann mit der Schusswunde am Oberschenkel war niemand Geringeres als Mark Peters, der neue Mann seiner Exfrau Rita.

Noch immer zögerte Andresen. Sie würden ihn erschießen, sobald sich die Tür zum Innenraum öffnete und er hindurchtrat. Dennoch hatte er keine Wahl, er konnte Peters unmöglich mit seiner Verletzung zurücklassen.

Andresen ging in die Hocke. Er versuchte, seine Gedanken zu ordnen, zu verstehen, was hier überhaupt vor sich ging. Als er die Männer auf dem Marktplatz gesehen hatte, war ihm sofort klar gewesen, dass etwas mit ihnen nicht stimmte. Doch hatte er nicht schnell genug reagiert, um zu verhindern, dass sie die Bank stürmten.

Er musste an sein Telefonat mit Kregel denken. Nikolaus Wieckhorst war am Abend zuvor von Unbekannten entführt worden, seine Frau lag schwer verletzt im Koma. Kregel hatte ihn gebeten, den Fall zu übernehmen, weil ihnen aufgrund des bevorstehenden Außenministertreffens die Kapazitäten fehlten. Jetzt kam auch noch eine Geiselnahme in einer der größten Bankfilialen der Innenstadt hinzu. Und er selbst befand sich mittendrin.

Andresen lauschte. Aus der Ferne hörte er bereits die Martinshörner näher kommen. In wenigen Minuten würden die Innenstadt abgesperrt und das Bankgebäude von Dutzenden Einsatzfahrzeugen und Polizisten umstellt sein. Es würde ein endloser Psychokrieg beginnen, zähe Verhandlungen mit den Geiselgangstern, Angebote und Kompromisse, die sie niemals würden erfüllen können. Und trotzdem hieße die Devise, alles daranzusetzen, dass die Sache unblutig endet.

In seiner dreißigjährigen Polizeilaufbahn hatte er nur eine

einzige Geiselnahme erlebt, und die lag auch bereits mehr als zehn Jahre zurück. Damals hatte sich ein arbeitsloser Familienvater mit dem für ihn zuständigen Sachbearbeiter und fünf weiteren zufällig anwesenden Personen in einem Büro der Agentur für Arbeit verschanzt. Mit viel Geduld und Zugeständnissen war es ihnen am Ende gelungen, den Mann davon zu überzeugen, seine Waffe niederzulegen und aufzugeben.

Doch das hier war anders. Die schwarz gekleideten Männer mit den Rucksäcken und den automatischen Waffen waren keine Täter, die aus einer emotionalen Notsituation heraus handelten. Sie wirkten eher wie eine Eliteeinheit, die sich jahrelang auf diesen Moment vorbereitet hatte.

Andresen wusste, dass er nicht in der Lage sein würde, es allein mit den Attentätern aufzunehmen. Er war nie der körperlich Fitteste unter den Kollegen gewesen, doch er hatte das Gefühl, in den vergangenen Jahren noch deutlich abgebaut zu haben. Einsätze wie diese waren nicht mehr seine Welt. Nicht ohne Grund hatte er die Idee, die neu gegründete X-Einheit zu leiten, dankend angenommen. Sich um diejenigen Fälle zu kümmern, die sich seit Jahren unaufgeklärt auf den Schreibtischen seiner Kollegen stapelten oder längst in den Archiven verschwunden waren, erforderte weitaus weniger körperlichen Einsatz.

Andresen schrak hoch, als die Martinshörner jetzt unmittelbar vor ihm laut in seinen Ohren klangen. Selbst das Quietschen der Reifen der Einsatzfahrzeuge war bis ins Foyer der Bank zu hören.

Als er sich einigermaßen sicher war, dass die Attentäter mit den Geiseln beschäftigt waren und ihn nicht bemerken würden, kroch Andresen auf allen vieren in Richtung Glasschiebetür. Als er nur noch einen halben Meter von ihr entfernt war, hob er den rechten Arm und bewegte ihn so lange hin und her, bis sie sich öffnete. Für einen kurzen Augenblick atmete er durch, dann robbte er, so flach es sein Körper zuließ, ins Innere der Bank.

Aus dem hinteren Bereich konnte er sofort leise Männerstimmen hören. Vereinzelt klang ein Weinen oder Schluchzen durch, doch insgesamt schien sich die Situation beruhigt zu haben. Keine panischen Geiseln, keine unmittelbare Gefahr der Eskalation.

Andresen blickte hoch, um sich zu orientieren. Mark Peters befand sich jetzt nur noch zwei Körperlängen von ihm entfernt. Er bewegte sich nicht, doch seine Augen waren noch immer geöffnet.

»Ich hole Sie hier raus«, flüsterte Andresen. »Versuchen Sie, bei Bewusstsein zu bleiben.«

»Soll ich Sie sofort erschießen, oder gehen Sie freiwillig zu den anderen?«

Andresen fuhr augenblicklich hoch und blickte in die blauen Augen eines der Attentäter. Mehr war unter der schwarzen Maske nicht von seinem Gesicht zu erkennen. Der Mann war groß gewachsen, bestimmt zwei Meter.

Er versuchte sich die Szenerie auf dem Marktplatz ins Gedächtnis zu rufen. Der Mann war mit seiner Größe aus der Gruppe herausgestochen. Andresen erinnerte sich an kurze dunkle Haare und ein grobes Gesicht. Unwillkürlich musste er an Figuren aus der rechten Szene Schleswig-Holsteins denken, mit denen er vor Jahren einmal zu tun hatte. Die schwarze Kleidung dagegen erinnerte ihn an linksautonome Gruppierungen. In der rechten Hand hielt der Mann eine Maschinenpistole.

»Was haben Sie vor?«, fragte Andresen so unbeeindruckt, wie es ihm in diesem Moment möglich war.

»Sie sind ein Witzbold, wie schön. Stehen Sie auf und kommen Sie mit. Vielleicht können Sie die restlichen Geiseln etwas aufheitern.«

»Sie können mich behalten, wenn Sie ihn hier freilassen.« Andresen zeigte auf Peters und stellte erschrocken fest, dass dessen Augen mittlerweile zugefallen waren. Offenbar hatte er das Bewusstsein verloren. »Der Mann ist schwer verletzt. Wollen Sie etwa, dass er stirbt?«

»Ich verstehe«, sagte der Mann. »Sie glauben, Sie könnten die Bedingungen festlegen. Sind Sie etwa ein Bulle?« Der Mann packte Andresen mit der linken Hand am Kragen seiner Jacke und zog ihn hoch. Machen Sie keinen Ärger, sonst ergeht es Ihnen so wie ihm.«

»Was hat er getan?«

»Sich überschätzt, ganz einfach«, antwortete der Mann ungerührt. »Es ist nicht unser Ziel, möglichst viel Blut zu vergießen. Wenn sich alle ruhig verhalten, wird niemandem etwas passieren. Kommen Sie jetzt mit.«

»Was passiert mit ihm?«, fragte Andresen. »Lassen Sie mich ihn rausbringen, er braucht dringend einen Arzt.«

»Vielleicht sollte ich ihn sofort erschießen, damit er nicht leiden muss.« Der Mann richtete seine Waffe langsam auf Peters.

»Verdammt, hören Sie auf mit dem Scheiß! Lassen Sie ihn in Ruhe. Wenn Sie kein Blutvergießen wollen, weshalb darf ich ihn dann nicht raustragen?«

»Sie haben recht«, sagte der Mann plötzlich. »Ich glaube, es ist tatsächlich besser, wenn Sie gehen. Allerdings allein.«

»Wie bitte?«

»Raus hier, und zwar sofort. Andernfalls …« Der Mann wedelte mit seiner Waffe herum, als ob er jeden Moment abdrücken wollte.

Andresens Blick wechselte zwischen Peters und dem Mann mit dem durchdringenden Blick hin und her. Er hatte keinerlei Zweifel, dass er ihn erschießen würde, wenn er nicht tat, was er sagte. Ihre Blicke trafen sich. Sekundenlang fixierte Andresen den Mann. Er wirkte ruhig und konzentriert. Als sei das, was sie hier taten, lediglich ein Vorgeplänkel für das, was noch kommen würde.

Andresen senkte seinen Blick. Dann wandte er sich um und ging langsam in Richtung der Glasschiebetür, die sich im nächsten Moment fast geräuschlos öffnete.

»Sagen Sie denen da draußen, dass sie sich ruhig verhalten sollen«, rief ihm der Mann hinterher. »Wir melden uns, sobald wir etwas zu sagen haben.«

Andresen trat durch die Tür. Es gab kein Zurück. Er würde Mark Peters nicht helfen können. Und er würde wohl auch diese Wahnsinnigen nicht aufhalten können. Was immer sie vorhatten.

ABSTELLGLEIS

»Wir können das G7-Treffen nicht absagen.« Kregel klang alles andere als überzeugt davon, was er Andresen zu erklären versuchte. »Anweisung von ganz oben.«

»Ganz oben?«

»Bundesregierung, so wie ich das verstanden habe. Alles soll fürs Erste wie geplant vonstattengehen.«

»Wissen die eigentlich überhaupt noch, was die da entscheiden?« Andresen rannte wie ein nervöses Tier um Kregel herum. »Wo zum Teufel sollen die ganzen Einsatzkräfte herkommen, um das alles abzusichern?«

»Wir sollen vorerst nur wenige Einsatzwagen postieren. Das Treffen gibt die Prioritäten vor.«

»Verdammt, die halten mindestens dreißig Geiseln gefangen«, brach es aus Andresen heraus. »Da drinnen liegt jemand im Sterben. Ich scheiß auf dieses ganze G7-Treffen. Jede verfügbare Einsatzkraft muss hierher beordert werden.«

»Vergiss nicht, dass wir noch die Sache mit Wieckhorst haben. Du weißt, wie bekannt er ist. Das macht es nicht gerade leichter. Um ehrlich zu sein, weiß ich gerade nicht mehr, wo mir der Kopf steht.«

»Mit wem hast du gesprochen?«, drängte Andresen.

»Was meinst du?«

»Wer hat dir gesagt, dass diese Sache hier in der Priorität nicht hochgestuft werden kann?«

Kregel zuckte mit den Schultern und wandte sich von Andresen ab.

»Los, sag schon«, ließ Andresen nicht locker. »Das kommt gar nicht von der Bundesregierung, richtig? Zeichner hat dir das gesagt.«

»Wer denn sonst?«, erwiderte Kregel scharf. »Er war gerade dabei, mich zusammenzufalten, als wir die Nachricht bekamen, dass die Bank überfallen worden ist.«

»Dich zusammenzufalten? Weshalb denn das?«

»Weil ich auf die bekloppte Idee gekommen bin, dich für die Sache mit Wieckhorst dazuzuholen.«

»Was für ein Problem hat er eigentlich mit mir?«

»Keine Ahnung«, antwortete Kregel. »Das musst du selbst mit ihm besprechen.«

Andresen nickte. Er ahnte, was dem Polizeipräsidenten ein Dorn im Auge war. Während der Ermittlungen im Fall der illegal in der Ostsee verklappten Atommüllfässer und der Anschlagspläne auf das Fährschiff »MS Klaipeda Express« vor wenigen Wochen hatte Andresen eng mit den Privatdetektiven Kalle Hansen und Simon Winter zusammengearbeitet. »Zusammengearbeitet« war wahrscheinlich das falsche Wort. Er hatte sie die Drecksarbeit an Bord des Schiffes machen lassen. Ein Vorgehen, das dem Polizeipräsidenten offenbar alles andere als recht gewesen war.

»Da ich davon ausgehe, dass er sich hier nicht blicken lässt, werde ich ihn anrufen«, sagte Andresen. »Mir ist vollkommen egal, ob das G7-Treffen ausfällt und der amerikanische Außenminister umsonst über den Großen Teich geflogen ist. Das Einzige, was zählt, ist, dass wir alles dafür tun, die Geiseln unbeschadet zu befreien und diese Männer festzunehmen. Ich habe selbst mit einem von ihnen gesprochen, die schrecken vor nichts zurück. Auch wenn ich noch nicht weiß, was sie tatsächlich vorhaben.«

»Was meinst du damit?«

»Um eine Bank auszurauben, stürmt man nicht unbedingt zu viert bis an die Zähne bewaffnet das Gebäude und schießt minutenlang um sich.«

»Und woran denkst du dann?«

»Keine Ahnung«, antwortete Andresen nachdenklich. »Alles, was ich weiß, ist, dass wir Mark Peters da rausholen müssen.«

»Wen?«

»Den Mann von meiner Ex. Er ist es, den sie angeschossen haben. Er ist schwer verletzt und nicht mehr bei Bewusstsein. Wir müssen es schaffen, mit den Männern zu verhandeln. Er braucht so schnell wie möglich ärztliche Hilfe.«

Andresen musste an die Worte des Mannes denken. Er hatte

klar und deutlich zu verstehen gegeben, dass sie den Zeitpunkt für Verhandlungen selbst festlegen würden.

»Kannst du den Typen, mit dem du geredet hast, irgendwo unterbringen? Ist er jemand, der uns schon mal an anderer Stelle untergekommen ist?«

»Wenn ich etwas gut kann, dann mir Gesichter zu merken«, antwortete Andresen. »Diesen Typen habe ich allerdings noch nie zuvor gesehen, da bin ich mir absolut sicher.«

»Kannst du ihn beschreiben?«

»Groß, kräftig, dunkle kurze Haare. Alle vier Männer trugen die gleiche schwarze Kleidung. Kann politisch rechts oder links sein, heutzutage gibt es da ja keinen Unterschied mehr. Ein politisches Motiv erscheint mir bei einem Banküberfall aber unwahrscheinlich.«

»Es wäre gut, wenn du dich mit den Phantombildzeichnern auf dem Präsidium in Verbindung setzt, um ihnen deine Beschreibung durchzugeben.« Kregel machte eine entschuldigende Handbewegung, als sein Handy klingelte.

Andresen entfernte sich einige Meter vom Leiter der Mordkommission und zog ebenfalls sein Handy aus der Jackentasche. Er suchte die Nummer von Polizeipräsident Franz Zeichner aus seiner Kontaktliste und wählte. Während er darauf wartete, dass er abnahm, ließ er seinen Blick schweifen. Ein Dutzend Polizeiwagen und mehrere Rettungsfahrzeuge hatten den Bereich vor der Bank weiträumig abgeriegelt. Die Straße am Kohlmarkt war komplett gesperrt worden, auch für den Fußgängerverkehr. Dennoch drängten sich bereits jede Menge Schaulustige, die aus Richtung der Fußgängerzone kamen, hinter den Absperrungen.

»Hallo, wer ist denn da?«

Nach kurzer Verwirrung erkannte Andresen die Stimme von Zeichners Sekretärin. »Hallo, Nicole, Birger hier. Ich muss dringend mit Zeichner sprechen.«

»Er ist gerade in einer Besprechung.«

»Hol ihn raus«, sagte Andresen. »Nichts ist momentan wichtiger, als dass ich mit ihm spreche.«

»Ich befürchte, das geht nicht. Die Verantwortlichen der

Bundesregierung sind gerade hier und diskutieren mit ihm die Sicherheit des Bundesaußenministers und der anderen G7-Teilnehmer. Gemeinsam mit irgendwelchen hohen Tieren des BND und des BKA.«

»Hol ihn sofort da raus«, sagte Andresen beharrlich. »Wir haben hier mitten in der Innenstadt eine Geiselnahme mit vier schwer bewaffneten Tätern. Eine der Geiseln liegt im Sterben.«

»Ich versuche es«, antwortete Nicole. »Aber mach dir nicht allzu viel Hoffnung. Zeichner ist ziemlich nervös wegen des Außenministertreffens. Am liebsten würde er die Entführung von Nikolaus Wieckhorst und diese Sache in der Bank verschweigen.«

»Diese Sache in der Bank?«, wiederholte Andresen und brüllte dabei fast ins Telefon. »Wenn du ihn nicht sofort ans Telefon holst, werden hier Dinge passieren, für die ich ihn persönlich verantwortlich machen werde. Das kannst du ihm genau so mitteilen.«

Zeichners Sekretärin sagte nichts. Nur das leise Geräusch des Telefonhörers, der auf den Schreibtisch gelegt wurde, war zu hören. Es verging eine für Andresen unendliche Zeit, ehe sie sich wieder meldete.

»Tut mir leid, Birger. Er kann da jetzt nicht raus. Ich habe ihm aber gesagt, dass er dich dringend zurückrufen soll.«

»Das darf doch nicht wahr sein«, polterte Andresen los. »Ich kann nicht glauben, dass er nicht –«

»Moment«, unterbrach sie ihn. »Ich soll dir etwas ausrichten.«

»Ach ja?«

»Ja«, sagte Nicole bestimmt. »Und zwar, dass Kregel die volle Kontrolle über den Einsatz hat. Er soll so viele Kräfte anfordern, wie er benötigt. Die Sache muss um jeden Preis unblutig beendet werden. Allein um zu zeigen, dass wir jederzeit Herr der Lage sind. Es muss verhindert werden, dass diese Geiselnahme Einfluss auf das G7-Treffen hat. Zeichner wird zu Kregel stoßen, sobald sein Termin beendet ist.«

»Ist das ein Witz?«, fragte Andresen. Er war noch immer außer sich. »Er ignoriert mich also?«

»Nein, das tut er nicht«, antwortete Nicole. »Er hat sich auch zu dir geäußert.«

»Und wie, bitte schön?«

»Du sollst nach Hause gehen, hat er gesagt. Er will dich weder bei der Sache mit Wieckhorst noch bei der Geiselnahme in der Bank dabeihaben.«

»Tatsächlich? Und weshalb?«

»Dein nicht mit ihm abgestimmtes Vorgehen im Fall dieser Fähre hat ihn ziemlich wütend gemacht«, erklärte Nicole. »Das sollte nicht gerade überraschend für dich kommen. Ich schätze, er wird dir persönlich den Kopf waschen, sobald das alles hier vorüber ist.« Sie atmete tief durch. Es war ihr deutlich anzuhören, wie schwer ihr das Gespräch fiel. »Bist du momentan eigentlich nicht krankgeschrieben?«

»Das spielt keine Rolle«, sagte Andresen leise. Er ließ seine rechte Hand, in der er das Handy hielt, vom Ohr rutschen und legte auf, ohne sich zu verabschieden.

Er war raus. Mit Zeichner hatte sich einer seiner letzten Fürsprecher im Präsidium von ihm abgewandt. Jahrelang hatte er mit seiner nicht immer einfachen Art viele vor den Kopf gestoßen. Seine Ermittlungsarbeit hatte meistens aus Alleingängen bestanden, manchmal auch am Rande dessen, was rechtens war. Mit Zeichner war es nie einfach gewesen, doch hatte er immer das Gefühl gehabt, dass sie sich gegenseitig respektierten und ehrlich zueinander waren. Ben Kregel und Julia Winter waren vielleicht die Einzigen, die jetzt noch zu ihm standen.

Andresen blickte sich um. Kregel telefonierte noch immer und rannte unruhig zwischen den Einsatzwagen auf und ab. Ein Kollege von der Streife gab ihm mit einer Handbewegung zu verstehen, sich hinter die aufgereihten Einsatzwagen zu begeben. Widerwillig kam Andresen der Aufforderung nach.

Es fiel ihm schwer zu akzeptieren, dass er hier nichts mehr ausrichten konnte. Dass er kein Vertrauen mehr genoss. Abgeschoben auf einen Posten, von dem er anfangs selbst noch begeistert gewesen war. Die X-Einheit – möglicherweise war die Abteilung mit dem einzigen Ziel ins Leben gerufen worden, ihn ruhigzustellen. Ihn von der Leitung der Mordkommission abzuziehen und ihm dennoch das Gefühl zu geben, als sei es seine eigene Entscheidung gewesen.

Es hatte ihn tatsächlich gereizt, die unaufgeklärten Fälle, für die er fortan verantwortlich war, aufzulösen. Viele dieser zum Teil zwei Jahrzehnte alten Ermittlungen waren erheblich spannender und komplexer als die Delikte, mit denen die Mordkommission Tag für Tag zu tun hatte. Doch die Geringschätzung seiner Arbeit, das Gefühl, dass man ihn durch die Hintertür aufs Abstellgleis führen wollte, das war nichts, was er sich einbildete. In diesem Moment bereute er zum ersten Mal, dass er sich von Zeichner dazu hatte überreden lassen, die X-Einheit zu übernehmen.

Andresen atmete tief durch. Hatte Zeichner vielleicht recht, und sein Verhalten war viel zu eigensinnig und riskant gewesen? Aber hatte nicht gerade seine unkonventionelle Art immer zu Erfolgen geführt, wenn die Ermittlungen stockten und niemand mehr weiterwusste? Seine Stärke war immer die gewesen, in den entscheidenden Momenten die richtigen Schlüsse zu ziehen. Täter zu überführen, wenn andere schon aufgegeben hatten. Das richtige Gespür zu haben und natürlich auch manchmal Dinge zu tun, von denen der Polizeipräsident nicht immer wissen musste.

Er zuckte zusammen, als er zwischen all den aufgebrachten Stimmen um sich herum plötzlich Kregel heraushörte. Er rief seinen Namen.

»Egal, was Zeichner zu dir gesagt hat, du solltest wissen, dass ich anders über dich denke«, sagte Kregel, als sie sich gegenüberstanden. »Ich will, dass du mir bei dieser Sache hilfst. Allein schaffe ich das nicht. Allerdings will ich auch keinen Ärger mit Zeichner bekommen, also müssen wir uns etwas einfallen lassen, dass niemand etwas davon mitbekommt.«

»Genialer Plan, und wie soll das bitte funktionieren?« Andresen verzog den Mund zu einem süffisanten Lächeln.

»Du bist krankgeschrieben«, sagte Kregel. »Niemand kann dir verbieten, dass du dich hier aufhältst. Stell dich hinter die Absperrungen und beobachte die Lage. Ich will mich mit dir austauschen, wann immer es geht. Immerhin bist du der Einzige hier draußen, der mit den Geiselnehmern schon Kontakt gehabt hat.«

Andresen nickte. Ein Danke wollte ihm nicht über die Lippen kommen. Stattdessen wandte er sich wortlos von Kregel ab und zwängte sich an einigen Beamten der Schutzpolizei und eng aneinandergeparkten Einsatzwagen vorbei. Er wollte nicht wirklich als Schaulustiger darauf warten, dass Kregel ihn um seine Meinung bat. Der einzige Grund, weshalb er überhaupt noch blieb, war der, dass er die Täter gesehen hatte. Dass er dabei gewesen war, als es passierte. Dass er als Einziger wusste, wie es um Mark Peters stand. Und dass er, obwohl er den neuen Mann an Ritas Seite nicht leiden konnte, gewillt war, ihm zu helfen. Ihm das Leben zu retten.

Ein dumpfes Grollen ließ ihn innehalten. Instinktiv blickte Andresen gen Himmel, doch in dem grauen Einerlei war weit und breit keine Gewitterwolke zu sehen. Im nächsten Moment erschütterte ein lauter Knall den Kohlmarkt. Der Asphalt unter seinen Füßen vibrierte. Die Fassade des Bankgebäudes schien zu wackeln. Fensterscheiben an der Front des Hauses barsten. Glas zersplitterte und fiel überall auf den Bürgersteig. Als die Explosion vorbei war, herrschte für einige Sekunden völlige Ruhe rund um das Gebäude. Dann brach das Chaos los.

WANGE AN WANGE

»Ist sie tot?«

Bela Blanks Gegenüber wartete einen Moment zu lange mit seiner Antwort. Für einen kurzen Augenblick verlor Blank die Kontrolle über sich und streckte den Mann, den alle nur Leo nannten, mit einem Faustschlag nieder.

»Weshalb musste das sein?« Blank packte den am Boden liegenden jungen Mann am Kragen, um ihn sofort wieder fallen zu lassen. »Habe ich mich etwa nicht deutlich genug ausgedrückt? Was ist so schwer daran zu verstehen, wenn ich sage, dass niemand getötet werden soll, der nicht Teil unseres Plans ist?«

»Verdammt, sie liegt im Koma, aber ist doch noch am Leben. Warum regst du dich so auf?« Leo wischte sich das Blut, das aus seiner aufgeplatzten Lippe lief, mit dem Handrücken weg. Mühsam kam er wieder auf die Beine.

Doch Blank verpasste ihm eine zweite Gerade, diesmal ans Kinn. »Du verstehst nicht, wovon ich spreche, oder? Das ist bedauerlich.«

»Was meinst du denn?«, stöhnte Leo.

»Unsere Idee«, zischte Blank. »Ansonsten wüsstest du, dass wir uns keine Schwächen erlauben dürfen. Halt dich an die Regeln. Lies das Manifest, bis du es tatsächlich verstanden hast. So lange wirst du bei keiner Aktion mehr dabei sein.«

Blank versuchte sich zu beruhigen und begann, nachdenklich auf und ab zu laufen. »Habt ihr Wieckhorst wenigstens an den vereinbarten Ort gebracht?«, fragte er nach einer Weile des Schweigens.

»Natürlich, Hendrik passt auf ihn auf«, antwortete Leo. »Sobald du sagst, dass Wieckhorst –«

Das laute Klopfen an der Tür unterbrach Leo. Ein junger Mann, kaum älter als zwanzig, trat ein und begrüßte die beiden mit einem kurzen Nicken. Sein Blick wirkte starr, die Arme hielt er vor der Brust verschränkt.

»Da bist du ja, David. Erzähl, was passiert ist.«

»Die Aktion in der Innenstadt ist angelaufen«, sagte David leise.

»Gut«, erwiderte Blank. »Die Martinshörner waren nicht zu überhören. Ich hoffe, dort ist wenigstens alles reibungslos verlaufen.«

»Nicht ganz«, antwortete David. »Offenbar wurde jemand unbeabsichtigt angeschossen.«

»Wie bitte?«, donnerte Blank los. Sein Gesichtsausdruck drohte für einen kurzen Moment zu entgleisen. »Ich hoffe, du machst bloß einen Scherz.«

»Leider nicht. Ich habe es aufgeschnappt, als ich mich unter die Bullen gemischt habe. Mehr weiß ich aber auch nicht. Vielleicht hätten wir unsere Leute doch mit Handys ausstatten sollen, dann wüssten wir wenigstens, was wirklich in der Bank vor sich geht.«

»Mit Sicherheit nicht«, antwortete Blank. »Wir haben klare Regeln, an die sich alle halten müssen. Keine Handys, während wir eine Aktion ausführen.«

»Und dafür nehmen wir in Kauf, dass wir nicht die leiseste Ahnung haben, was tatsächlich gerade passiert? Das sind unsere Leute, die da ihr Leben riskieren.«

»Es war von Anfang an klar, dass wir genau so vorgehen«, sagte Blank aufgebracht. »So haben wir es besprochen und entschieden. Die vier sind für dieses Szenario trainiert worden.« Er vergrub sein Gesicht in den Händen. Bedächtig begann er, seine Schläfen zu massieren.

»Los, setzt euch hin«, sagte er schließlich. »Wir müssen darüber reden, wie es weitergehen soll. Die nächsten Stunden werden darüber entscheiden, ob wir erfolgreich sind.« Er zog den Stuhl am Kopfende heran und nahm an dem langen Eichenholztisch Platz. Leo und David taten es ihm nach einigen Sekunden des Zögerns gleich.

»Es gibt nichts, was ich mehr hasse als Komplikationen«, sagte Blank nun ruhiger. »Wir haben uns monatelang auf diesen Tag vorbereitet, und jetzt passieren diese Fehler. Wir riskieren den Erfolg unseres Plans, nur weil wir nicht professionell arbeiten. Oder weil einigen von uns die Nerven durchgehen.« Seine Mimik veränderte sich erneut. Die Wut kam plötzlich zurück.

Wieder ballte er seine rechte Faust. Doch anstatt sie noch einmal in Richtung Leo zu schleudern, ließ er den Tisch mit einem heftigen Schlag erbeben. Sein gefülltes Wasserglas schwappte über, ein halb voller Aschenbecher hüpfte über den Tisch.

»Scheiße, Mann, was willst du eigentlich von uns?«, platzte es aus Leo heraus. »Du sitzt hier in Sicherheit und lässt uns die Drecksarbeit machen. Die Dinge laufen nun mal nicht immer so, wie man sie plant. Wieckhorsts Frau stand uns im Weg. Was hätten wir denn machen sollen?«

»Was ihr hättet machen sollen?« Blank schob seinen Oberkörper über den Tisch, bis sein Kopf nur noch wenige Zentimeter von Leo entfernt war. »Ihr hättet sie verdammt noch mal erschießen sollen.«

»Ich dachte, wir sollen niemanden umbringen, der nicht direkt mit der Sache zu tun hat?«

»Bist du eigentlich wirklich so blöd, oder willst du mich an der Nase herumführen? Sie ist Wieckhorsts Frau, natürlich hat sie etwas mit der Sache zu tun. Und wenn ich mich richtig erinnere, habe ich mich vorher ziemlich klar ausgedrückt. Weshalb schießt ihr sie also nur an? Wer weiß, was sie gesehen hat? Jemand wie sie ist tot natürlich immer besser als lebendig oder verletzt.«

»Wir dachten doch, sie wäre tot«, antwortete Leo. »Wir mussten uns um Wieckhorst kümmern, er hat sich ziemlich zur Wehr gesetzt.«

»Verdammt noch mal«, fluchte Blank. Er griff in seine Jackentasche, holte eine Packung Zigaretten hervor und knallte sie auf den Tisch. »Wegen euch schaffe ich es nicht, davon loszukommen.« Mit zittrigen Händen fischte er die letzte Kippe aus dem Softpack. Leo kramte ein Feuerzeug hervor und hielt es Blank hin.

»Ich will, dass sich jemand um Wieckhorsts Frau kümmert«, sagte Blank, nachdem er den ersten Zug genommen hatte. »Leo, du hast es verbockt, also bring es wieder in Ordnung.«

»Was verlangst du?«

»Du weißt genau, was ich von dir will. Mir ist egal, wie du es anstellst, aber sorg dafür, dass Vanessa Wieckhorst nicht mehr aus ihrem Koma erwacht.«

»Wie zum Teufel soll das gehen? Das ist viel zu riskant«, entgegnete Leo.

»Willst du ernsthaft mit mir darüber diskutieren?« Blank fixierte Leo.

»Ich will nur sagen, dass ich nicht weiß, ob das wirklich eine gute Idee ist«, sagte Leo leise.

»Warum bist du bei uns?«

»Wie bitte?«

»Erzähl mir, warum du Teil unserer Gruppierung sein willst«, drängte Blank mit ruhiger, aber bestimmter Stimme.

»Weil ich an das Manifest glaube«, antwortete Leo. »An jedes einzelne Wort. Und an die Idee dahinter.«

»Das ist sehr gut«, sagte Blank. Er nickte sekundenlang, ohne etwas zu sagen. »Sehr gut«, wiederholte er schließlich. »Dann beweise es mir. Du kannst wiederkommen, wenn du deinen Job erledigt hast. Falls etwas schiefgehen sollte, wirst du nicht zu uns zurückkehren. Falls du verstehst, was ich meine?«

Blank sah Leo mit zusammengekniffenen Augen an. »Verschwinde jetzt«, sagte er hart. »Ich will dich erst wiedersehen, wenn du die Sache in Ordnung gebracht hast.«

Leo reagierte nicht, starrte Blank stattdessen mit einer Mischung aus Ungläubigkeit und Angst an.

»Was genau kapierst du an meinen Worten nicht?« Blank stand wutentbrannt auf, wobei sein Stuhl nach hinten kippte. »Wenn du nicht in drei Sekunden diesen Raum verlassen hast, wirst du ihn nie mehr verlassen. Eins …«

Leo sprang auf und stürzte in Richtung Tür. Dort hielt er noch einmal inne und sah sich um.

»… zwei …«

»Ich werde tun, was du gesagt hast.« Leos Worte klangen schwach. Mit einem kurzen Kopfnicken verließ er schließlich den Raum und schloss hinter sich die Tür.

»Drei.« Blank lächelte und begann, erneut im Raum auf

und ab zu laufen. »Er scheint es kapiert zu haben«, sagte er leise. »Nun zu dir.«

»Was ist mit mir?« David blickte Blank mit stoischer Miene an.

»Irgendjemand muss sich darum kümmern, dass die Sache nicht komplett aus dem Ruder läuft. Wie oft habe ich davor gewarnt, es zu solchen Komplikationen kommen zu lassen? Dass wir aufpassen müssen, niemanden zu verletzen, auf den wir es nicht abgesehen haben? Am besten, du kümmerst dich um den Mann aus der Bank.«

»Er ist noch im Gebäude.«

»Wie bitte?«

»Der Mann wurde während der Erstürmung der Bank angeschossen. Vor der Bank sind bestimmt zwei Dutzend Streifenwagen und Rettungsfahrzeuge vorgefahren. Soweit ich gehört habe, wollen Julian und die anderen den Mann allerdings nicht freilassen.«

»So hatten wir es besprochen«, sagte Blank. »Falls es Verletzte gibt, übergeben wie sie nicht den Bullen. Wir müssen so lange wie möglich verhindern, dass wir identifiziert werden.«

David nickte stumm.

»Und genau deshalb sollst du in das Gebäude rein, um dafür zu sorgen, dass alles nach Plan verläuft.«

»Reingehen? Wie meinst du das?«

»Lass dir etwas einfallen«, antwortete Blank. »Such dir einen Weg, wie du in die Bank gelangst, ohne dass jemand etwas davon mitbekommt. Check die Lage und sprich mit unseren Leuten. Sag ihnen, dass sie keinen weiteren Fehler begehen dürfen. Andernfalls ist nicht nur diese Aktion in Gefahr, sondern das große Ganze.«

»Deine Idee ist vollkommener Wahnsinn.«

»Wahnsinn? So denkst du über mich?«

»In der Stadt wimmelt es nur so von Bullen«, sagte David. Seine Stimme klang hart. »Das gesamte Bankgebäude ist umstellt. Sag mir bitte schön, wie ich dieses Gebäude unbemerkt betreten soll.«

»Ich werde dir jetzt etwas verraten, David.« Blank zog an

seiner Zigarette, obwohl bereits der Filter glimmte, ehe er den Stummel in einem Aschenbecher, der auf dem Tisch stand, ausdrückte.

»Als wir uns vor knapp zwei Jahren kennengelernt haben, war mir sofort klar, wie ähnlich wir uns sind. In unserem Denken, in unseren Zielen. Ich habe dir vom ersten Moment an vertraut und tue das noch immer. Und genau deshalb bist du der wichtigste Mann an meiner Seite. Ich traue dir zu, dass du es schaffst, in die Bank zu gelangen und mit Julian und den anderen zu reden. Und ich hoffe, du enttäuschst mich nicht. Wir haben noch Großes vor uns, wie du weißt. Dafür brauche ich dich.«

Blank ging um den Tisch herum, postierte sich vor David und legte ihm beide Hände auf die Schultern. Ihre Blicke trafen sich, ohne dass einer der beiden auch nur mit der Wimper zuckte. Dann zog Blank David zu sich heran, bis sich ihre Gesichter berührten. Wange an Wange.

Davids Atem war so warm, dass Blank dessen Energie durch seinen Körper fließen spürte. »Wir sind Brüder im Geiste«, hauchte er. Es war so, wie er es sich vorgestellt hatte, als er das Manifest verfasst hatte. Wieder und wieder flüsterte er David die Worte ins Ohr, bis er sich sicher war, dass er sie verstanden hatte.

Bevor Blank ihn losließ, presste er David für einen Augenblick so sehr an sich, dass es schmerzte. »Geh jetzt und tu, was notwendig ist«, sagte er leise. »Du kennst unser Ziel und weißt, weshalb wir all das hier auf uns nehmen.«

»Und wenn ich es nicht schaffen sollte?«

»Du glaubst an unsere Idee«, sagte Blank. »Du hast das Manifest verinnerlicht. Egal, was passieren wird, vergiss niemals, weshalb du damals zu uns gekommen bist. Wenn du dir klarmachst, warum du dich uns angeschlossen hast, wirst du die nötige Kraft haben.« Wieder näherte er sich David. Mit der rechten Hand strich er ihm sanft übers Gesicht.

Im nächsten Moment fuhren beide zusammen. Die Tür wurde aufgerissen, und Leo stürmte in den Raum. Seine ohnehin bleiche Gesichtsfarbe unterschied sich kaum noch von dem hellen Putz an der Wand.

»Was hast du hier zu suchen? Warum erledigst du nicht deinen Job im Krankenhaus?« Blank musterte Leo. Er schien zu zittern, sein Blick flirrte durch den Raum. »Verdammt, setz dich erst mal hin. Du siehst ja grauenvoll aus. Was ist passiert?«

»Sie sind hier«, stieß Leo leise hervor.

»Wer ist hier? Wovon sprichst du?«

»Die Bullen, sie sind da draußen«, stammelte Leo. »Überall. Und sie wissen, dass wir hier sind.«

Bela Blanks Mundwinkel zuckten. Um ein Haar hätte er sich den Holzstuhl geschnappt, auf dem er eben noch gesessen hatte, um ihn vor lauter Wut auf dem Tisch zu zerschmettern. Doch dann verstand er, dass Leo der Sache nicht mehr gewachsen war. Er hatte längst die Nerven verloren.

GOLD

Andresen hielt es nicht länger hinter der Absperrung. Er drängte sich an den Einsatzfahrzeugen vorbei und bückte sich unter den Absperrgittern hindurch, bis er nur noch wenige Meter von der Front des Bankgebäudes entfernt war. Unter seinen Schuhen knirschte das Glas der explodierten Fensterscheiben. Die heftige Erschütterung hatte nur wenige Scheiben heil gelassen. Doch außer der Detonation und den zersprungenen Fenstergläsern drang aus der Bank nichts, was auf eine Eskalation hindeutete. Im Gegenteil. Es herrschte eine fast beunruhigende Stille.

Andresen warf einen Blick zurück. Die Scharfschützen des SEK richteten ihre automatischen Waffen direkt auf ihn. Kregel fuchtelte aufgeregt mit den Armen und versuchte, ihn zurückzuwinken. Andresen deutete auf die Bank und näherte sich dem rechten Eingang, durch den er vor nicht einmal zehn Minuten die Bank verlassen hatte.

»Mach keinen Scheiß, Birger«, hörte er Kregel rufen. Die Finger der Einsatzbeamten an ihren Abzügen konnte er förmlich spüren.

War er vielleicht lebensmüde? Direkt vor ihm in der Bank warteten vier schwer bewaffnete Geiselnehmer und hinter ihm Dutzende Einsatzkräfte des SEK, die im Zweifelsfall nicht zögern würden, auch auf ihn zu schießen, wenn die Situation eskalierte.

In den letzten Tagen hatte es für Andresen nicht nur einen Moment gegeben, in dem er sein gesamtes Leben in Frage gestellt hatte. Von den wenigen Menschen, die ihm noch wichtig waren, hatte er sich immer mehr zurückgezogen. Er wusste, dass das rein gar nichts mit Wiebke und ihrer Wahnsinnstat zu tun hatte. Dieser Prozess der Vereinsamung hatte schon vor langer Zeit begonnen. Spätestens als er aus seinem inzwischen abgebrannten Altstadthaus ausgezogen war, vielleicht aber auch schon viel früher. Womöglich sogar schon, als er

Wiebke kennengelernt und sich noch einmal voll und ganz auf eine Frau an seiner Seite eingelassen hatte.

Kurz vor dem Eingang zur Bank sah sich Andresen noch einmal um. Kregel rief ihm wütende, unverständliche Worte entgegen. Trotz der Entfernung glaubte er, das hochrote Gesicht des Polizeipräsidenten erkennen zu können.

Er musste an seine Kinder denken. Die kleine Marlene, die mittlerweile bereits fünf Jahre alt war. Obwohl er sich eingestehen musste, dass es ihm nicht gelungen war, eine wirklich enge Verbindung zu ihr aufzubauen, vermisste er sie von Tag zu Tag mehr. Dasselbe galt für die neunjährige Emilie, die aus einer früheren Beziehung Wiebkes stammte. Sie war ihm im Lauf der Jahre so sehr ans Herz gewachsen wie sein eigen Fleisch und Blut. Und Ole, sein erwachsener Sohn aus der Ehe mit Rita, hatte ihm erst vor Kurzem eröffnet, bald für eine Zeit nach Neuseeland zu gehen, weil ihm in Lübeck zunehmend die Decke auf den Kopf fiel.

Eine Bewegung im Innern des Bankgebäudes, irgendwo im Foyer, nahm seine Aufmerksamkeit in Anspruch. Im nächsten Moment hallte ein Schuss durch die Luft. Andresen warf sich mit einem Hechtsprung auf den Boden und spürte sofort den Schmerz, den der harte Asphalt des Bürgersteigs an seinem Kinn und den Handinnenflächen verursachte.

Plötzlich packten ihn zwei kräftige Hände an den Armen und zogen ihn hoch. Andresen wehrte sich, wütend auf sich selbst und das unnötige Risiko, das er eingegangen war. Aber auch auf die SEK-Leute, die nicht zimperlich mit ihm umgingen. Sie zogen ihn weg vom Bürgersteig über die Straße bis hinter die Absperrungen. Unsanft wurde er in einen der Streifenwagen geschubst. Hinter ihm wurde die Tür zugeschlagen, während sich auf der anderen Seite eine öffnete. Kregel stieg ein und atmete tief durch. Sein Blick war äußerst ernst.

»Was ist eigentlich los mit dir?«, fragte Kregel nach einigen Sekunden des Schweigens. »Willst du mit aller Macht dein Leben wegschmeißen?«

»Mein Leben?«, wiederholte Andresen mit verkniffener

Miene. »Was weißt du denn schon über mein Leben? Im Moment hätte ich tatsächlich viele Gründe, es wegzuschmeißen.«

»Du willst dich opfern? Was für ein kindisches und dummes Verhalten.«

»Darum geht es doch gar nicht«, sagte Andresen scharf. »Ich will einfach nicht mit ansehen müssen, wie uns da drinnen jemand wegstirbt, während wir hier untätig herumstehen. Und das sage ich nicht, weil ich den Mann kenne, sondern weil ich in meinen dreißig Jahren bei der Kriminalpolizei immer alles in meiner Macht Stehende versucht habe, um Menschenleben zu retten. Ich verstehe einfach nicht, was ihr vorhabt. Was plant Zeichner?«

»Ich erinnere dich nur ungern daran, dass du mit deinen Methoden auch schon Menschen unnötigerweise in Gefahr gebracht hast. Wenn du ehrlich zu dir selbst bist, musst du zugeben, dass du verdammt viel Glück gehabt hast, dass nie etwas Schlimmes passiert ist. Was dich deinen Job gekostet hätte.«

»Verdammt, Ben, du redest schon wie Zeichner.«

»Schwachsinn, aber es ist doch offensichtlich, dass das so nicht funktioniert. Du hältst dich nicht an Absprachen, du akzeptierst nicht, dass ich hier jetzt das Sagen habe. Was du gerade getan hast, war nicht nur lebensmüde, du hast auch das Leben der Geiseln und von uns allen hier draußen aufs Spiel gesetzt.«

»Was willst du mir eigentlich sagen?«

»Eigentlich sollte ich mit Zeichner darüber reden, was du vorhattest, aber ich werde es nicht tun«, antwortete Kregel. »Dafür will ich, dass du jetzt von hier verschwindest und nicht wieder auftauchst, bis das alles hier vorbei ist. Bring dein Privatleben in Ordnung und werde wieder gesund. Das hier ist momentan jedenfalls nicht der Ort, an dem du dich aufhalten solltest.«

»Drohst du mir?«

»Nein, das ist ein Ratschlag.«

»Und was ist dein Plan? Wie willst du das Leben von Mark Peters und den anderen Geiseln retten?«

»Geh jetzt einfach.«

Andresen nickte wortlos, dann öffnete er die Tür des Streifenwagens und stieg aus. Im letzten Moment steckte er den Kopf noch einmal in den Wagen. »Fragst du dich eigentlich gar nicht, weshalb es diese Detonation gegeben hat?«

Kregel blickte Andresen irritiert an. »Wenn du etwas weißt, dann sag es jetzt.«

»Ich habe lediglich eine Vermutung, aber ich habe hier ja nichts mehr zu sagen«, entgegnete Andresen trotzig. »Du solltest dich aber mal schlaumachen, was sich in diesem Gebäude befindet.«

»Denkst du allen Ernstes, wir kämen nicht auf die Idee, dass diese Typen es auf die Geldbestände abgesehen haben, die in der Bank aufbewahrt werden?«

»Ich denke ganz einfach, dass du überhaupt keine Ahnung hast, was es mit dieser Bank tatsächlich auf sich hat«, antwortete Andresen trocken. »Um Geldscheine geht es hier nämlich nicht, zumindest nicht vorrangig.« Er zog seinen Kopf zurück. Dann verschwand er.

***

»Verdammte Scheiße«, stöhnte Kregel. »Bist du dir absolut sicher?«

»Die Goldreserven im Keller der Bank gehören zu den größten in Deutschland. Wir sprechen dabei von knapp vier Tonnen.«

»Vier Tonnen?« Kregel schüttelte ungläubig den Kopf. »Die müssen zig Millionen wert sein.«

»Mehr als einhundert Millionen Euro, um genau zu sein.«

Andresen lupfte die Wollmütze, die er sich mittlerweile aufgesetzt hatte, über seine Ohren, um Kregels Gespräch mit einem kahl geschorenen Mann vom LKA, mit dem er vor Jahren schon einmal zu tun gehabt hatte, lauschen zu können. Er stand nur wenige Meter von seinem Kollegen entfernt. Statt Kregels Anweisung zu befolgen und einfach nach Hause zu gehen, war er bereits nach wenigen Metern umgekehrt und hielt sich im Schatten eines Einsatzbusses versteckt.

»Wieso wissen wir nichts davon, dass mitten auf der Altstadtinsel derart viel Gold gelagert wird?«

Der Mann vom LKA zuckte mit den Schultern und wandte sich wieder ab. Andresen nutzte die Chance und trat näher an Kregel heran.

»Birger, was zur Hölle machst du –?«

»Niemand durfte etwas darüber wissen«, sagte Andresen. »Ich habe auch nur durch Zufall von den Goldvorräten erfahren. Eigentlich hätte ich sofort wissen müssen, dass es ihnen darum geht. Mir kam der Gedanke jedoch auch erst, als die Explosion das Gebäude erschüttert hat.«

»Du wusstest es?«

»Vor ein paar Jahren hat mir jemand erzählt, dass in dieser Bank außergewöhnlich viel Gold und Bargeld gelagert wird. Goldvorräte der Bundesregierung. Die Tresore im Keller sind über hundert Jahre alt und wurden noch für den Vorgängerbau errichtet, der im Krieg zerstört wurde. Die Tresore haben standgehalten, echte kaiserliche Wertarbeit. Sie bieten sich für die langfristige Lagerung geradezu an.«

»Diese Männer planen also den Megaraub«, sagte Kregel leise. »Und dafür suchen sie sich ausgerechnet den Tag aus, an dem mehr als dreitausend Polizisten in Lübeck vor Ort sind.«

»Vielleicht, weil sie darauf spekulieren, dass wir durch das G7-Treffen abgelenkt sind und für diese Sache nicht ausreichend Einsatzkräfte abstellen können. Und wenn wir ehrlich sind, liegen sie damit nicht einmal falsch.«

»Was denkst du, mit wem wir es zu tun haben?«, fragte Kregel fast beiläufig. »Wie sahen diese Männer aus?«

Andresen musterte ihn. Ihm lag eine heftige Erwiderung auf der Zunge, aber er wollte nicht beleidigt daherkommen.

»Es freut mich, dass du jetzt doch meine Meinung hören willst«, sagte er schließlich. »Ich habe vorhin bereits mit einem von Seelhoffs Leuten über diese Typen gesprochen. Die Täterbeschreibungen werden gerade herausgegeben. Allerdings kann ich nur zu dem Mann Genaueres sagen, mit dem ich geredet habe.«

»Das meine ich nicht«, entgegnete Kregel. »Ich will wissen,

ob wir sie deiner Ansicht nach irgendwie zuordnen können. Wie waren sie gekleidet?«

»Ganz in Schwarz, das sagte ich bereits«, antwortete Andresen mit verständnislosem Blick. »Die Kleidung dürfte kaum Rückschlüsse zulassen, außer dass wir es meines Erachtens mit absoluten Profis zu tun haben.«

»Woran machst du das fest?«

»Als ich sie auf dem Marktplatz gesehen habe, wirkten sie bereits unheimlich fokussiert. Und unheimlich im wahrsten Sinne des Wortes. Sie marschierten wie Roboter in Richtung Bank.«

»Moment mal«, fuhr Kregel dazwischen. »Verstehe ich das richtig, du hast sie bereits auf dem Weg in die Bank gesehen?«

»Ja, allerdings habe ich zu spät gemerkt, was sie vorhaben. Ich bin hinter ihnen hergerannt, aber dann stand ich plötzlich mittendrin in dem Kugelhagel.«

»Du hättest sie stoppen können«, sagte Kregel leise.

»Hätte ich nicht«, entgegnete Andresen scharf. »Wie hätte ich denn wissen können, was sie vorhaben? Hat Zeichner dir befohlen, mir ans Bein zu pissen, weil er ein Problem mit mir hat? Ist es das? Sag schon.«

»Ja, ganz genau so ist es.«

Andresen fuhr herum. Vor ihm stand, nur eine knappe Körperlänge von ihm entfernt, Polizeipräsident Franz Zeichner.

»Dass Sie ohnehin machen, was Sie wollen, ist ja schon lange kein Geheimnis mehr, aber dass Sie es tatsächlich wagen, hier aufzukreuzen, schlägt dem Fass den Boden aus. Was an dem, was Kregel und meine Sekretärin Ihnen gesagt haben, war denn bitte schön unverständlich?«

»Aufkreuzen?«, wiederholte Andresen ungläubig. »Falls Sie es nicht wissen oder nicht wissen wollen, ich war in der Bank, als es passiert ist. Ich bin der Einzige, der hier überhaupt weiß, mit wem wir es zu tun haben.«

»Und mit wem haben wir es zu tun?« Zeichner musterte Andresen argwöhnisch.

»Mit Leuten, die vor nichts zurückschrecken. Da drinnen liegt ein schwer verwundeter Mann. Wir müssen ihn rausholen, und zwar so schnell wie möglich. Lassen Sie mich Kontakt zu den Männern aufnehmen. Mich kennen sie immerhin bereits.«

»Herrgott noch mal, Andresen. Sie haben hier nichts verloren, verstehen Sie das denn nicht? Kregel leitet den Einsatz, für das SEK sind die Kollegen aus Kiel zuständig. BKA, BND und die Sicherheitsleute der Bundesregierung mischen ebenfalls mit. Gehen Sie einfach nach Hause und zünden Sie eine Kerze an.«

»Ich will nur diese eine Chance.« Andresen ließ nicht locker. »Man wird es Ihnen ankreiden, falls die Geisel sterben sollte. Sie haben gezögert und billigend ihren Tod in Kauf genommen. Das kann doch kaum in Ihrem Interesse liegen? Lassen Sie mich den Verletzten da herausholen, dann verschwinde ich von hier.«

Andresen wandte sich zu Kregel um und sah ihn mit strafendem Blick an. »Von dir hätte ich mir etwas anderes gewünscht. Und ehrlich gesagt auch erwartet. Weshalb tust du nicht, was du unter meiner Leitung gelernt hast? Wie kannst du das hier zulassen?«

»Es reicht.« Zeichner fiel ihm ins Wort. »Ich habe verstanden.«

»Wie bitte?«

»Außer abzuwarten, haben wir im Moment noch keinen Plan, wie wir mit dieser Situation umgehen sollen«, erklärte Zeichner sichtlich unzufrieden. »Wir müssen etwas unternehmen. Kregel, was schlagen Sie vor?«

»Lassen Sie ihn rein.«

Andresen sah seinen Kollegen überrascht an.

»Das ist unmöglich«, entgegnete Zeichner vehement. »Brächte er nur sich selbst in Gefahr, würde ich ihn vielleicht sogar gehen lassen, aber wir reden von mehr als zwanzig Geiseln. Wir müssen nun mal abwägen, was das größere Risiko ist. Und ich glaube, in diesem Fall gibt es darüber nichts zu diskutieren.«

»Wollen Sie allen Ernstes darauf warten, bis dieser Mann da drinnen stirbt?« Andresen schüttelte fassungslos den Kopf. »Abwarten, bis die Geiselnehmer noch jemanden erschießen? Die sind zu viert, so schnell werden sie nicht müde werden. Eine Zermürbungstaktik wird hier nicht erfolgreich sein. Wenn es diese Typen tatsächlich auf das Gold abgesehen haben, müssen sie einen Plan haben, wie sie von hier wegkommen wollen. Sie müssen irgendwann Kontakt zu uns aufnehmen, Forderungen stellen. Sie werden sich nicht ewig in der Bank verschanzen.«

»Sie hören mir nicht zu, Andresen«, sagte Zeichner mit ruhiger Stimme. »Natürlich ist Abwarten keine Option, wir sind da einer Meinung. Allerdings werden wir mit Sicherheit auch kein unnötiges Risiko eingehen und Sie da reinschicken. Wir werden versuchen, auf andere Weise mit den Männern in Kontakt zu treten. Und es scheint mir tatsächlich das Beste zu sein, wenn Sie sich darum kümmern.«

»Ihr Ernst?«

»Es ist nicht die Zeit dafür, Späße zu machen«, sagte Zeichner. »Sehen Sie zu, dass Sie eine Verbindung ins Gebäude herstellen und einen der Männer ans Telefon bekommen. Bringen Sie in Erfahrung, was sie wollen. Und bieten Sie ihnen etwas an.«

Zeichner wandte sich von Andresen ab, packte Kregel am Arm und zog ihn beiseite, wobei sich seine Miene noch etwas mehr verfinsterte.

***

»Nimm dieses Telefon, es ist präpariert.« Der junge Kollege von der Technik drückte Andresen ein Mobiltelefon in die Hand, das aussah wie aus einer anderen Zeit. Ein Knochen, wie er ihn nicht einmal privat benutzt hatte. »Die Nummer ist eingespeichert, einfach den grünen Hörer betätigen. Es klingelt dann im Büro des Bankdirektors. Wir müssen hoffen, dass jemand abnimmt.«

»Danke.« Andresen nickte und ließ das Telefon in seiner rechten Hand kreisen. Noch immer versuchte er zu verstehen, weshalb Zeichner ihm das Vertrauen geschenkt hatte, mit den Geiselnehmern zu telefonieren. Weshalb hatte er seine Meinung plötzlich geändert? Und warum hatte er sich nach ihrem Gespräch Kregel vorgeknöpft?

Er blickte abwechselnd auf die Tasten des Handys und Ben Kregel, der einige Meter entfernt stand und in ein Gespräch mit dem Leiter des Sondereinsatzkommandos vertieft war. Hübner war sein Name, er arbeitete beim LKA in Kiel. Ein unangenehmer Mensch, erinnerte er sich. Angespannt atmete Andresen durch, dann drückte er die Anruftaste.

Es verging eine gefühlte Ewigkeit, bis ein Klingelzeichen ertönte. Dann glaubte er für einen kurzen Augenblick, das Klingeln aus dem Gebäude bis auf die Straße hören zu können. Er zuckte zusammen, als sich plötzlich der Mann meldete, dem er vor knapp einer Stunde in der Bank gegenübergestanden hatte. Er erkannte seine Stimme.

»Lebt er noch?« Andresen kam direkt zur Sache.

»Darum geht es nicht«, antwortete der Mann. »Wir telefonieren, weil ich ans Telefon gegangen bin.«

»Wir telefonieren, weil Sie mindestens genauso dringend mit uns sprechen müssen wie wir mit Ihnen.«

Der Mann am anderen Ende der Leitung schwieg. Ein kurzes Geräusch. Es klang, als würde er lachen.

»Ich will Ihnen etwas vorschlagen«, sagte Andresen. »Wir wären bereit –«

»Sparen Sie sich Ihre Worte«, ging der Mann dazwischen. »Wir verhandeln nicht mit Ihnen. Nicht jetzt und auch nicht in paar Stunden. Und wissen Sie auch, weshalb?« Er holte tief Luft. »Weil wir keine Forderung haben.«

»Was wollen Sie dann?«

»Das erfahren Sie noch früh genug.«

»Wozu brauchen Sie die Geiseln?«

»Wir entscheiden zu gegebener Zeit, was wir mit ihnen machen. Momentan sehen wir keine Veranlassung, jemanden gehen zu lassen. Die Situation ist so, wie sie ist. Seien Sie sicher, Sie alle da draußen erfahren als Erste, wenn etwas passiert.«

»Verdammt noch mal, was soll der Mist?«, platzte Andresen heraus. »Sie stürmen zu viert und schwer bewaffnet die größte Bank in der Lübecker Innenstadt. Sie schießen um sich, verletzen jemanden und nehmen Geiseln. Und dann wird das Gebäude auch noch von einer gewaltigen Explosion erschüttert. Was denken Sie denn, was hier draußen los ist? Jeder Winkel ist mit Scharfschützen besetzt. Glauben Sie ernsthaft, dass Sie eine Chance haben, lebend herauszukommen?«

Aus dem Augenwinkel erkannte Andresen, dass Kregel einige Meter entfernt nervös auf den Fingern seiner rechten Hand kaute und mit der linken eine beruhigende Bewegung signalisierte. Im Hintergrund war auch Zeichner zu sehen. Er wirkte stoisch und unbeeindruckt von den wütenden Worten, die Andresen soeben ins Telefon gezischt hatte.

»Sie können ihn haben«, sagte der Mann am Telefon plötzlich.

»Wie bitte?«

»Der Mann liegt im Foyer. Wenn Sie Glück haben, lebt er noch. Sie können ihn holen, er muss nicht sterben.«

»Er muss nicht sterben?«, wiederholte Andresen aufgebracht. »Ich scheiße auf Ihre Art von Scherzen. Und weshalb sollte ich Ihnen überhaupt glauben? Wer sagt mir, dass Sie nicht erneut das Feuer eröffnen, wenn ich mich dem Gebäude nähere?«

»Das machen wir lediglich, wenn Sie sich unabgesprochenerweise nähern. Verhalten Sie sich ruhig und hören Sie darauf, was wir sagen, dann wird niemandem etwas passieren.«

Andresen wollte etwas erwidern, doch das Geräusch in der Leitung war eindeutig. Der Mann hatte aufgelegt. Für einen Moment schoss die Wut derart in ihm hoch, dass er das Telefon am liebsten zu Boden gefeuert hätte. Er fühlte sich an der Nase herumgeführt. Unfähig, Einfluss auf die Geiselnehmer ausüben zu können.

Im nächsten Moment stürmten bereits mehrere schwer bewaffnete SEK-Beamte an ihm vorbei in Richtung des rechten Eingangs der Bank. Andresen zählte leise die Sekunden, rechnete damit, dass jeden Moment Schüsse durch die hereinbrechende kalte Abendluft hallen würden. Oder weitere Explosionen. Doch nichts von alldem geschah. Stattdessen eilten die Beamten des SEK nur wenige Augenblicke später wieder aus dem Foyer der Bank hinaus auf die Straße. Sie trugen Mark Peters wie einen zusammengerollten Teppich aus dem Gebäude. Er schien nicht bei Bewusstsein zu sein. Vielleicht war er nicht einmal mehr am Leben. Und doch überwog bei Andresen in diesem Moment die Erleichterung, dass der Mann, mit dem er gesprochen hatte, sie nicht in eine Falle gelockt hatte.

Was blieb, war allerdings die Frage, was diese Männer vorhatten. Weshalb sie keine Forderungen stellten. Planten sie überhaupt, von hier zu fliehen?

Während der leblose Körper von Mark Peters an ihm vorbeigetragen wurde, verstärkte sich Andresens ungutes Gefühl. Hinter dem Überfall auf die Bank mochte weitaus mehr stecken, als sie sich bislang ausmalten.

BLASENTEE MIT SCHUSS

Es war kurz vor zehn, als Andresen bemerkte, dass Hübner, der Leiter des SEK, seinen Scharfschützen erneut ein Zeichen gab, in Position zu gehen. Die Dunkelheit hatte ihn müde gemacht, doch er hatte nicht eine Sekunde lang darüber nachgedacht, nach Hause zu gehen, um sich auszuruhen.

Knapp sieben Stunden waren mittlerweile vergangen, seitdem er den schwarz gekleideten Männern vom Marktplatz aus in Richtung Bankgebäude gefolgt war. Sieben Stunden, die für Andresen und alle anderen zu einem Nervenkrieg geworden waren, in dem die Geiselnehmer noch keinen einzigen Moment der Schwäche gezeigt hatten.

Seit Andresens Telefonat war es ihnen nicht mehr gelungen, mit den Männern in Kontakt zu treten. Der Polizeipsychologe, den sie hinzugezogen hatten, hatte ihnen den Rat gegeben, es weiter zu versuchen und erst in den frühen Morgenstunden über eine Stürmung des Gebäudes nachzudenken. Erfahrungsgemäß agierten Geiselnehmer am Ende einer Nacht, in der sie kaum ein Auge zugemacht hatten, unkonzentriert.

Spezialkräfte aus Kiel hatten am Abend versucht, mit Wärmebildkameras und Nachtsichtgeräten Details im Gebäude auszumachen. Doch gegen die dicken Mauern hatte die moderne Technik keine Chance gehabt. Auch die Aufnahmen aus dem Hubschrauber, der seit Stunden über der Bank kreiste, hatten keine neuen Erkenntnisse geliefert.

Mark Peters war sofort, nachdem ihn die Männer des SEK aus dem Gebäude getragen hatten, ins Universitätsklinikum gebracht und notoperiert worden. Doch noch gab es keinerlei Informationen darüber, ob er schon über den Berg war. Ob sein Herz den Blutverlust verkraften würde und ob die Kugeln, die ihn getroffen hatten, Organe verletzt hatten.

Als Andresen an sein letztes Aufeinandertreffen mit seiner Exfrau Rita gedacht hatte, hatte er den flüchtigen Gedanken, ihr persönlich Bescheid zu geben, sofort wieder verworfen.

Sie waren sich so fremd gewesen, dass es ihm unvorstellbar war, mit ihr verheiratet gewesen zu sein.

Immerhin hatte sich die Verbitterung der ersten Jahre nach ihrer Scheidung mittlerweile gelegt. Damals, nachdem sie sich getrennt hatten, hatte Rita keine Gelegenheit ausgelassen, ihm und seiner Arbeit die Schuld an all ihren Problemen zu geben. Und obwohl sie damit recht gehabt hatte, war er davon überzeugt, dass ihre Ehe nicht daran zerbrochen war. Vielmehr hatten sie es versäumt zu kämpfen, sie hatten nicht zurückgesteckt, immer nur ihre eigenen Ziele verfolgt, ohne an sich, ihre Ehe und ihren gemeinsamen Sohn zu denken.

Andresen atmete tief durch. Er hatte ihr die Nachricht von Peters' Unglück einfach nicht überbringen können. Stattdessen hatten sie einen Streifenwagen zu ihrem Haus geschickt. Er war sich sicher gewesen, dass sie ihn dafür verantwortlich machen würde, was mit ihrem Mann geschehen war.

»Es tut sich was.«

Andresen fuhr herum.

»Jemand verlässt das Gebäude«, sagte Kregel. »Hoffen wir, dass alles gut geht.«

»Um wen auch immer es sich handelt, sie werden nicht einfach so aufgeben«, sagte Andresen. »Im besten Fall lassen sie Geiseln frei. Oder aber das Ganze ist eine Falle. Das SEK sollte sich allerdings so lange zurückhalten, bis wir uns absolut sicher sind, was vor sich geht.«

»Weißt du was, Birger?« Kregel lächelte müde. »Als du noch mein Vorgesetzter warst, mochte ich dich wirklich gern. Ein schwieriger Typ warst du zwar schon immer, aber wenigstens kein frustrierter alter Mann, der es nicht verkraftet, auf einen unbedeutenden Posten abgeschoben worden zu sein.«

Kregel wandte sich von Andresen ab, sprach jedoch weiter. »Ich hatte dich heute Morgen um Hilfe gebeten, weil ich gedacht habe, dass du mich mit deiner Erfahrung bei der Sache mit Wieckhorst unterstützen könntest. Hätte ich gewusst, dass du jetzt alle Ermittlungen an dich reißen willst, hätte ich darauf wohl verzichtet. Weshalb fällt es dir eigentlich so schwer zu akzeptieren, dass ich nun Leiter der Mordkommission bin?«

»Vielleicht, weil ich das Gefühl habe, manche Dinge besser als Zeichner einschätzen zu können. Du tust nur, was er sagt«, antwortete Andresen trotzig. »Und weil ich der Einzige bin, der –«

Er kam nicht mehr dazu, seinen Satz zu vollenden, weil plötzlich die großen Scheinwerfer, die die Kollegen von der Technik aufgestellt hatten, ansprangen und den Bürgersteig vor dem Bankgebäude in ein grelles Licht hüllten. Kregel entfernte sich und trat eilig auf den Einsatzleiter des SEK zu. Mit einem Mal drangen Menschen aus dem Haus. Erst zögerlich, dann immer schneller. Mehr als ein Dutzend, überschlug Andresen. Sie sahen verwirrt aus. Verängstigt.

Noch zögerten die Einsatzkräfte, einzugreifen, niemand verließ seinen Posten. Kregel und Hübner befolgten offenbar, was er ihnen geraten hatte. Kein Risiko, solange die Situation noch nicht überschaubar ist.

Andresen zählte sechs Männer und dreizehn Frauen, die ihnen entgegenliefen. Die meisten von ihnen tränenüberströmt. Von den Geiselnehmern war niemand dabei, war sich Andresen sicher. Er war der Einzige, der wusste, wie sie aussahen.

Neunzehn Menschen, vergewisserte sich Andresen noch einmal. Es schien dabei zu bleiben, niemand kam mehr aus dem Gebäude. Wie viele Geiseln er erkannt hatte, als er in der Bank gewesen war, konnte er nicht mehr sagen, und doch war er sich sicher, dass es mehr als neunzehn gewesen waren.

Ohne lange nachzudenken, schob er sich zwischen zwei Einsatzfahrzeugen hindurch bis zu der Gitterabsperrung, die mittlerweile aufgebaut worden war, und griff nach dem Arm einer jungen Frau, die sich hilfesuchend umsah.

»Was ist da drinnen passiert?«, fragte er leise. »Warum wurden Sie freigelassen?«

Die Frau zuckte verängstigt mit den Schultern.

»Wie viele Geiseln sind noch in der Bank? Los, versuchen Sie, sich zu erinnern.«

Wieder nur ein Schulterzucken.

»Hören Sie, wir müssen wissen, was dort drinnen vor sich geht«, sagte Andresen eindringlich. Doch auch diesmal blieb eine Reaktion aus, sodass er schließlich von ihr abließ.

Er sah sich um. Kregel und die Kollegen seines ehemaligen Kommissariats redeten auf andere freigelassene Geiseln ein. Ohne dass er wusste, wie genau er es anstellen wollte, drängte es ihn, die Sache auf seine Weise zu regeln. Er würde hineingehen und die Geiselnehmer dazu bewegen, auch die restlichen Geiseln freizulassen und sich zu ergeben.

Andresen wandte sich ab und entfernte sich einige Meter vom Geschehen. Er musste in Ruhe nachdenken. Oder vielleicht auch genau das Gegenteil. Er brauchte jemanden, mit dem er reden konnte. Denjenigen, der immer dann zur Stelle war, wenn er allein nicht mehr weiterwusste. Jemand, der so anders als er selbst war, dass er sich manchmal fragte, wie ausgerechnet diese Person sein vielleicht einziger wirklicher Freund sein konnte. Dieser übergewichtige, ungehobelte Typ, der sich literweise Bier in seinen Schlund schütten konnte, ohne mit der Wimper zu zucken, und von dem er gar nicht wissen wollte, wie genau er bei der Beschaffung seiner Informationen vorging, war ihm tatsächlich ans Herz gewachsen.

Er musste ihn sehen. Und zwar sofort.

***

Kalle Hansen saß wie immer direkt gegenüber der Theke des Buthmanns auf der langen lederbezogenen Bank und scherzte auf derbe Art mit der Bedienung. Es dauerte eine Weile, ehe Andresen bemerkte, dass dennoch irgendetwas anders war als sonst. Anstelle eines klassischen Herrengedecks stand ein Glas Kräutertee auf dem Tisch, in dem Hansen unablässig einen kleinen Löffel kreisen ließ.

»Verdammt, Kalle, wie lange hast du denn noch?«, fragte Andresen mit besorgter Miene, während er an den Tisch trat.

»Birger, was machst du hier?«, fragte Hansen, sichtlich überrascht, Andresen zu sehen. »Habt ihr nicht genug zu tun? Ich dachte, bei euch herrscht gerade der Ausnahmezustand.«

»Chaos trifft es wohl besser«, antwortete Andresen lakonisch.

»Allerdings«, bestätigte Hansen. »Du wirst es kaum glauben, aber neuerdings treibe ich mich notgedrungen auch in einigen sozialen Netzwerken herum. Ohne diesen Schwachsinn geht es heutzutage ja nicht mehr. Allerdings ist es erstaunlich, wie einfach man auf diesem Weg an Informationen kommt. Um nicht zu sagen, wie blöd die Leute sind, so öffentlich Dinge preiszugeben, für die ich früher wochenlang in den hintersten und dreckigsten Ecken der Stadt unterwegs gewesen bin.«

»Worauf willst du hinaus?«

»Kalle Hansen twittert, kannst du dir das vorstellen?«, antwortete Hansen. »Also zumindest passiv.« Hansen setzte zu seinem unnachahmlichen Lachen an, das sich für einen kurzen Moment wie ein Grunzen anhörte, brach dann ab und blickte Andresen ernst an.

»Das Netz ist voll mit dieser Geschichte in der Bank, wisst ihr das eigentlich? Im Sekundentakt twittern die Leute unter dem Hashtag #hanseterror über das, was gerade in der Stadt passiert. Die Geiselnahme ist aktuell Trending Topic. Falls du verstehst, wovon ich spreche.«

»Hanseterror«, wiederholte Andresen verächtlich. »Ich habe für diese Form der Informationsverbreitung nicht das Geringste übrig, aber ich gehöre ja auch zu einer aussterbenden Generation. Liest du dir diesen sinnlosen Mist etwa durch?«

»Klar.«

»Irgendeine wichtige Information dabei, über die wir noch nicht verfügen?«

»Ich habe keine Ahnung, über welche Informationen du verfügst, aber ich würde meinen dicken Bierbauch darauf verwetten, dass momentan noch nichts Wichtiges dabei ist. Wie auch, wenn ihr selbst noch keinen Schimmer habt, was in der Bank eigentlich vor sich geht.« Hansen grinste schräg.

»Da könntest du recht haben«, sagte Andresen. »Bevor wir über Details reden, verrate mir aber erst einmal, was mit dir los ist. Kalle Hansen trinkt doch freiwillig keinen Tee.«

»Ich habe es erst vor zwei Tagen erfahren«, erklärte Hansen

mit gedämpfter Stimme. »Irgendwann musste es wohl so kommen. Die Ärzte haben mir gesagt, es würde schlimm werden, wenn ich so weitermache.«

»Und wie schlimm ist es bereits?«

»Schlimm, sieh mich doch an. Ich sitze tagsüber in Arztpraxen und trinke die ganze Zeit diese widerliche Plörre, ohne zu wissen, ob sie mich wieder gesund macht.«

»Kommissar Andresen, Sie hier?« Die Bedienung trat an ihren Tisch. »Wie immer ein Bier? Oder diesmal vielleicht auch einen Blasentee mit Schuss?«

»Blasentee mit Schuss?«

»Einmal zu lange nackt um die Sauna herumgerannt«, sagte Hansen achselzuckend. »In meinem Alter kann man sich da schon mal eine Blasenentzündung einfangen. Aber wem sage ich das.«

»Das ist alles?«

»Bist du etwa enttäuscht, dass ich nicht sofort den Löffel abgeben muss?«

»Schwachsinn, aber ich habe mir tatsächlich Sorgen gemacht, als ich dich hier so gesehen habe.«

»Falls ich eines Tages erfahren sollte, dass ich wirklich abnippeln muss, dann werde ich mit Sicherheit trotzdem hier sitzen. Dann kannst du dir aber sicher sein, dass ich keinen Blasentee trinken werde, sondern das härteste Zeug, das es gibt. Schließlich will ich meine letzten Wochen noch genießen.«

»Also, was darf's nun sein?«

Andresen blickte die Bedienung einige Sekunden lang nachdenklich an, dann schüttelte er den Kopf. »Ich bleibe beim Bier.«

»Wie geht's dir eigentlich?«, fragte Hansen, nachdem die Bedienung wieder hinter den Tresen gegangen war. »Die Sache auf der ›Klaipeda Express‹ war nicht einfach, zumindest für Winter und mich.«

»Ich habe eines der schlimmsten Umweltverbrechen, das es je in Europa gegeben hat, aufgeklärt«, antwortete Andresen unbeeindruckt. »Und ich habe es so wie immer gemacht, auf meine Weise. Das Problem ist nur, dass ich mittlerweile keine Rückendeckung mehr habe.«

»Tatsächlich?«, fragte Hansen argwöhnisch. »Ist dem Polizeipräsidenten etwa aufgefallen, wie einfach du es dir diesmal gemacht hast? Dass du Winter und mich für die Drecksarbeit benutzen musstest? Und uns ganz nebenbei auch noch ziemlich an der Nase herumgeführt hast?«

»Du hättest genauso wie ich gehandelt«, sagte Andresen. »Alleine hätte ich es niemals schaffen können. Und ich wusste, dass ich mit dir und Winter die Leute kenne, die die Sache zu einem guten Ende bringen können.«

»Wir fanden es ziemlich daneben von dir«, sagte Hansen trocken. »Winter wird das nicht auf sich sitzen lassen. Wie du weißt, bin ich ja nicht so nachtragend. Außerdem versuche ich, Verständnis für dein Verhalten zu haben. Ich weiß, dass es dir nicht gut geht. Die Sache mit Wiebke scheint dich ja ziemlich mitzunehmen.«

»Woher weißt du davon?«

Hansen zuckte wortlos mit den Schultern.

»Hast du etwa mit Boris Roloff gesprochen?«

»Ob du es glaubst oder nicht, aber es soll Leute geben, die ihn weit weniger hassen, als du es tust.«

»Man muss den Kerl einfach hassen. Ich hoffe, das vergisst du nicht, wenn du mit ihm zu tun hast. Also, was hat er gesagt?«

»Jetzt, wo du weißt, was Wiebke dir angetan hat, ist er noch wütender auf dich als zuvor. Mehr als ein Jahr lang ist er bereits auf der Flucht vor den Schergen von diesem Abbruch-Schmitz, weil du dich damals nicht auf den Deal eingelassen hast, ihm zu helfen, wenn er dir die Wahrheit über den Hausbrand verrät.«

»Glaubst du ernsthaft, ich lasse mich von einem Typen wie Roloff erpressen?«, fragte Andresen aufgebracht. »Ich werde ihm niemals helfen, auch jetzt nicht.«

»Manchmal wundere ich mich wirklich nicht darüber, dass das bei dir im zwischenmenschlichen Bereich einfach nicht funktioniert«, sagte Hansen mit einem müden Lächeln auf den Lippen. »Selten habe ich einen so sturen Bock wie dich gesehen. Dagegen bin ich ja geradezu ein Wunder an Kompromissbereitschaft und Diplomatie.«

»Ich bin nicht hier, um über mich und meine Beziehungen zu reden. Da draußen passieren gerade Dinge, die die Polizei nicht mehr unter Kontrolle hat. Eigentlich hätte sich alles auf das G7-Treffen konzentrieren müssen. Morgen früh treffen sich die Außenminister im Hansemuseum, um über die Probleme der Welt zu reden. Keine Ahnung, wie das organisatorisch funktionieren soll.«

Andresen griff nach seinem Bier, das die Bedienung soeben auf den Tisch gestellt hatte. »Ich hatte mich heute Morgen eigentlich krankgemeldet, doch dann kam die Meldung herein, dass Nikolaus Wieckhorst entführt wurde und seine Frau schwer verletzt im Krankenhaus liegt. Als wäre das nicht schon genug, wurde ich selbst nur Minuten später Augenzeuge davon, wie vier schwer bewaffnete Männer die Bank am Kohlmarkt stürmen. Sie feuerten wie wild um sich und haben mehr als zwanzig Geiseln genommen. Pures Glück, dass sie mich haben gehen lassen, aber es gibt auch jemanden, der durch die Schüsse schwer verletzt wurde.«

»Ritas Mann, ich weiß.«

Andresen sah Hansen verwundert an, verzichtete jedoch darauf zu fragen, woher er davon wusste.

»Wir durften ihn immerhin rausholen. Ich hoffe, er wird es schaffen. Vor einer halben Stunde haben diese Männer dann den Großteil der Geiseln freigelassen. Ich glaube allerdings, dass das kein Zeichen der Schwäche ist. Im Gegenteil, sie verfolgen einen Plan, den wir noch nicht erkannt haben.«

»Einhundertfünfunddreißig Millionen Euro in Gold lagern im Keller der Bank«, sagte Hansen. »Ich habe es eben noch einmal nachgerechnet. Aktueller Goldkurs.«

»Stehst du mit Winter in Kontakt?«

»Traust du mir etwa nicht zu, solche Dinge selbst herauszufinden?«

»Doch, aber das klingt nicht nach dir. Du würdest niemals auf die Idee kommen, so etwas zu recherchieren.«

»Er war vorhin hier und hat mir ein paar Fragen gestellt.«

»Wo?«

»Hier im Buthmanns. Er weiß genau wie du, dass er mich hier finden kann.«

»Was für Fragen hat er gestellt?« Andresen blickte Hansen scharf an.

»Dies und das. Ich glaube, er war auf der Suche nach einem neuen Auftrag.«

»Ich hoffe für ihn, dass er seine Finger von dieser Sache lässt. Einen Privatermittler, der uns dazwischenfunkt, können wir jetzt am allerwenigsten gebrauchen.«

»Wenn ich dich daran erinnern darf: Winter hat in den vergangenen Monaten auch mit meiner Unterstützung zwei Fälle aufgeklärt, die für die Kripo von großer Bedeutung waren. Auch wenn der Gute manchmal sonderbar ist, solltest du ihm vielleicht etwas dankbarer sein.«

»Er sollte mir dankbar sein, dass er überhaupt noch auf freiem Fuß ist, nach allem, was er sich in den vergangenen Jahren geleistet hat. Und jetzt sag mir, was du denkst. Wer ist derart größenwahnsinnig, ausgerechnet dann die Bank am Kohlmarkt zu überfallen, wenn sich mehr als dreitausend Polizisten in der Stadt aufhalten?«

»Nun, wenn du mich schon um Rat fragst«, sagte Hansen zwischen zwei Schlucken Blasentee, »ich glaube, dass das Ganze genau so gewollt ist. Sie gehen offenbar sehr professionell vor. Diese Leute wollen den Ausnahmezustand in der Stadt nutzen, um ihr Ding durchzuziehen. Natürlich haben sie gewusst, was in der Stadt los ist.«

»So weit war ich auch schon«, sagte Andresen. »Selbstverständlich wissen diese Männer ganz genau, was sie tun. Nur weiß ich bislang nicht, was ›ihr Ding‹ ist. Was ihr tatsächliches Ziel ist. Worauf sie es abgesehen haben.«

»Du meinst, es geht ihnen gar nicht um das Gold?«

»Doch, wahrscheinlich schon. Wir sind uns ziemlich sicher, dass sie bereits die Türen zu den Tresoren im Keller gesprengt haben. Aber sie kommunizieren nicht mit uns, stellen keinerlei Forderungen. Ich frage mich, wie sie sich vorstellen, aus der Sache wieder herauszukommen. Ihnen muss doch klar sein, dass wir ihnen kein Fluchtauto stellen, mit dem sie davonfahren können.«

»Gute Frage«, sagte Hansen, während sich sein Blick in seinem leeren Glas verlor. »Lass uns erst mal noch etwas trinken, dann kommen uns vielleicht Ideen.«

»Ich nicht«, sagte Andresen. »Ich muss wieder zurück zum Kohlmarkt.« Er fischte einen Fünf-Euro-Schein aus der Jackentasche und schob ihn zu Hansen rüber. »War gut, den Tatort mal für ein paar Minuten zu verlassen und mit dir zu quatschen. Ich muss meinen Kopf freibekommen. Uns steht noch eine lange Nacht bevor. Und da Kregel leider keine Anstalten macht, als Leiter der Mordkommission endlich mal eigene Entscheidungen zu treffen, muss ich mich wohl darauf einstellen, dass man mich noch brauchen wird.«

»Sicher.« Hansen nahm eine weitere Tasse Blasentee entgegen, die ihm die Bedienung brachte, und verzog sein Gesicht, als ihm der heiße Dampf in die Nase stieg. »Wünscht man nicht seinem ärgsten Feind. Da hilft auch der Schuss nicht.«

»Melde dich bei mir, falls du etwas hörst«, sagte Andresen. »Jede noch so kleine Information kann wertvoll sein.«

»Kennen wir uns mittlerweile nicht lange genug, dass du wissen solltest, dass ich dir noch nie etwas wirklich Wichtiges verschwiegen habe?« Hansen schüttelte den Kopf und nahm sein Glas. Doch bevor er trank, setzte er noch einmal ab. »Was ich mich übrigens schon die ganze Zeit frage: Denkt ihr eigentlich gar nicht daran, dass die beiden Vorfälle zusammenhängen?«

»Du meinst, die Sache mit Wieckhorst und die Geiselnahme in der Bank …« Andresen brach ab. Er hatte dies selbst bereits in Erwägung gezogen, ohne jedoch den Gedanken auszusprechen. »Wir haben dafür bislang nicht den geringsten Anhaltspunkt«, sagte er schließlich.

»War nur ein Gedanke«, sagte Hansen. »Es ist nun mal mehr als ungewöhnlich, dass zwei derartige Verbrechen innerhalb weniger Stunden in dieser Stadt geschehen.«

Hansen hatte recht. Jeder Kriminalbeamte lernte bereits in seiner Ausbildung, wie wichtig es war, Verbindungen herzustellen. Nicht selten war das der Schlüssel zum Erfolg von Ermittlungen, die kompliziert und ausweglos erschienen.

»Vielleicht ist es aber auch ganz anders«, fuhr Hansen fort. »Nikolaus Wieckhorst denkt darüber nach, den Sitz seines Unternehmens zu verlagern, weg aus Lübeck. Hunderte Arbeitsplätze sind gefährdet.«

»Ist das schon offiziell?«

»Nein, aber wenn wir beide es wissen, dürfte es auch der ein oder andere Angestellte bereits erfahren haben. Was, wenn einer von ihnen durchgedreht ist?«

»Auch möglich.« Andresen war plötzlich nicht mehr bei der Sache. Hansens Worte hatten ihn auf eine Idee gebracht. Wenn Hansen mit seiner Vermutung, dass die beiden Vorfälle zusammenhingen, womöglich recht hatte, würde er durch ein Gespräch mit Vanessa Wieckhorst, sofern sie inzwischen wieder ansprechbar war, mehr darüber herausbekommen, mit wem sie es überhaupt zu tun hatten. Vorausgesetzt, sie konnte sich erinnern, wie die Männer ausgesehen hatten, die in ihr Haus eingedrungen waren.

Obwohl es bereits weit nach elf war und er keine Ahnung hatte, wie es aktuell um Wieckhorsts Frau stand, würde er den Versuch unternehmen. In spätestens einer Stunde würde er zurück sein und sich wieder vor dem Bankgebäude am Kohlmarkt postieren. In sicherem Abstand zum Gebäude, in dem diese Verrückten, die Stunden zuvor auf dem Marktplatz an ihm vorbeigestürmt waren, noch immer mit mehreren Geiseln ausharrten.

Er glaubte nicht, dass heute Nacht noch etwas passieren würde. Sie würden die restlichen Geiseln vorerst nicht freilassen, und eine Flucht der vier Attentäter schien ihm nahezu ausgeschlossen. Andresen vermutete, dass es bis zum Beginn des morgigen Treffens der Außenminister im Hansemuseum dauern würde, ehe sich etwas tat. Die Männer würden höchstwahrscheinlich versuchen, so viel Aufmerksamkeit wie möglich zu erhaschen. Dann, wenn die Welt für einige Stunden auf Lübeck blickte.

»Danke.« Andresen stand auf und sah Hansen tief in die

Augen. »Es war gut zu reden, ich sehe jetzt etwas klarer. Falls du Winter in den nächsten Stunden treffen solltest, dann sag ihm, er soll bloß seine Füße stillhalten. Das ist nicht seine Baustelle.«

Andresen nickte Hansen zu. Dann verließ er das Buthmanns. Er bog nach links ab. In die Richtung, wo sein Auto geparkt war. Im vollen Bewusstsein, dass ihm eine lange Nacht bevorstand.

RAUCHER

Andresen zögerte einen Moment, als er den rauchenden jungen Mann vor dem Portal des Universitätsklinikums sah. Obwohl seine letzte Zigarette bereits mehrere Jahre zurücklag, hatte er plötzlich das dringende Bedürfnis, heißen Tabakrauch durch seine Lungen zu ziehen.

»Dürfte ich eine haben?«

Der Mann zuckte zusammen. Offenbar hatte er Andresen nicht kommen sehen.

»Entschuldigung, ich wollte Sie nicht erschrecken.« Andresen beobachtete den Mann. Er sah verwirrt aus. Als fühle er sich ertappt. »Sie sollten wohl besser wieder reingehen.«

»Ich bin kein Patient«, sagte der Mann. Er schüttelte den Kopf, sein Blick wirkte orientierungslos. Mit langsamen Bewegungen fingerte er eine Zigarette aus der Packung hervor und reichte sie Andresen.

»Danke, haben Sie auch Feuer?«

»Ich dürfte gar nicht hier sein, verstehen Sie das?« Der Mann kramte ein Feuerzeug hervor und hielt es Andresen hin. »Ich will diesen ganzen Mist überhaupt nicht mehr.«

»Wovon reden Sie?«

»Eine Freundin von mir liegt hier auf der Intensivstation«, antwortete der Mann. »Aber ich darf nicht zu ihr.«

»Es ist kurz vor Mitternacht, natürlich dürfen Sie um diese Uhrzeit nicht zu ihr.«

»Das meine ich nicht. Sie lassen mich überhaupt nicht zu ihr.«

»Wie schlimm steht es denn um Ihre Freundin?«

»Ich weiß es nicht«, sagte der Mann. »Sie wollen es mir nicht sagen.«

»Aber es muss doch jemanden geben, der Ihnen Auskunft gibt.« Andresen zündete die Zigarette an und nahm einen tiefen Zug. Für einen kurzen Augenblick wurde ihm schwarz vor Augen. Er atmete aus und wartete, bis sich sein Körper wieder beruhigt hatte. »Vielleicht kann ich Ihnen helfen«, sagte er schließlich.

»Wie wollen Sie mir denn helfen?«

»Ich bin Polizist«, antwortete Andresen. »Ich könnte mit dem Personal reden.«

Die Mundwinkel des Mannes zuckten für einen kurzen Moment, dann schüttelte er den Kopf. »Danke für das Angebot, aber es ist besser, wenn ich jetzt gehe.« Er ließ seine Zigarette fallen und trat sie mit dem linken Fuß aus. Dann nickte er Andresen zu und entfernte sich. Er schien es mit einem Mal eilig zu haben.

»Hey, warten Sie doch noch mal«, rief Andresen hinter ihm her. »Wie heißt denn Ihre Freundin? Ich kann mich nach ihr erkundigen.«

Der Mann reagierte nicht und ging weiter. Schließlich verschwand er in der Dunkelheit, in die das Gelände des Universitätsklinikums gehüllt war.

Andresen blieb noch eine Weile stehen und rauchte seine Zigarette fertig, ehe er am Nachtschalter des Klinikums um Einlass bat. Die junge Frau ließ sich seine Polizeimarke zeigen und teilte ihm nach einem kurzen Telefonat mit, an wen er sich auf der Intensivstation wenden sollte.

»Vielen Dank«, sagte Andresen. »Wissen Sie vielleicht, ob Mark Peters ebenfalls auf der Intensiv liegt?«

»Wer?«

»Der Mann, der heute Nachmittag bei dem Überfall auf die Bank am Kohlmarkt angeschossen wurde.«

»Soweit ich weiß, wird er derzeit noch operiert«, erklärte die Frau mit ernster Miene.

Andresen nickte. Die Bilder des leblosen Körpers, der aus dem Bankgebäude herausgetragen wurde, erschienen wieder vor seinem inneren Auge. Er musste an Rita denken. Wahrscheinlich war sie auch hier, irgendwo in diesem riesigen Gebäude. Voller Sorge um das Leben des neuen Mannes an ihrer Seite.

»Eine Frage habe ich noch«, sagte er schließlich. »Der Mann, mit dem ich mich dort draußen eben eine Weile unterhalten habe: Wissen Sie, zu wem er wollte?«

»Keine Ahnung«, antwortete die Frau schulterzuckend. »Er hat das Gebäude nicht betreten.«

»Aber er hat mir gesagt, er wurde daran gehindert, seine Freundin auf der Intensivstation zu besuchen.«

»Ich habe keine Ahnung, was er damit gemeint hat«, antwortete die Frau. »Er kam vor einer halben Stunde und hat seitdem mindestens vier Zigaretten geraucht. Allerdings hat er keinerlei Anstalten gemacht, hereinzukommen. Überhaupt habe ich den Mann noch nie zuvor hier gesehen.«

Andresen spürte, dass sich die Gedanken in seinem Kopf plötzlich verselbstständigten. Der Gesichtsausdruck des Mannes hatte sich genau in dem Augenblick verändert, als er ihm gesagt hatte, dass er Polizist sei. Konnte es womöglich sein, dass die angebliche Freundin dieses Unbekannten gar nicht existierte, sondern er in Wirklichkeit Vanessa Wieckhorst gemeint hatte? War er hier gewesen, weil sie noch am Leben war? Weil sie vielleicht eine Gefahr für diejenigen darstellte, die ihren Mann entführt hatten?

»Wird das Zimmer von Vanessa Wieckhorst gesichert?«, fragte er.

»Natürlich«, antwortete die Frau am Nachtschalter. »Zwei Polizisten sind rund um die Uhr da. Warum fragen Sie? Stimmt etwas nicht?«

»Vielleicht«, sagte Andresen vage. Er war sich sicher, den Unbekannten nicht mehr einholen zu können. Der Mann hatte noch rechtzeitig reagiert, als er verstanden hatte, wer da vor ihm stand.

Andresen versuchte sich zu erinnern, wie der Mann ausgesehen hatte. Er war jung gewesen, kaum älter als zwanzig. Mit blauen Augen und blonden halblangen Haaren. Auffallend war gewesen, dass er seltsam schüchtern und nervös gewirkt hatte. Nicht unbedingt wie jemand, der vor einem Tag in das Haus des bekanntesten Lübecker Unternehmers eingedrungen war, um ihn zu entführen und dessen Frau niederzuschießen.

Er zog sein Handy hervor und wählte Kregels Nummer. Im letzten Moment brach er ab. Kregel sollte nicht wissen, wo er war. Stattdessen rief er im Präsidium an und teilte einem jungen

Kollegen in der Einsatzzentrale in wenigen Sätzen mit, was er beobachtet hatte. Obwohl er wusste, dass aufgrund der Situation rund um die Bank kaum Kräfte zur Verfügung standen, forderte er den Mann auf, zwei Streifenwagen loszuschicken, um nach dem Unbekannten suchen zu lassen.

Während er noch darüber nachdachte, ob er tatsächlich soeben von einem der Männer, die sie suchten, eine Zigarette geschnorrt hatte, näherte sich Andresen dem Zimmer, in dem Vanessa Wieckhorst lag. Die beiden Kollegen der Schutzpolizei, die vor der Tür warteten, kannte Andresen flüchtig.

»Moin, seit wann steht ihr hier schon?«

»Später Nachmittag«, sagte der kleinere der beiden. »Wir werden in ein paar Minuten abgelöst.«

»Ist euch in dieser Zeit irgendetwas Ungewöhnliches aufgefallen? Jemand, der sich auf dem Flur herumgetrieben hat, obwohl er hier nichts zu suchen hatte?«

»Nein, es war alles ruhig. Der zuständige Arzt hat einige Male nach Frau Wieckhorst gesehen, ansonsten waren nur die Krankenschwestern hier.«

»Wisst ihr, wie es ihr geht? Ist sie mittlerweile bei Bewusstsein?«

»Man hat uns nichts gesagt. Ich glaube allerdings, dass sich an ihrem Zustand seit heute Nachmittag nichts verändert hat.«

»Ich schlage vor, wir sprechen in Ruhe darüber.«

Andresen fuhr herum und blickte einem älteren Mann in die Augen, der ganz in Weiß gekleidet war.

»Dr. Wahl?«, fragte Andresen.

»Ganz recht. Gehen wir rein zu der Patientin, dort sind wir ungestört.« Er öffnete die Tür und betrat den Raum, in dem nur ein Bett stand. Andresen folgte ihm.

»Bevor wir uns über Frau Wieckhorst unterhalten, würde mich interessieren, weshalb Sie hier mitten in der Nacht auftauchen. Sie können von Glück sagen, dass Sie mich um diese Uhrzeit überhaupt antreffen. Ich schätze, Sie wissen, dass ich heute auch bereits mit Ihrem Kollegen Kregel gesprochen habe.«

»Ich kann verstehen, dass Sie überrascht sind«, erklärte Andresen, »aber wir haben neue Informationen, über die ich gerne mit Ihnen oder aber, sofern möglich, mit Vanessa Wieckhorst direkt sprechen möchte.«

»Nun, Letzteres wird in den nächsten Tagen nicht möglich sein«, sagte Dr. Wahl. »Wie Sie sehen, ist die Patientin noch immer nicht ansprechbar.« Er trat zur Seite und gab den Blick auf das Bett frei, in dem Vanessa Wieckhorst reglos lag.

Andresen verstand sofort, dass sein Besuch sinnlos war. Die Geräte, an die sie angeschlossen war, waren ein klares Indiz dafür, dass sie noch immer im Koma lag. »Besteht noch Lebensgefahr?«, fragte er zögerlich.

»Davon gehen wir derzeit nicht mehr aus, aber die Kugel hat den linken Lungenflügel gestreift. Sie benötigt absolute Bettruhe. Somit werden Sie mit Ihrer Befragung noch warten müssen. Aber das alles habe ich heute Nachmittag bereits Ihrem Kollegen erzählt.«

Während Andresen noch überlegte, wie er seine Bitte um sofortige persönliche Benachrichtigung, sollte sich Vanessa Wieckhorsts Zustand verändern, vorsichtig formulieren könnte, klopfte es plötzlich an der Tür. Eine Schwester betrat den Raum und nickte Dr. Wahl zu. Ihr Gesichtsausdruck verriet, dass es dringlich war.

»Bitte entschuldigen Sie mich, ich muss mich um einen anderen Patienten kümmern«, sagte der Arzt, nachdem er sich Andresen wieder zugewandt hatte. Er reichte ihm die Hand und verließ das Zimmer raschen Schrittes.

»Dürfte ich Sie bitten, jetzt auch zu gehen«, sagte die Krankenschwester. »Die Patientin benötigt wieder Ruhe.«

Andresen musterte die Frau. Er schätzte sie auf um die vierzig. Obwohl eine gewisse Strenge in ihrer Stimme lag, strahlte sie gleichzeitig eine freundliche Wärme aus. Mit ihren kurzen braunen Haaren und den Grübchen erinnerte sie ihn an eine Freundin seiner Exfrau, deren Name ihm jedoch nicht mehr einfallen wollte.

»Kennen wir uns vielleicht?«

»Ich bin Schwester Agnes. Sie sind Ritas Mann, richtig?«

»Exmann«, antwortete Andresen. »Das ist schon eine Weile her. Sie haben keinen Kontakt mehr zu ihr?«

»Nein, schon lange nicht mehr.«

»Dann wissen Sie gar nicht, dass heute ihr neuer Ehemann hier eingeliefert worden ist?«

»Sie meinen …?«

»Richtig«, sagte Andresen. »Ich spreche von dem Mann, der in der Bank in der Innenstadt angeschossen wurde.«

»Es ist noch nicht ausgestanden«, sagte Agnes. »Soweit ich gehört habe, verläuft die Operation nicht ohne Komplikationen.«

»Ich war bei ihm, als es passiert ist. Obwohl ich ihn nicht genauer kenne, bin ich mir sicher, dass er es schaffen wird.«

»Was ist los in dieser Stadt?« Agnes blickte Andresen aus besorgten Augen an. »Erst der Überfall auf das Ehepaar Wieckhorst letzte Nacht und jetzt noch das, was man aus der Stadt hört. Im Radio wird über nichts anderes mehr berichtet, und im Internet schreiben die Leute im Sekundentakt über die neuesten Entwicklungen.«

»Unter #hanseterror, ich habe bereits davon gehört«, entgegnete Andresen leicht genervt. »Fakt ist jedenfalls, dass wir noch nicht wissen, was tatsächlich vor sich geht. Ein Gespräch mit Vanessa Wieckhorst würde uns sicherlich helfen. Wir glauben nämlich, dass sie den oder die Täter gesehen hat.«

»Sie hat zumindest etwas in diese Richtung behauptet, als sie zwischendurch kurz bei Bewusstsein gewesen ist.«

»Wie bitte?« Andresen glaubte, sich verhört zu haben. »Wann war denn das?«

»Am späten Nachmittag«, antwortete Agnes. »Ich hatte gerade mit meiner Schicht begonnen. Es waren nur ein paar Minuten, in denen sie wach war. Wir haben sie sofort wieder ruhiggestellt, weil sie ziemlich schnell panisch wurde.«

»Was genau hat sie denn gesagt?«

»Das habe ich doch alles schon Ihrem Kollegen erzählt.«

»Hauptkommissar Kregel?«

»Ja, wir sollten uns bei ihm melden, sobald sich der Zustand von Vanessa Wieckhorst verändert.«

Andresen nickte, innerlich kochte er jedoch vor Wut. Kregel hatte ihm nichts davon gesagt, dass Vanessa Wieckhorst bei

Bewusstsein gewesen war und eine weitere Aussage gemacht hatte.

»Wären Sie dennoch so nett, es mir noch einmal zu erzählen?«, fragte er schließlich.

»Natürlich.« Ein kurzes Lächeln huschte über ihre Lippen. »Es waren nur ein paar Worte, die ich verstanden habe. Sie hat von zwei Männern gesprochen, die in ihr Haus eingedrungen sind. Sie hätten sofort auf sie geschossen.«

»Das hatte sie bereits erwähnt«, sagte Andresen leise. »Sonst noch irgendetwas? Vielleicht über ihr Aussehen?«

»Lediglich, dass sie schwarz gekleidet waren.«

»Schwarz gekleidet?« Wieder huschten die Bilder vor Andresens innerem Auge vorbei. Die vier Männer, die auf dem Rathausmarkt an ihm vorbei in Richtung Bank gelaufen waren. Wie mit der Kampfkleidung terroristischer Einheiten. Linke und rechte Extremisten trugen sie, ließen sich kaum mehr voneinander unterscheiden.

»Vielen Dank«, sagte Andresen. »Sie haben mir sehr geholfen.«

»Wirklich?« Agnes blickte ihn verwundert an. »Ich habe Ihnen doch keinerlei Neuigkeiten erzählt.«

»Doch, das haben Sie.« Andresen reichte der Krankenschwester die Hand und verabschiedete sich von ihr.

»Treffen wir uns irgendwann noch einmal?«

»Was?« Andresen blieb wie angewurzelt in der Tür stehen.

»Ich meine, ob Sie sich vorstellen könnten, dass wir beide vielleicht einmal gemeinsam ausgehen, wenn diese Sache vorbei ist.«

»Ich weiß nicht, ob das …« Andresen suchte nach den richtigen Worten.

»Tut mir leid, ich wollte Sie nicht überrumpeln. Normalerweise bin ich nicht so.«

Andresen stand noch immer von Agnes abgewandt – mit einem Grinsen auf dem Gesicht. Selbstverständlich hatte er Lust, mit ihr auszugehen. Vom ersten Moment an, in dem sie den Raum betreten hatte, war er sich sicher gewesen, dass da etwas zwischen ihnen war. Mindestens Sympathie füreinander, vielleicht sogar mehr. Gefühle, die er seit Jahren nicht mehr verspürt hatte.

»Vergessen Sie einfach, was ich gerade gesagt habe.«

»Nein«, sagte Andresen entschieden, während er sich wieder Agnes zuwandte, »auf gar keinen Fall.«

DOPPELTES SPIEL

Um kurz nach eins schaltete Andresen endlich seinen Computer aus. Enttäuscht stand er von seinem Schreibtischstuhl auf.

Er hatte gehofft, irgendetwas zu finden, das ihm weiterhalf. Irgendeinen Hinweis auf die schwarz gekleideten Männer, auf eine Verbindung zwischen der Geiselnahme in der Bank und der Entführung von Nikolaus Wieckhorst. Doch in den polizeiinternen Datenbanken war nicht die geringste Übereinstimmung zwischen bekannten Links- und Rechtsautonomen auf der einen Seite und den Männern, die er gesehen hatte, auf der anderen erkennbar. Genauso wenig wie zwischen den Attentätern aus der Bank und dem Mann vor dem Krankenhaus, von dem er sich sogar eine Zigarette geschnorrt hatte.

Er war der Einzige, der diesen Menschen Gesichter zuordnen konnte. Der Einzige, der sie gesehen hatte, zumindest bewusst. Und auch die Täterbeschreibungen, die die Kollegen mit seiner Hilfe angefertigt hatten, hatten sie bislang keinen Meter weitergebracht.

Er wusste, dass längst auch landes- und bundesweite Datenbankabfragen liefen, aber wie sollten sie fündig werden, wenn sie nicht den Hauch einer Ahnung hatten, mit wem sie es überhaupt zu tun hatten? Bei Geiselnahmen oder Entführungsfällen war es nicht selten so, dass bereits nach kürzester Zeit klar war, wer dahintersteckte. Oftmals gaben die Täter selbst ihre Identität preis.

Diese Sache jedoch lief anders. Rein gar nichts drang nach draußen. Bis auf das kurze Telefonat verweigerten die Männer jeden Kontakt zu ihnen. Und sie stellten nicht einmal Forderungen. Es kam ihm beinahe vor, als warteten sie auf etwas. Vielleicht auf jemanden, der sie da rausholen würde. Von dem sie genau wussten, wann und wo er ihnen zu Hilfe kommen würde. Vielleicht verhielten sie sich deshalb so ruhig und kaltblütig, weil sie keinerlei Zweifel daran hatten, dass sie entkommen würden. Bloß wie?

Andresen knipste das Licht in seinem Büro aus. Es lag ein Stockwerk unter dem Kommissariat für Tötungs- und Sexualdelikte, Todes- und Brandermittlungen und Vermisste, der Etage, auf der er mehr als zwanzig Jahre lang gearbeitet hatte. Lange Zeit als einer von mehreren Kriminalkommissaren, die ein eingespieltes Team gewesen waren. Doch als die Zeit gekommen war, in der sich ein paar seiner Kollegen aus Altersgründen verabschiedet hatten, andere aus disziplinarischen Gründen gehen mussten, hatte es ihn ganz nach oben, bis zum Kommissariatsleiter, gespült.

Er hatte Ida-Marie Berg abgelöst, die Frau, die nicht nur das Gefüge innerhalb des Kommissariats durcheinandergewirbelt hatte. Sie war es auch gewesen, für die er vor inzwischen mehr als zwei Jahren die Beziehung zu Wiebke aufs Spiel gesetzt hatte. Um ein Haar wäre schon damals alles zwischen ihnen vorbei gewesen, doch im letzten Moment hatte er sich für Wiebke und seine Kinder entschieden.

Damals war er der Meinung gewesen, dass Wiebke nicht gewusst haben konnte, was zwischen ihm und Ida-Marie passiert war. Zu dieser Zeit hatte er sich immer weiter von ihr zurückgezogen und nicht selten die Nächte in seiner Wohnung in der Stadt oder auch im Präsidium verbracht. Und dennoch war Wiebke an seiner Seite geblieben und hatte zu ihm gehalten. Sie hatten erfolglos versucht, in Travemünde am Brodtener Steilufer eine neue gemeinsame Heimat zu finden. Sogar an eine Heirat hatten sie kurzzeitig gedacht. Doch am Ende hatten zu viele unausgesprochene Dinge zwischen ihnen gestanden.

Über Wiebkes Entführung gleich zu Beginn ihrer Beziehung hatten sie viel zu selten geredet. Bis heute wusste Andresen nicht genau, was der Täter damals in den Tagen ihrer Gefangenschaft mit ihr angestellt hatte. Möglicherweise war ihre Beziehung aber auch in dem Augenblick gescheitert, als Wiebke schwanger geworden und der Alltag schlagartig in ihr Leben eingekehrt war. Wenn er ehrlich zu sich selbst war, wusste er jedoch, dass ihm spätestens in dem Moment, als er zum ersten Mal mit Ida-Marie geschlafen hatte, klar gewesen war, dass sie keine gemeinsame Zukunft besaßen.

Für einen kurzen Moment empfand er einen Funken Verständnis für Wiebkes Zorn auf ihn. Jahrelang hatte er ihr wehgetan, war alles andere als ein guter Partner gewesen. Doch all das konnte und durfte kein Grund für ihre Tat sein. Es musste einen anderen Grund geben. Konnte es womöglich sein, dass ihr jemand die Sache zwischen ihm und Ida-Marie gesteckt hatte? War sie deshalb durchgedreht und hatte den Brand gelegt?

Er musste mit Wiebke sprechen. Die Sache belastete ihn zu sehr, als dass er sie noch lange mit sich herumschleppen konnte. Er wollte von ihr wissen, was in den letzten Monaten mit ihr passiert war. Er wollte ein Schuldeingeständnis. Und eine Erklärung für das, was sie ihm angetan hatte. Vielleicht sogar eine Entschuldigung. Auch wenn er sie niemals würde akzeptieren können.

Als Andresen im Erdgeschoss aus dem Fahrstuhl trat, kam ihm Julia Winter entgegen, die mittlerweile zu den erfahreneren Mitarbeitern der Mordkommission gehörte. Er konnte sich noch daran erinnern, wie sie vor Jahren als junge Absolventin zu ihnen gekommen war und den einen oder anderen Fehler begangen hatte. Heute war sie vielleicht die Beste in Kregels Team. Ruhig und souverän, intelligent und mit der richtigen Mischung aus Bauchgefühl und Vernunft. In diesem Moment sah sie jedoch frustriert und abgekämpft aus.

»Was machst du hier noch um diese Uhrzeit?«

»Du hast auch schon klügere Fragen gestellt, Birger.« Julia blickte ihn aus müden Augen an und verzog genervt die Mundwinkel.

»Tut mir leid«, sagte Andresen. »Ich bin momentan nicht ganz auf der Höhe.«

»Die letzten Stunden nehmen uns alle mit.«

»Ja, das kommt noch erschwerend hinzu.«

Julia sah ihn irritiert an, verzichtete jedoch auf eine Nachfrage.

»Gab es neue Entwicklungen in den vergangenen zwei Stunden?«, fragte Andresen.

»Was willst du denn wissen? Wir haben eine Geiselnahme und eine Explosion in einer Bank, einen schwer verletzten

Kunden, der bekannteste Unternehmer der Stadt wurde entführt, und seine Frau liegt im Koma. Leider wissen wir absolut nichts über die Motive und Hintermänner dieser Taten, und wir haben auch keinerlei Ahnung, was noch passieren wird. Ansonsten ist aber alles super.«

»Denkst du, die beiden Sachen hängen zusammen?«

»Keine Ahnung«, antwortete Julia schulterzuckend. »Die Ansage lautet, dass wir es mit zwei unterschiedlichen Taten zu tun haben.«

»Ich frage dich, was du denkst«, drängte Andresen. »Du hast ein gutes Gespür.«

»Ich erinnere mich daran, dass du einmal zu mir gesagt hast, dass es in unserer Arbeit keine Zufälle gibt. Dass Dinge nicht einfach so passieren, sondern weil sie geplant sind. Oder zumindest eine Ursache haben. Und vor allem, dass richtig schlimme Dinge nicht zeitgleich geschehen. Zusammenhänge zu finden, ist der Schlüssel zur Lösung.«

»Linien.«

»Was?«

»Linien zu finden, ist der Schlüssel zur Lösung«, sagte Andresen. »Das habe ich damals gesagt. Du glaubst also auch an eine Verbindung. Vielleicht solltest du dann mal mit deinem Chef reden.«

»Ben kämpft momentan an vielen Fronten, da muss ich aufpassen, was ich sage. Die Kommissariatsleitung passt einfach nicht zu ihm.«

»Sieht ganz danach aus, aber vielleicht braucht er noch etwas Zeit«, sagte Andresen. »Ich habe auch viel zu schnell aufgegeben.«

»Bereust du es etwa?«

»Manchmal, aber das Thema ist durch für mich.« Andresen verabschiedete sich von ihr, um das Präsidium endgültig zu verlassen. Als er schon fast die automatische Schiebetür erreicht hatte, überkam ihn plötzlich eine seltsam sentimentale Stimmung. Als ob er zu alt sei und das Präsidium gerade zum letzten Mal verlasse, nachdem er seinen Ausstand gefeiert hatte.

Langsam wandte er sich um und blickte Julia hinterher.

Gern hätte er ihr angeboten, über die Ermittlungen zu reden, aber er spürte, dass es nicht richtig war. Sie hatte sich von ihm gelöst, und ihm lag nichts daran, sich einzumischen oder ihr zu sagen, was richtig und was falsch war. So zu tun, als wäre er noch immer ihr Chef.

Ja, vielleicht hatte er auf dem Posten zu schnell aufgegeben. Auch Ida-Marie hatte es nicht geschafft. Die psychischen Probleme, mit denen sie infolge des Todes ihres Lebensgefährten zu kämpfen gehabt hatte, waren zu groß gewesen. Andresen hatte schon seit mehr als einem Jahr nichts mehr von ihr gehört. Laut Zeichner war sie zu einer Weltreise aufgebrochen. Der Polizeipräsident hatte kein gutes Haar an ihr gelassen, dabei war er es damals gewesen, der sie nach nur zwei Jahren Arbeit in der Mordkommission bereits zur Kommissariatsleiterin ernannt hatte.

Noch hatte er keine Ahnung, wie er Zeichner davon überzeugen sollte, sie wieder in Dienst zu stellen, dennoch war er fest entschlossen, Ida-Marie zu sich in die X-Einheit zu holen, sobald sie von ihrer Reise zurück wäre. Sie war perfekt für diese Aufgabe. Und er war überzeugt davon, dass sie wieder zurück in die Spur finden würde, wenn sie ohne den Druck der alltäglichen Ermittlungsarbeit mit ihm zusammen an den alten, unaufgeklärten Fällen arbeitete.

Er stieg in seinen Volvo und fuhr links in die Possehlstraße. Noch immer in Gedanken, verpasste er es, nach rechts in die Wallstraße abzubiegen. Stattdessen steuerte er auf den Holstentorplatz zu. Die Uhr in seinem Auto zeigte halb zwei. Außer ihm waren nur noch vereinzelt Taxis unterwegs. Erst im letzten Moment erkannte er, dass der Weg in Richtung Innenstadt vorbei am Holstentor durch mindestens ein Dutzend Polizeiwagen versperrt wurde. Sie hatten die Stadt komplett dichtgemacht. Das G7-Treffen hätte ohnehin einige Straßensperrungen zur Folge gehabt, doch das hier ging eindeutig auf die Geiselnahme in der Bank am Kohlmarkt zurück.

Woher der erneute Gedanke an Wiebke plötzlich kam, konnte sich Andresen selbst nicht erklären. Aber anstatt umzudrehen und einen anderen Weg nach Hause zu finden, ordnete er sich links ein. Er fuhr in den Lindenteller und bog rechts in die Fackenburger Allee ab.

Er musste sie jetzt sofort sehen, ihr in die Augen blicken. Ihr alles an den Kopf werfen, was ihn in den letzten Tagen beinahe hatte wahnsinnig werden lassen. Endlich auch aus ihrem Mund hören, was sie ihm angetan hatte. Egal, wie spät es gerade war. Und egal, was ihn in den kommenden Stunden noch erwartete, jetzt war der richtige Zeitpunkt gekommen, um mit Wiebke zu reden. Er nahm die Auffahrt auf die A 1 und fuhr mit einem nervösen Gefühl im Bauch und leicht überhöhter Geschwindigkeit in Richtung Küste.

Andresen atmete tief durch, als er sah, dass in der Küche ihres Hauses noch Licht brannte. Einerseits war er froh darüber, dass er Wiebke nicht mitten in der Nacht aus dem Schlaf reißen und überrumpeln musste. Andererseits auch irritiert, dass sie offenbar noch wach war. Wenn er sich an die Zeit zurückerinnerte, in der er noch hier gewohnt hatte, war sie immer weit vor Mitternacht zu Bett gegangen.

Er stieg aus dem Wagen aus und entschied sich, ans Küchenfenster zu klopfen. Weder wollte er um diese Uhrzeit klingeln noch mit seinem Schlüssel, den er noch immer besaß, aufschließen und einfach so ins Haus spazieren.

Es vergingen einige Sekunden, ehe sich die Gardine ein Stück zur Seite bewegte und Andresen Wiebkes ängstliches Gesicht erkannte. Als sie sah, dass er es war, entspannte sich ihre Miene für einen kurzen Moment. Dann legte sich ihre Stirn in Falten, bevor sie schließlich wieder aus seinem Sichtfeld verschwand.

Nach einer Weile öffnete sich die Tür, und Wiebke bat ihn wortlos hinein. Sie ging voraus in die Küche und setzte sich an den großen Teakholztisch, den sie bei ihrem Einzug neu gekauft hatten. Sie vermied es, ihn anzusehen, doch Andresen erkannte sofort, in welch schlechtem Zustand sie sich befand. Mit den strähnigen Haaren und der schlabberigen Jogginghose, die Andresen noch nie zuvor an ihr gesehen hatte, sah sie nicht nur ungepflegt aus, sie schien auch zugenommen zu haben.

Überhaupt hatte er das Gefühl, diese Frau, mit der er mehr als sieben Jahre lang ein Bett geteilt hatte, kaum wiederzuerkennen. Knapp vier Monate waren vergangen, seitdem sie sich das letzte Mal gesehen hatten. Offenbar Zeit genug, dass sich ein Mensch optisch derart stark verändern konnte.

»Hast du nichts zu tun?«, fragte sie schließlich.

Andresen ging um den Tisch herum, zog sich einen Stuhl heran und setzte sich ans hintere Kopfende. Dann versuchte er, Wiebkes Blick einzufangen.

»Vor ein paar Jahren wäre ich wahrscheinlich auf eigene Faust in diese Bank gestürmt und hätte die Geiseln befreit«, sagte Andresen. Er verzog seinen Mund zu einem Lächeln, doch er merkte sofort, dass sein Versuch, das Gespräch aufzulockern, kläglich scheiterte.

Wiebke machte noch immer keine Anstalten, ihn anzusehen. Stattdessen spuckte sie ein verächtliches »Und jetzt hast du dich also geändert?« aus.

»Ich weiß es nicht, aber ich spüre, dass ich nicht mehr so verbissen bin. Vielleicht hat das ja etwas mit meinem Alter zu tun.«

»Weshalb bist du hier?«, fragte sie hart. »Wohl kaum, um mit mir über deine Arbeit zu quatschen.«

»Du fragst mich, warum ich hier bin? Vielleicht solltest du mich besser mal fragen, warum ich erst jetzt hier bin.«

»Zwischen uns ist alles gesagt. Ich habe keine Lust, den ganzen Mist noch einmal durchzukauen.«

»Ich weiß es«, sagte Andresen leise. Er versuchte noch immer, Blickkontakt zu ihr herzustellen. Ohne Erfolg.

»Was weißt du?«

»Was du getan hast«, antwortete Andresen. »Und wenn ich nicht so dumm gewesen wäre, hätte ich schon letztes Jahr Bescheid wissen können.«

»Keine Ahnung, wovon du sprichst.«

»Weißt du, was ich denke, wenn ich dich hier so sehe? Dass du wirklich keine Ahnung hast, wovon ich spreche. Dass du vielleicht heftige psychische Probleme hast und dich nicht einmal erinnern kannst, wozu du fähig bist. Aber dann frage ich mich wiederum, wieso schon damals? Mir ist zumindest niemals aufgefallen, dass deine Probleme so groß sind, dass sie dich dazu treiben, mein Haus in Brand zu stecken.«

»Was bitte schön ist dir denn überhaupt jemals in unserer Beziehung aufgefallen?« Plötzlich hob Wiebke den Kopf und blickte Andresen an. »Du warst doch nie da. Und wenn du da warst, dann nur körperlich.«

»Hörst du eigentlich zu, was ich sage? Du hast das Haus in der Großen Gröpelgrube angezündet. Du wusstest ganz genau, was es mir bedeutet hat.«

»Ja, mehr als dieses Haus hier.«

»Das ist alles, was du dazu zu sagen hast?«

»Was willst du denn hören?«

»Vielleicht eine Entschuldigung«, sagte Andresen energisch. »Irgendein Wort des Bedauerns? Dass du nicht bei Sinnen gewesen bist, weil du nicht wusstest, wohin mit deiner Wut. Oder einfach nur ein wenig Ehrlichkeit.«

»Du bist so selbstgerecht, dass mir schlecht wird«, sagte Wiebke mit zusammengekniffenen Lippen.

Andresen spürte, wie schwer es ihr fiel, ruhig zu bleiben.

»Was ich allerdings am schlimmsten finde, ist, dass du nie auch nur irgendetwas gemerkt hast. Du hast ernsthaft geglaubt, dass du mich betrügen könntest, ohne dass ich es mitbekomme.«

»Du hast es also gewusst?«

»Wie wenig du doch über Frauen weißt«, antwortete Wiebke kopfschüttelnd. »Ich hatte wirklich gehofft, dass das zwischen uns etwas Besonderes wäre. Und am Anfang war ich mir auch ziemlich sicher, dass wir beide immer ehrlich zueinander sind. Irgendwann habe ich jedoch gespürt, dass da etwas nicht mehr stimmt. Vielleicht hätte ich dich auch nicht dazu überreden dürfen, hierher ans Meer zu ziehen. Ich habe dir geglaubt, als du mir erklärt hast, warum es dir solche Probleme bereitet, die Stadt zu verlassen. Aber letztlich war es nicht so schwer zu begreifen, dass es einen ganz speziellen Grund geben musste, weshalb du hier nicht schlafen wolltest. Ich habe es herausbekommen.«

»Wie?«

»Das spielt keine Rolle.«

»Ich würde es gerne wissen.«

»Ich hatte meine Quelle, aber die werde ich dir nicht verraten.«

»Warum hast du nichts gesagt?«, fragte Andresen verständnislos. »Du hättest mir die Pistole auf die Brust setzen können. Oder mich sofort verlassen.«

»Alles, was ich wollte, war, dass wir zusammenbleiben.« Ein trauriges Lächeln huschte über Wiebkes Lippen. »Dass wir es irgendwie schaffen. Du kannst mir vorwerfen, dass ich naiv war. Aber nicht, dass ich dir nicht genug Chancen gegeben hätte, es mir zu sagen. Wie oft habe ich dich gefragt, ob alles in Ordnung ist. Ich habe dich sogar auf sie angesprochen. Du hattest alle Möglichkeiten, mir die Sache zu beichten.«

»Du hast mir einen Heiratsantrag gemacht, falls du dich erinnerst. Das war Monate nachdem du das Feuer gelegt hast.«

»Ich habe gedacht, dass wir auf diese Weise die Kurve bekommen. Du hattest zu diesem Zeitpunkt keine Wohnung mehr in der Stadt, und diese Frau war endlich aus deinem Leben verschwunden. Im Nachhinein war das natürlich vollkommen blauäugig von mir. An deiner Einstellung zu mir, zu unserem Haus und wahrscheinlich auch zu dieser Frau hat sich schließlich nie etwas geändert.«

»Bist du dir eigentlich darüber im Klaren, was du getan hast?«, fragte Andresen mit ernster Stimme. »Ich meine, weißt du eigentlich, dass du dafür ins Gefängnis gehen musst? Was, wenn jemand bei dem Brand zu Schaden gekommen wäre?«

»Vielleicht bin ich ja wirklich nicht mehr ganz richtig im Kopf«, antwortete Wiebke. »Jedenfalls kann ich mich kaum daran erinnern, was damals passiert ist. Dass ich das wirklich getan habe. Da sind nur noch ein paar Nebelschwaden vor meinem inneren Auge und dann dieser Geruch nach Benzin und Feuer.«

»Wir haben damals einen sehr großen Fehler begangen«, sagte Andresen. Er merkte, dass seine Wut auf Wiebke allmählich nachließ. Er fühlte sich mitschuldig an dem, was geschehen war. Auch für den psychischen Zustand, in dem sich Wiebke befand.

»Nach deiner Entführung hätten wir nicht einfach so weitermachen dürfen«, fuhr er fort. »Auch wenn wir beide direkt danach unsere schönste Zeit miteinander hatten. Das, was du erlebt hast, lässt sich nicht per Knopfdruck verdrängen. Es war klar, dass es dich und uns irgendwann einholt. Du hättest damals professionelle Hilfe benötigt.«

»Vielleicht«, sagte Wiebke mit einer Spur Gleichgültigkeit in der Stimme. »Vieles wäre aber auch anders gelaufen, wenn du einfach für mich da gewesen wärst. Spätestens ab dem Tag, als Marlene zur Welt gekommen ist, musste ich mich um alles allein kümmern. So hart es auch war, aber ich glaube, im Endeffekt war die Trennung für mich der beste Schritt.«

»Du siehst nicht so aus, als würde es dir momentan gut gehen.«

»Vielen Dank für die aufbauenden Worte.«

»Ich meine das ernst«, sagte Andresen. »Dir geht es nicht gut, und ich mache mir Sorgen.«

»Ich komme zurecht. Ole hilft mir, so gut es geht.«

Andresen stützte den Kopf in die Hände. An seiner Stelle lebte sein erwachsener Sohn gemeinsam mit Wiebke und den beiden kleinen Kindern in ihrem Haus. Emilie und Marlene hatte er mittlerweile seit Wochen nicht mehr gesehen. Anfangs, direkt nach der Trennung, hatte Ole gemeinsame Treffen zwischen ihm und den Kindern in Lübeck organisiert. Doch mittlerweile bestand Andresens einziger Kontakt zu seiner Familie in monatlichen Unterhaltsüberweisungen. Wenigstens dieser Pflicht war er bislang nachgekommen.

Er hasste sich in diesem Moment für seine Unfähigkeit, ein normales Beziehungs- und Familienleben führen zu können. Eine gescheiterte Ehe, eine sieben Jahre lange Beziehung, in der er mehrfach fremdgegangen war, zwei Kinder von zwei verschiedenen Frauen, ein Haus am Meer, in dem er nie hatte leben wollen … Er war stolz auf seine Kinder, jedoch nicht darauf, was für ein Vater er für sie gewesen war.

Andresen sah sich um. Dieses Haus und die Einrichtung fühlten sich derart fremd an, dass er sich nicht vorstellen konnte, je auch nur eine einzige Nacht hier verbracht zu haben. Für jeden anderen wäre dieser Ort womöglich das Paradies auf Erden. Mit dem Blick auf die Ostsee direkt aus dem Schlafzimmerfenster. Der Abgeschiedenheit hier draußen am Brodtener Steilufer. Das alte Landhaus, das Wiebke nach und nach hergerichtet hatte, war ohne Zweifel ein kleines Schmuckstück geworden. Doch nichts von alldem hatte ihn jemals glücklich machen können.

Nie hatte er klarer gesehen als in diesem Augenblick. Es gab keinen Weg mehr zurück für sie beide. Seine Begegnung mit Agnes im Uniklinikum war der letzte Beweis dafür gewesen, dass es für immer aus zwischen ihnen war. Als er ihr gegenübergestanden und sie ihn mit ihren Worten geradezu überrumpelt hatte, war er frei von jedem schlechten Gewissen gewesen. In diesem Moment hatte er verstanden, dass er wieder offen für etwas Neues war.

Auch Wiebke schien mit der Beziehung abgeschlossen zu haben. Ihre Worte waren mehr als eindeutig gewesen.

»Was ist mit deinem Job im Ministerium?«, fragte Andresen nach minutenlangem Schweigen. »Kannst du momentan von zu Hause aus arbeiten?«

»Schwierig«, antwortete Wiebke. »Ich habe mich für einige Wochen krankschreiben lassen. Eigentlich müsste ich übernächste Woche wieder anfangen, allerdings habe ich derzeit nicht den geringsten Schimmer, wie das funktionieren soll.«

»Wir müssen die Betreuung von Marlene klären«, sagte Andresen. »Ich will dich entlasten und selbstverständlich für sie da sein.«

»Selbstverständlich?«, wiederholte Wiebke verächtlich. »Du solltest vorsichtig sein mit deiner Wortwahl. Ich bin mir nicht so sicher, ob du wirklich für sie da sein wirst.«

»Wir müssen feste Zeiten vereinbaren, anders wird es nicht klappen. Lass uns in den nächsten Tagen darüber sprechen. Ich muss jetzt los, die Arbeit ruft. Wer weiß, was in dieser Nacht noch passieren wird.« Andresen stand auf. Als er an Wiebke vorbeiging, griff sie plötzlich nach seinen Arm und hielt ihn fest.

»Was wirst du machen?« Ihre Stimme klang ängstlich. »Wirst du mich anzeigen?« Ihre Blicke trafen sich und verharrten für einige Sekunden.

»Ich weiß es noch nicht«, log Andresen. Längst hatte er die Entscheidung getroffen, Wiebke nicht für den Brand zur Rechenschaft ziehen zu wollen, obwohl er sich damit selbst zum Mitwisser einer Straftat machte.

Irgendwo zwischen Klinikum, Polizeipräsidium und Brodten war diese Entscheidung in ihm gereift. Irgendwo auf diesem Weg hatte sich seine Wut verzogen. Vermutlich ausgelöst durch die Begegnung mit Agnes.

»Ich würde gern noch nach den Kindern sehen«, sagte er.

»Es ist zwei Uhr in der Nacht. Ich glaube, das ist keine gute Idee. Wenn sie wach werden, muss ich das wieder regeln, weil du dann ja weg bist.«

»Vielleicht kann ich sie am Wochenende sehen?«

»Vielleicht.«

»In Ordnung. Dann leg dich jetzt hin und ruh dich aus. Du brauchst dringend Schlaf.« Als Andresen die Küche schon fast verlassen hatte, drehte er sich noch einmal zu ihr um. »Mich würde wirklich interessieren, woher du das mit Ida-Marie und mir gewusst hast.«

»Ich sag es dir, wenn du mir verrätst, woher du weißt, dass ich den Brand gelegt habe.«

»Meinetwegen«, sagte Andresen. »Du zuerst?«

»Nein, du.«

»Gleichzeitig.«

»Okay.«

»Also los.« Andresen zählte leise bis drei, dann stießen beide den Namen aus.

Andresen atmete schwer und schnappte nach Luft, als er verstand, dass sie von ein und derselben Person sprachen. Boris Roloff. Er hatte Wiebke und ihm selbst Informationen über den jeweils anderen gesteckt. Er kannte Roloff, und ihm war klar, dass dieser Mensch niemals uneigennützig handelte. Es musste etwas geben, das er im Gegenzug von Wiebke in Erfahrung bringen wollte.

»Dieses Schwein«, stieß Wiebke wütend aus. »Weshalb tut er so etwas?«

»Wie ist der Kontakt zwischen euch zustande gekommen?«

»Worauf willst du hinaus?«

»Wo habt ihr euch getroffen?«, fragte Andresen. Er entfernte sich einige Schritte von Wiebke und blickte sie herausfordernd an. »Stand er einfach vor der Tür, oder was ist passiert?«

»Ja, genauso ist es gewesen«, antwortete Wiebke unsicher. »Es war mal wieder einer der Abende, an denen du nicht da warst.«

»Aber wusstest du denn nicht, wer da vor dir steht?«

»Doch, er hat mir gesagt, wer er ist.«

»Und dann hast du ihn einfach reingelassen? Verdammt, was läuft da zwischen dir und ihm?«

»Was da läuft? Was denkst du denn bitte?«

»Sag mir, was er von dir wissen wollte? Ich weiß genau, wie er tickt. Informationen von ihm gibt es nur gegen Informationen, die er benötigt. Also, ich höre?«

»Das ist jetzt zwei Jahre her«, antwortete Wiebke. Sie klang verzweifelt. »Ich erinnere mich kaum noch.«

»Und ob du das tust«, drängte Andresen. »Sag es mir bitte, es ist wirklich wichtig.«

»Es ging damals um deine Arbeit, er wollte irgendwelche Dinge wissen, die mit diesem Typen – Abbruch-Schmitz nannte er ihn, glaube ich – zu tun hatten. Keine Ahnung, was er hören wollte. Meine Informationen waren dann offenbar für Roloff nicht so interessant, wie er erhofft hatte.«

»Warum glaube ich dir eigentlich kein Wort?«, sagte Andresen abwehrend. »Was wollte er von dir wissen?«

»Um ehrlich zu sein, gar nichts. Er ist einfach gekommen, und wir haben geredet. Über alles Mögliche. Am Anfang fand ich es nur spannend. Damals habe ich ja noch für die Zeitung gearbeitet. Ich hatte plötzlich eine Story über Boris Roloff im Kopf, die ich bauen wollte.«

»Und weshalb hast du nicht mit mir darüber gesprochen?

Du wusstest genau, wie sehr ich Roloff hasse. Ich hätte dir bei einer Story über ihn sogar helfen können.«

»Er hat mir schon nach ziemlich kurzer Zeit erzählt, was du für ein Spiel mit mir treibst. Er hat mir sogar Fotos gezeigt, auf denen du gemeinsam mit Ida-Marie zu sehen bist. Fotos, die nicht während eurer Arbeit entstanden sind.«

In Andresen brodelte es. Was zum Teufel war die Absicht von Roloff gewesen, den Kontakt zu Wiebke zu suchen und ihr von seinen Verfehlungen zu berichten? Wenn sie ihm keine Informationen hatte liefern können, musste es einen anderen Grund gegeben haben. Ein absurder Gedanke kam ihm.

»Die Idee, den Brand in meinem ehemaligen Haus zu legen«, sagte er schließlich, »wie kamst du darauf?«

»Ich weiß nicht mehr so genau«, antwortete Wiebke. »Das muss eine spontane Eingebung gewesen sein. In meiner Scheißwut auf dich habe ich rotgesehen.«

»Hast du mit Roloff darüber gesprochen?«

»Wie meinst du das?«

»Ich will wissen, ob er etwas damit zu tun hat. Hat er dich dazu überredet, das Feuer zu legen?«

»Du hast mir doch vorhin selbst gesagt, dass er es war, der dir erzählt hat, dass ich es gewesen bin«, antwortete Wiebke trotzig. »Weshalb sollte er mich erst dazu anstacheln, es zu tun, und mich anschließend verraten?«

»Genau das frage ich dich.«

Wiebke sank plötzlich noch ein Stück mehr in sich zusammen. Sie vergrub ihr Gesicht in den Händen, doch es gelang ihr nicht mehr, ihre Tränen aufzuhalten.

Während Wiebke vor seinen Augen zusammenbrach, versuchte Andresen zu verstehen, welche Pläne Roloff eigentlich verfolgte. Zuletzt hatte er geglaubt, Roloff, der Herr der Gänge, wie er viele Jahre lang genannt worden war, seine persönliche Nemesis, hätte ernsthaft einen anderen, vielleicht sogar ehrlichen Weg eingeschlagen. Doch in diesem Moment zweifelte er mehr denn je, dass der Typ sich geändert hatte.

»Ich muss jetzt los«, sagte Andresen emotionslos. Er hatte für sich entschieden, die Sache mit seinem Haus auf sich beruhen zu lassen. Aber die Tatsache, dass Wiebke sich mit Boris Roloff abgegeben hatte und von ihm offenbar dazu angestiftet worden war, sein ehemaliges Haus anzuzünden, ließ nun seine ganze Wut auf diesen Mistkerl zurückkehren.

»Kommst du klar, oder soll ich einen Arzt rufen?«

»Hau schon ab«, antwortete sie. Sie weinte immer lauter und war kaum noch zu verstehen. »Natürlich komme ich klar, ich komme doch immer klar. Das hat dich doch sonst auch nicht interessiert. Also los, verpiss dich schon.«

Andresen wusste, dass es möglicherweise verantwortungslos war, Wiebke in diesem Zustand mit den Kindern allein zu lassen. Aber es war Nacht, und die Mädchen schliefen. Er atmete tief durch und wandte sich wortlos ab. Eiligen Schrittes verließ er das Haus, das er, so schwor er sich in diesem Augenblick, nie wieder betreten würde.

»Alles läuft nach Plan.« David zog den Stuhl zurück und setzte sich an den großen Tisch.

»Ich würde dir gerne glauben, David.«

»Du kannst mir glauben, ich habe es mit eigenen Augen gesehen. Julian und die anderen haben alles unter Kontrolle. Die Sache mit dem Verletzten war ein Unfall, offenbar ein Querschläger.«

»Gut«, sagte Bela Blank. »Sehr gut. Sind auch die nächsten Schritte eingeleitet worden?«

»Ich habe gewartet, bis die Geiseln freigelassen worden sind.«

»Wie viele?«

»Neunzehn«, antwortete David. »Der Bankdirektor, eine Bankangestellte und drei Kunden befinden sich noch in unseren Händen. So wie wir es besprochen haben.«

»Was ist mit dem Verletzten?«

»Julian hat entschieden, ihn freizulassen. Er war nicht mehr bei Bewusstsein. Es gab letztlich nur zwei Optionen. Und unsere Maxime lautet nun einmal, dass keine Unschuldigen sterben sollen.«

»Wenn es der Sache dient, ist es unausweichlich, dass auch Unschuldige sterben«, sagte Blank leise. »Du solltest dich mit solchen Äußerungen zurückhalten. Oder kannst du etwa beurteilen, was dort vorgefallen ist?«

»Ich vertraue Julian und bin mir sicher, dass er die richtige Entscheidung getroffen hat«, sagte David nach einigen Sekunden des Schweigens. »In den nächsten Stunden werden sich die vier abwechselnd zum Schlafen legen. Sie müssen ausgeruht sein, wenn unsere Aktion morgen früh startet.«

»Irgendein Anzeichen, dass die Bullen bereits eine Vermutung haben, was wir vorhaben?«

»Nicht das geringste.«

»Ich weiß, dass wir es logistisch nicht anders hätten machen können«, sagte Blank, »aber es ist einfach noch verdammt viel

Zeit, die bis morgen früh vergeht. Irgendwann wird vielleicht jemand dahinterkommen.«

»Mir bereitet etwas anderes Sorge«, sagte David.

»Du meinst den Worst Case?«

»Die Bullen und der Sicherheitsstab der Regierung haben vor einigen Stunden einen Krisenstab gebildet. Soweit ich herausfinden konnte, sind der Sicherheitschef des G7-Treffens und die Verantwortlichen der Bundesregierung in ziemlichem Aufruhr. Es gibt Gerüchte, dass sie eine Absage des Treffens in Erwägung ziehen.«

»Das werden sie nicht«, sagte Blank entschieden. »Solange sie nicht von einer akuten Gefahr für die Außenminister ausgehen, werden sie das Treffen durchziehen. Der Gesichtsverlust für die Regierung wäre viel zu groß. Stell dir bloß vor, sie lassen den amerikanischen Außenminister hier völlig umsonst antanzen, und es stellt sich im Nachhinein heraus, dass für das G7-Treffen überhaupt keine Gefahr bestand.«

Blank stand auf und begann, im Raum auf und ab zu gehen. Obwohl es bereits weit nach Mitternacht war und er seit mehr als sechsunddreißig Stunden kein Auge mehr zugemacht hatte, war er nicht müde. Das Adrenalin, das durch seinen Körper strömte, putschte ihn stärker auf als eine der Pillen, die er gelegentlich einwarf, es je hätte tun können.

Wenn alles glatt verliefe, wäre in knapp zehn Stunden alles vorbei. Die meisten von ihnen würden dann für einige Zeit auf sich allein gestellt sein. Jeder Einzelne musste ab diesem Moment versuchen, die Stadt unbeschadet zu verlassen. Natürlich galt das auch für ihn selbst. Man würde sie zu den Staatsfeinden Nummer eins erklären, ohne dass man eine Ahnung hatte, wer sie überhaupt waren.

Gleichzeitig würde er dafür sorgen, dass sie erfuhren, mit welcher Gruppe sie es zu tun hatten. Wer für das, was geschehen war und in Zukunft noch folgen würde, verantwortlich war. Welcher Ideologie sie angehörten, welche Ziele sie verfolgten. Dass sie es waren, die den Systemwechsel herbeiführen wollten und würden. So wie es bereits seine Vorbilder der ersten Generation geplant hatten.

Jeder im Land sollte das Manifest lesen und verstehen, wie die Zukunft dieser Gesellschaft auszusehen hatte. Es war an der Zeit, den ultimativen Kampf um das System zu führen, der dieses Land zu einem besseren machen würde. Die Ungerechtigkeit würde durch die notwendige Umverteilung endlich ein Ende haben und die Macht der Einzelnen auf viele Schultern verteilt werden. Er konnte es kaum erwarten, dass seine Idee Zuspruch erhielt und den Etablierten im Land endlich die Stirn bot.

Und er würde diesen Kampf bis zum bitteren Ende führen, wenn es denn sein musste.

»Wohin gehst du?«, fragte Blank, als er bemerkte, dass David den Raum verlassen wollte.

»Nur ein wenig ausruhen.«

»Woher weiß ich eigentlich, dass ich dir glauben kann, David? Du bist unser bester Mann, und trotzdem zweifele ich manchmal an deiner Loyalität.«

»Ich habe keine Ahnung, wie ich dir beweisen soll, dass ich genauso denke wie du«, antwortete David. »Weshalb zweifelst du an mir?«

»Weil niemand so ist wie ich«, antwortete Blank rüde. »Ich habe das Manifest geschrieben. Es sind meine Worte. Manchmal habe ich das Gefühl, ihr versteht einfach überhaupt nicht, was ich meine, worum es mir wirklich geht. Je länger diese Operation dauert, desto mehr Zweifel habe ich an dem Ganzen.«

»Nenn mir einen Moment, in dem ich mich falsch verhalten habe«, entgegnete David scharf. »Die vier in der Bank riskieren ihr Leben für uns. Dort läuft alles nach Plan. Und um Wieckhorst kümmert sich Hendrik, so wie besprochen. Und während du hier drinnen sicher bist, besorge ich dir alle Informationen. Warum bist du also derart misstrauisch?«

»Ich höre da heraus, dass du unzufrieden bist«, sagte Blank argwöhnisch. »Du denkst, dass ihr die Drecksarbeit verrichten müsst, während ich hier einen lockeren Job habe. Leo hat vorhin offenbar ausgesprochen, was alle denken.«

»Wir stehen kurz davor, dass unser großer Plan aufgeht«,

sagte David verständnislos. »Warum setzt du das alles aufs Spiel? Ausgerechnet du, der das alles aufgebaut hat. Jeder von uns macht das, was du uns vorgegeben hast.«

»Komm mal her, David«, sagte Blank plötzlich. »Ich will dir in die Augen sehen.«

David zögerte. Er wartete eine Weile, ehe er schließlich aufstand und sich langsam auf Blank zubewegte. Er kam ihm so nahe, dass Blank den inneren Drang verspürte, David ins Gesicht zu schlagen. Ihn dafür zu bestrafen, dass nicht alles so verlaufen war, wie er geplant und gehofft hatte.

Im letzten Moment hielt er inne und unterdrückte seine Wut. David war der Letzte, der Schuld an den Fehlern der vergangenen Stunden besaß. Er durfte ihn nicht dafür verantwortlich machen, was bei der Entführung Wieckhorsts und dem Banküberfall schiefgelaufen war.

»Ich vertraue dir voll und ganz«, sagte Blank mit ruhiger Stimme. »Ich vertraue euch allen. Trotzdem plagen mich gelegentlich Zweifel, dass das alles funktionieren wird. Leo ist ein Risiko. Er ist nervös, und Angst ist nun mal ein schlechter Begleiter. Du hast vorhin selbst gehört, wie labil er ist. Für einen kurzen Moment habe ich wirklich geglaubt, die Bullen wüssten Bescheid. Ehrlich gesagt weiß ich nicht, ob er uns noch helfen kann oder eine Last ist. Wenn er Angst hat oder den Verstand verliert, wird er Fehler begehen. Wir dürfen allerdings keine Fehler mehr machen.«

»Bislang ist noch nichts passiert, was die Aktion in Gefahr bringen könnte«, entgegnete David.

»Bislang nicht«, sagte Blank. »Vielleicht mache ich mir auch nur zu viele Gedanken. Ruh dich jetzt aus. Wie du gesagt hast, wir müssen morgen früh bereit sein.«

David nickte und wollte sich gerade abwenden, als es an der Tür klopfte. Zweimal lang, zweimal kurz. Das Zeichen, dass alles in Ordnung war. Die Tür öffnete sich, und Leo betrat den Raum. Blank runzelte die Stirn, als er sah, in welchem Zustand sich Leo befand.

»Du siehst noch schlimmer aus als vorhin. Was ist jetzt schon wieder passiert?«

Leos Schweigen war Antwort genug. Blank verstand sofort, dass Vanessa Wieckhorst noch immer am Leben war. Leo hatte seinen Auftrag nicht erfüllt.

»Hast du etwas zu sagen?«

Leo schüttelte den Kopf. Er schien noch blasser zu werden, als er ohnehin schon war. Blank erkannte Schweißperlen auf seiner Stirn.

»Aber ich habe dir etwas zu sagen«, sagte Blank. »Komm her zu mir.«

Leo zögerte, doch schließlich ging er auf Blank zu, bis er nur noch einen knappen Meter von ihm entfernt war.

»Du hast das Manifest niemals gelesen, oder?«

Leo schüttelte den Kopf.

»Was bedeutet dein Kopfschütteln? Rede gefälligst mit mir.«

»Ich kann nicht mehr«, sagte Leo plötzlich.

»Was soll das heißen, du kannst nicht mehr? Wir haben noch nicht einmal richtig angefangen.«

»Ich kann einfach nicht mehr«, wiederholte Leo. Tränen rannen an seinen Wangen herunter.

Blank fixierte Leo, dann holte er aus und gab ihm eine kräftige Ohrfeige.

Leo reagierte nicht. Er blieb einfach stehen und sah Blank aus feuchten Augen an.

»Erzähl mir jetzt, was passiert ist«, drängte Blank. »Weshalb hast du versagt?«

Leos Mundwinkel zuckten für einen kurzen Augenblick, als wolle er etwas entgegnen. Doch dann verfiel sein Gesicht wieder in einen starren Zustand.

»Soll ich die Worte etwa aus dir herausprügeln?«

Es sah aus, als huschte ein flüchtiges Lächeln über Leos Lippen. Blank spürte die Wut in sich aufsteigen. Wieder holte er aus, doch diesmal hatte er seine Hand zur Faust geballt. Im letzten Moment gelang es Leo, seinen Kopf abzuwenden und dem Schlag zu entgehen. Er packte Blank am Arm und zog ihn zu sich heran.

»Was zum Teufel ist in dich gefahren?«, brüllte Blank und schob Leo von sich weg. »David, kümmere dich um ihn. Ich will ihn hier nicht mehr sehen, falls du verstehst, was ich meine.«

»Ich werde ihn nicht …«

»Und ob du das tust.« Blank wandte sich wieder Leo zu und erkannte, dass er mit der rechten Hand in seiner Jackentasche herumnestelte. Im nächsten Augenblick zog Leo ein Messer hervor und trat einen Schritt auf ihn zu. Blank wich zurück, stieß jedoch gegen den großen Eichentisch, der in der Mitte des Raums stand. Plötzlich überkam ihn das Gefühl, die Kontrolle über die ganze Sache zu verlieren. Nicht weil er Angst verspürte, denn dieses Gefühl hatte er sich in den vergangenen Monaten abtrainiert. Er konnte jedoch nicht verstehen, wie er diesem labilen Jungen tatsächlich hatte vertrauen können. Weshalb hatte er nicht früher gemerkt, dass Leo keiner von ihnen war? Vielleicht war er doch nicht sorgfältig genug vorgegangen.

Das Messer in Leos Hand blitzte, während es nach vorn in seine Richtung schnellte. Im nächsten Augenblick hallten zwei Schüsse durch den Raum. Blut spritzte aus Leos Kopf und seiner Brust. Sein Körper erschlaffte, das Messer fiel. Dann stürzte Leo zu Boden, direkt vor Blanks Füße.

»Ich bin mit jeder Faser meines Körpers überzeugt davon, dass wir das Richtige tun.« Blank versuchte, Davids Blick einzufangen. Er wollte ihn beruhigen, ihn spüren lassen, dass das, was er getan hatte, unabdingbar gewesen war. »Du hast mir das Leben gerettet, dafür werde ich dir immer dankbar sein.«

David nickte. Er wirkte gefasst, als hätte er vorhin eine Fliege totgeschlagen. Beinahe war Blank erschrocken darüber, wie nüchtern David reagierte. Doch im Grunde bewunderte er ihn für dessen Tat. Genau deshalb hatte er ihn ausgesucht. David war ruhig und besonnen, stets fokussiert auf das, was er ihm befahl. Und er war in der Lage, eigene Entscheidungen zu treffen. So hart sie auch sein mochten.

Vielleicht hatte er gerade deshalb auch immer wieder Zweifel an Davids Loyalität gehabt. Seine teilweise distanzierte Art hatte ihm in den vergangenen Monaten viele Rätsel aufgegeben. Doch jetzt wusste er endgültig, dass David sein bester Mann war.

»Wie fühlst du dich?«

»Ich habe es getan, weil ich an die Sache glaube«, antwortete David mit ruhiger Stimme. »Leo zu töten, war alles andere als leicht für mich. Aber ich habe versucht, meine Emotionen abzustellen. So wie du es uns beigebracht hast. Ich habe in diesem Moment nichts gefühlt, ich musste es tun. Er hat sich gegen dich gestellt und somit auch gegen mich.«

»Du bist wirklich außergewöhnlich«, sagte Blank und blickte David voller Lob an. »Ich war in deinem Alter noch längst nicht so klar im Kopf, wie du es bist.«

»Sag mir, wie du warst.«

»Du kennst meine Geschichte«, sagte Blank.

»Nein, das tue ich nicht. Genauso wenig, wie du meine Geschichte kennst.«

»Also schön«, sagte Blank. Er sah David tief in die Augen. Er wusste tatsächlich nur wenig über den jungen Mann. Was genau ihn antrieb, weshalb er bei ihnen war und er trotz seines jungen Alters schon derart skrupellos agierte. »Ich erzähle dir meine Geschichte und du mir deine«, sagte er schließlich. »Womit soll ich anfangen?«

»Mit deiner Kindheit«, antwortete David. »Ich will wissen, was damals bei dir anders als bei anderen Kindern gelaufen ist.«

»Ich verstehe nicht, was du meinst.«

»Wir sind etwas Besonderes, das hast du selbst immer gesagt«, erklärte David. »Gab es bei dir einen bestimmten Punkt im Leben, der dich verändert hat?«

»Ja, den gab es tatsächlich.« Blank senkte den Kopf und blickte auf seine Hände, die er nervös ineinander verschränkte. »Genauer gesagt war es eine Begegnung, die mir die Augen geöffnet hat. Ich habe nie jemandem davon erzählt, du bist der Erste.« Er sah David erneut in die Augen. »Sagt dir der Name Ernst-Volker Staub etwas?«

»Ich glaube, schon einmal von ihm gehört zu haben.«

»Staub gehörte zu den wichtigsten Mitgliedern der dritten Generation der RAF, obwohl sein Name in der Öffentlichkeit kaum bekannt ist. Er hat eng mit Birgit Hogefeld und Wolfgang Grams zusammengearbeitet. Ich habe noch genau den Moment vor Augen, an dem ich Staub begegnet bin. Es war Anfang 1989, und ich war gerade erst achtzehn Jahre alt geworden. Ich wusste damals selbst nicht, wer Staub war. Das habe ich erst Stunden später erfahren. Wir haben nicht lange miteinander gesprochen, höchstens zehn Minuten. Aber ich kann mich bis heute an jedes einzelne seiner Worte erinnern.«

»Wo hast du ihn getroffen?«

»Ich habe mich damals viel in Hamburg herumgetrieben. Vor allem in der linksautonomen Szene. Sagt dir die Hafenstraße etwas?«

David nickte.

»Eines Abends tauchte Staub in einem der besetzten Häuser auf und mischte sich unter die ganzen linken Zecken. Wir kamen ins Gespräch, und dann passierte das, was mein Leben veränderte. Er brauchte nur ein paar Augenblicke, um mich auf seine Seite zu ziehen. Mit wenigen Sätzen hat er mir klargemacht, dass das System, in dem wir leben, einfach falsch ist. Ich war so sehr beeindruckt von seinem Willen, etwas zu verändern, dass ich sofort gewusst habe, wohin mein Weg eines Tages führen würde. ›Veränderung und Wechsel sind nur möglich, wenn man den unbedingten Willen, eine eiserne Disziplin und die Fähigkeit zeigt, Dinge zu tun, die jenseits der allgemeingültigen Vorstellungskraft liegen.‹ Das waren seine letzten Worte, ehe er sich mit einem Schulterklopfen von mir verabschiedet hat.«

»Wie ging es weiter?«

»Ich habe Staub danach nie wiedergesehen. Dafür begann ich allerdings schon kurz nach unserer Begegnung damit, das Manifest zu schreiben. Auch wenn die Fertigstellung lange gedauert hat, war Staub letztlich der Auslöser. Für das Manifest und all das, was wir uns mit der RAF 4.0 aufgebaut haben.«

»Du sagtest, er hätte zur dritten Generation gehört. An welchen Attentaten war er beteiligt?«, fragte David.

»Man weiß es bis heute nicht genau«, antwortete Blank. »Staub ist noch immer auf der Flucht, als einer der ganz wenigen Übriggebliebenen. Gut möglich, dass er 1986 an dem Attentat auf den Siemens-Manager Karl Heinz Beckurts und dessen Fahrer mitgewirkt hat. Es gibt auch Gerüchte, dass er etwas mit dem Mord an Detlev Karsten Rohwedder, dem damaligen Präsidenten der Treuhandanstalt, zu tun hatte. Klar dürfte auf jeden Fall sein, dass er einer der Anführer des Sprengstoffanschlags auf die JVA Weiterstadt 1993 gewesen ist. Wie du wahrscheinlich weißt, war das der letzte große RAF-Anschlag. Einhundert Millionen Mark Schaden.« Wieder musste Blank grinsen.

»Staub war einer der besten Leute innerhalb der RAF. Besonders bewundernswert an ihm finde ich, dass er sich der Staatsgewalt niemals dauerhaft ergeben hat. Er ist noch immer auf freiem Fuß, und ich bin mir sicher, dass er aus dem Untergrund weiterhin Fäden zieht. Sobald unsere Aktion erfolgreich verlaufen ist, erwarte ich, dass er Kontakt zu uns aufnimmt.«

»Hast du eigentlich noch Familie?«, fragte David plötzlich.

»Du meinst meine Eltern?«

»Zum Beispiel.«

»Nein, die sind beide tot. Für sie ist es wahrscheinlich besser so. Wenn sie noch am Leben wären und erfahren würden, was ich mache, würde mich mein Vater totschlagen. Aber egal, nach meinem Auszug, gleich nachdem ich volljährig geworden bin, hatten wir ohnehin keinen Kontakt mehr.«

»Hast du jemals daran gedacht, dass unser Weg vielleicht nicht der richtige ist?«

»Kein einziges Mal«, sagte Blank entschieden. »So bin ich erzogen worden. Eine getroffene Entscheidung, ein eingeschlagener Weg, wird nicht hinterfragt. Das Einzige, das mir meine Eltern beigebracht haben, von dem ich heute noch profitiere.«

Blank blickte auf seine Uhr. Es war bereits kurz nach drei. Er wusste, dass er in dieser Nacht kein Auge mehr zumachen würde. Er würde hellwach sein, wenn sie in wenigen Stunden ihren weiteren Plan in die Realität umsetzten. Das Adrenalin, das sein Körper in diesem Moment ausschüttete, würde ihn den fehlenden Schlaf vergessen machen.

»Jetzt bist du dran, David«, sagte er schließlich. »Ich weiß tatsächlich so gut wie nichts über dich. Als wir uns das erste Mal begegnet sind, hast du mich gefragt, ob du ein paar Nächte bei mir schlafen kannst. Weshalb du von zu Hause wegwolltest, hast du mir bis heute nicht erzählt.«

»Meine Geschichte ist bei Weitem nicht so spannend«, sagte David schmallippig. »Es gab in meinem Leben keine schicksalhafte Begegnung oder so etwas. Ich habe irgendwann einfach gespürt, was in dieser Gesellschaft schiefläuft. Und dann hat Hendrik mir von dir erzählt. Deine Idee hat mich so sehr fasziniert, dass ich nicht lange überlegen musste. Ich will diesen Systemwechsel genau wie du. Dieser Staat, so wie er heute existiert, muss endlich zerstört werden. Mit aller Härte, zu der wir fähig sind.«

Blank musterte David wieder. Erneut gab es diesen Moment, in dem er an ihm zweifelte. Diese kühle Distanz, das Gefühl, dass er ihm etwas verschwieg. Das ganz tiefe Vertrauen zu seinem Mitstreiter wollte sich einfach nicht einstellen.

»Du weißt, was ich von dir halte«, sagte Blank. »Wie sehr ich dich schätze. Dennoch finde ich es schade, dass du mir nicht die Wahrheit über dich erzählst. Ich würde gerne wissen, mit wem ich es zu tun habe.«

»Es gibt Gründe für das alles«, entgegnete David vielsagend. »Dass wir beide hier sitzen und den Guerillakrieg unserer Eltern weiterführen, ist kein Zufall.«

»Meine Eltern haben nie für Gerechtigkeit gekämpft«, sagte Blank. Er spürte, dass sein Lächeln unsicher wirkte. Er hatte keine Ahnung, worauf David hinauswollte.

»Meine auch nicht«, sagte David. »Vielleicht hätte meine Mutter es aber getan, wenn …« Er brach ab.

»Wovon sprichst du eigentlich? Es klingt beinahe so, als hättest du doch auch eine Begegnung gehabt, die dich geprägt hat.«

»Keine Begegnung.«

»Sondern?«

»Etwas, das ich herausgefunden habe«, sagte David mit verschwörerischem Unterton. »Etwas, das niemand erfahren darf. Absolut niemand. Falls du verstehst, was ich meine.«

»Ich bin mir noch nicht so sicher.« Blank kniff die Augen zusammen und wich einen Schritt zurück. »Weshalb bist du wirklich hier?«, fragte er so ruhig, wie es ihm in diesem Moment möglich war.

»Ich werde es dir erklären«, antwortete David und näherte sich Blank. »Grundsätzlich solltest du wissen, dass es nicht nur um uns beide geht. Wir sind jetzt die Staatsfeinde Nummer eins, aber wir haben das schließlich auch so gewollt. Es gibt jedoch Menschen, die mir nahestehen, die ich nicht in Gefahr bringen möchte.«

Blank spürte ein nervöses Zucken in seinen Mundwinkeln. Sein Puls, den er selbst in Phasen der größten Anspannung kontrollieren konnte, schlug plötzlich aus. Was zum Teufel wollte ihm David sagen?

»Du redest von deinen Eltern? Weshalb willst du sie schützen?«

»Ich muss sie schützen, das bin ich ihnen schuldig«, antwortete David. »Also werde ich dir mit Sicherheit nicht die Namen meiner Eltern verraten. Nur so viel: Sie leben nicht in Deutschland und werden auch nicht mehr hierher zurückkehren. Ihr Name würde dir ohnehin nichts sagen. Denn kaum jemand weiß, wer meine Mutter wirklich ist. Und dabei soll es auch bleiben.«

»Ich verstehe nicht, was …«

»Und deshalb solltest du jetzt auch nicht weiterfragen.«

»Dann sag mir wenigstens, wer du bist.«

»Mein Name ist David Streller.«

»Das meine ich nicht«, sagte Blank ungeduldig. »Wer bist du wirklich?«

»In Ordnung, ich sage es dir.« David trat noch näher an Blank heran, bis er ihm fast ins Ohr flüsterte. »Ich bin David Streller, Enkel von Andreas Baader.«

ZEIT FÜR ENTSCHEIDUNGEN

Es war kurz nach halb sechs, als Andresen schlaftrunken aus der Haustür torkelte. Nachdem er Brodten verlassen und die Autobahn zurück nach Lübeck genommen hatte, war er noch eine Weile ziellos durch die Stadt gefahren. Das, was er bei Wiebke erfahren hatte, hatte ihn so sehr aufgewühlt, dass er eine Weile brauchte, um den Kopf freizubekommen.

Die vielen Polizeisperren hatten Andresen schließlich dazu gezwungen, seinen Wagen jenseits der Kanaltrave abzustellen. Als er auf der Hüxtertorbrücke gestanden und hinunter in das dunkle Wasser des Flusses geblickt hatte, war schlagartig die Müdigkeit über ihn hereingebrochen. Mit letzter Kraft hatte er die Gedanken an Wiebke und Boris Roloff beiseitegeschoben. Doch statt wie geplant zurück in Richtung Kohlmarkt zu gehen, war er einfach nach Hause abgebogen und hatte sich in der Wohnung, in der er seit einigen Monaten wohnte, für ein paar Stunden aufs Ohr gelegt. Er war nicht ausgeschlafen, aber immerhin hatte er etwas Kraft getankt für das, was in den nächsten Stunden bevorstand.

Obwohl Agnes ihn in seiner Vermutung bestätigt hatte, dass sie es in beiden Fällen mit ein und derselben Tätergruppe zu tun hatten, hatte er keinerlei Veranlassung gesehen, Kregel und die anderen, die für den Einsatz verantwortlich waren, noch in der Nacht darauf anzusprechen. Offenbar hatten sie die Information über die schwarz gekleideten Männer, die Nikolaus Wieckhorst entführt hatten, schon seit dem Nachmittag gekannt.

Das knatternde Geräusch eines Polizeihubschraubers, der über der Altstadtinsel gekreist war, hatte Andresen schließlich um kurz nach fünf wieder wach werden lassen. Letztlich war er froh gewesen. Er musste dringend zurück an den Ort des Geschehens. Die chaotischen Zustände in der Stadt endlich beenden. Dafür sorgen, dass nicht noch mehr unschuldige Menschen den Geiselnehmern zum Opfer fielen.

Einen Moment lang glaubte Andresen, am Horizont bereits die Sonne dämmern zu sehen, doch noch hing die Nacht wie ein schwarzes Loch über der Stadt.

Es war so kalt, dass er den Kragen seiner Jacke hochstellte und in gebückter Haltung Richtung Kohlmarkt hinauflief. Schon von Weitem sah er die Blaulichter der Einsatzfahrzeuge. Sie zuckten im Sekundentakt und spiegelten sich in den Fensterfronten der Geschäfte und Wohnhäuser wider. In der Dunkelheit der Nacht wirkten sie wie bedrohliche Blitze.

Als er sich den Absperrungen näherte, erkannte er, dass er vergangene Nacht das Richtige getan hatte. Die Lage rund um das Bankgebäude sah verhältnismäßig ruhig aus, während der letzten Stunden schien es keine neuen Entwicklungen gegeben zu haben. Ben Kregel lehnte an einem Streifenwagen und rührte mit einem Plastiklöffel gedankenverloren in einem Becher Kaffee herum.

»Morgen.«

Kregel reagierte kaum. Ein müdes Lächeln war das einzige Zeichen, dass er Andresens Anwesenheit überhaupt wahrnahm.

»Wir müssen reden«, sagte Andresen. »Ich glaube, du bist mir noch eine Erklärung schuldig. Ich bin nämlich verdammt noch mal sauer auf dich.«

»Du bist sauer auf mich?« Kregel schüttelte den Kopf. Sein Lächeln verschwand, stattdessen bildeten sich Zornesfalten auf seiner Stirn. »Und weshalb, wenn ich fragen darf?«

»Weil du mir verschwiegen hast, dass Vanessa Wieckhorst zwischendurch wach gewesen ist und wichtige Informationen über die Täter verraten hat.«

»Verrätst du mir auch, warum ich mit dir darüber hätte reden sollen?«

»Verdammt, Ben, es geht hier nicht darum, wer das Sagen hat. Du selbst hast doch gestern gewollt, dass ich die Sache mit Wieckhorst übernehme. Und so, wie sich das alles entwickelt hat, müssen wir beide nun mal eng zusammenarbeiten. Selbst Zeichner wünscht sich das doch mittlerweile.«

»Weil ich ihn davon überzeugt habe, dass du uns helfen

kannst«, sagte Kregel mit gereizter Stimme. »Der Dank dafür ist, dass er mir nicht zutraut, den Einsatz zu leiten, und mir vorwirft, dass du uns in den vergangenen Stunden im Stich gelassen hast. Falls du es noch immer nicht verstanden hast, Birger: Du bist nicht mehr mein Vorgesetzter. Du arbeitest nicht einmal mehr in einem zuständigen Kommissariat. Um es kurz zu sagen: Du hast hier nichts zu suchen. Und aus der Sache mit Nikolaus Wieckhorst bist du auch raus.«

»Verrätst du mir trotzdem noch, was du aus der Aussage von Vanessa Wieckhorst schließt?«

»Natürlich prüfen wir längst, ob es einen Zusammenhang zwischen den beiden Vorfällen geben kann, falls du das meinst«, antwortete Kregel bereitwillig. »Aber außer der Tatsache, dass die Täter in beiden Fällen schwarze Kleidung trugen, haben wir nichts, was darauf hindeutet.«

»Das Ganze kann kein Zufall sein«, sagte Andresen leise. »Ich kenne dich, Ben. Und ich weiß, dass du ähnlich denkst wie ich. Hinter diesen Vorfällen steckt mehr, als wir bislang ahnen.«

»Worauf willst du hinaus?«, fragte Kregel argwöhnisch. »Denkst du etwa, dass wir es mit einer gezielten Aktion zu tun haben, um das G7-Treffen zu stören?«

»Ich weiß es nicht, aber ich bin mir ziemlich sicher, dass diese ganzen Dinge miteinander zu tun haben«, antwortete Andresen achselzuckend. Dann wechselte er das Thema. »Ich war heute Nacht im Universitätsklinikum, weil ich gehofft habe, dass Vanessa Wieckhorst vielleicht schon wieder vernehmungsfähig ist, aber leider lag sie –«

»Das ist übrigens der Grund, warum ich mich nicht mit dir abstimme«, unterbrach Kregel ihn schroff. »Ich weiß, dass ich es war, der dich um Hilfe gebeten hat, aber mittlerweile bereue ich es. Du kümmerst dich um Dinge, die dich nichts mehr angehen. Denk dran, ich könnte dafür sorgen, dass ein Disziplinarverfahren gegen dich eingeleitet wird.«

»Es tut mir leid, wenn du so denkst. Ich sage es dir trotzdem: Ich habe vor dem Klinikum einen Mann getroffen, der angeblich nicht zu seiner Freundin auf die Intensivstation gelassen worden ist.«

»Hörst du mir eigentlich gar nicht zu? Die Zeit deiner Alleingänge ist vorbei. Mich interessiert nicht, mit wem du gesprochen hast.«

»Jetzt warte doch erst mal ab, was ich zu sagen habe«, sagte Andresen. »Es hat nämlich eine Weile gedauert, bis ich verstanden habe, wer dieser Mann war und was er dort wollte. Leider war es da bereits zu spät. Der Typ ist geflüchtet, als er bemerkt hat, wer ich bin.«

»Du willst mir jetzt aber nicht sagen, dass du einen der Täter getroffen hast, die die Wieckhorsts überfallen haben?«

»Ihr Zimmer wird nicht ohne Grund von zwei Kollegen bewacht. Dieser Mann war dort, um sich um Vanessa Wieckhorst zu kümmern. Sie wissen, dass die sie gesehen hat.«

»Die Männer waren maskiert«, sagte Kregel kopfschüttelnd. »Wie kommst du darauf, dass sie Angst vor einer möglichen Aussage von Vanessa Wieckhorst haben?«

Andresen blickte Kregel mit versteinerter Miene an. Agnes hatte ihm offenbar nicht alles erzählt, was sie gehört hatte. Wahrscheinlich, weil sie es nicht für wichtig erachtet hatte.

»Weshalb haben wir denn dann ihre Überwachung angeordnet?«

»Reine Routine«, antwortete Kregel. »Ihr Mann wurde entführt, sie schwer verletzt. Eine akute Gefahrenlage für sie sehen wir momentan jedoch nicht.«

»Keine Gefahrenlage?« Andresen musste sich zusammenreißen, um ruhig zu bleiben. »Ich bin mir absolut sicher, dass einer der Täter vor dem Klinikum herumgeschlichen ist. Wir haben es hier mit einer Gruppierung zu tun, die binnen weniger Stunden zwei Anschläge durchgeführt hat, mit denen wir hoffnungslos überfordert sind. Das sind keine Amateure, es erscheint mir vielmehr so, als sei jeder Schritt minutiös geplant. Zwei Dinge sind allerdings womöglich anders verlaufen, als sie es sich vorgestellt haben. Zum einen die Tatsache, dass Vanessa Wieckhorst überlebt hat. Und zum anderen der Querschläger, der Mark Peters getroffen hat. Diese Männer haben es nicht in erster Linie darauf angelegt, Blut zu vergießen.«

»Tut mir leid, aber deine Schlussfolgerungen entsprechen

momentan nicht unseren.« Kregel zuckte mit den Schultern. »Wir schließen zwar einen Zusammenhang nicht aus, ermitteln aber in alle Richtungen.«

Ein dumpfes Geräusch unterbrach plötzlich ihr Gespräch. Andresen schrak zusammen und sah sich um. »Was war das?«

Im nächsten Augenblick herrschte um ihn herum blankes Entsetzen. Fassungslosigkeit verwandelte sich innerhalb weniger Momente in eine aufgeregte, wütende Stimmung. Es vergingen noch einige Sekunden, ehe auch Andresen verstand, was soeben passiert war.

Auf dem Bürgersteig direkt vor dem Bankgebäude lag der leblose Körper einer jungen Frau. Sofort glitt Andresens Blick nach oben. Die meisten der oberen Fenster waren durch die Explosion vor einigen Stunden vollständig zerstört. Aus einem von ihnen musste die Frau gerade unbemerkt von ihnen allen auf den Bürgersteig hinabgestürzt sein.

Einsatzkräfte und Rettungssanitäter rannten zu der Frau, doch an ihren Reaktionen konnte Andresen sofort erkennen, dass sie tot war. Wieder fiel sein Blick auf die Fassade des Hauses, die von den großen Strahlern, die sie aufgestellt hatten, erhellt wurde. Fenster für Fenster suchte er nach einem Schatten oder irgendetwas Auffälligem ab. Ohne Erfolg. Konnte es wirklich sein, dass die Frau aus eigenen Stücken gesprungen war?

»Sie haben sie erschossen.«

Andresen fuhr herum. Hinter ihm stand Hübner, der Einsatzleiter des SEK, und redete auf Kregel ein. »Kopfschuss. Ich schätze, sie war schon tot, bevor sie gefallen ist.« Er machte eine bedeutungsschwangere Pause, ehe er weiterredete. »Es handelt sich offenbar um die Bankangestellte, die noch in den Händen dieser Wahnsinnigen gewesen ist. Eine Auszubildende, neunzehn Jahre alt.« Wieder hielt er inne, um seine Worte wirken zu lassen.

»Wir können mit dem Zugriff jetzt nicht länger warten«, sagte er schließlich. »Sie haben noch vier Geiseln. Wenn wir nicht wollen, dass auch sie sterben, müssen wir das Gebäude stürmen.«

Kregel reagierte nicht. Sekundenlang blickte er Hübner starr an. Dann wandte er sich wieder Andresen zu. Mit einem Gesichtsausdruck, der keinen Zweifel daran ließ, was er von ihm in diesem Moment hielt. »Bist du jetzt immer noch der Meinung, dass es ihnen nicht darum geht, Blut zu vergießen?«

In Kregels Worten schwang so viel Wut mit, dass Andresen befürchtete, er könne ihm gegenüber handgreiflich werden.

»Ich habe es endgültig satt, mir deine Theorien anzuhören. Mir ist es egal, ob du daran glaubst, dass wir es hier mit einer ganz großen Sache zu tun haben. Alles, was ich sehe, sind Männer, die zu allem fähig sind und vor nichts zurückschrecken.«

»Trotzdem wäre es falsch, jetzt das Gebäude zu stürmen«, sagte Andresen. »Niemand von uns weiß, was da drinnen passiert ist und weshalb diese Frau sterben musste.«

»Was soll denn das?« Kregel war außer sich und trat noch einen Schritt näher an Andresen heran. »Welche Rolle spielt es denn, weshalb sie sterben musste? Sie ist tot, und das hätten wir verhindern müssen.«

»Wie denn?«, fragte Andresen ruhig. Doch das machte Kregel nur noch wütender. »Wir wissen nichts über diese Leute. Es ergibt keinen Sinn, dass sie plötzlich damit beginnen, wahllos Menschen zu erschießen. Sie haben uns kein Ultimatum gestellt, keinerlei Forderungen, die wir erfüllen sollen. Vielleicht hat sie etwas Unüberlegtes getan.« Andresen holte Luft.

»In einem sind wir uns natürlich alle einig, diese Leute sind absolut skrupellos. Und gerade deshalb ist es viel zu gefährlich, jetzt das SEK hineinzuschicken.«

Jemand warf die Türen des Rettungswagens zu, in den die Frau getragen worden war, und bat die Einsatzkräfte und die Menge der Schaulustigen, die sich trotz der frühmorgendlichen Zeit schon wieder rund um die Absperrung gebildet hatte, eine Gasse zu bilden.

Andresen sah auf die Uhr. Es war halb sieben. In nicht einmal vier Stunden trafen sich die Außenminister der G7-Staaten in nur wenigen hundert Metern Entfernung im Hansemuseum, um über die dringendsten Probleme der Welt zu diskutieren. Der amerikanische Außenminister war bislang der Einzige, der sich noch nicht in der Stadt befand und erst am Morgen auf dem Lübecker Flughafen Blankensee landen würde. Wie sollte angesichts der Ereignisse, die sich hier mitten in der Altstadt abspielten, überhaupt solch ein Treffen stattfinden? Mussten sie nicht spätestens jetzt, nach dem grauenvollen Tod der Bankangestellten, die Reißleine ziehen und das Außenministertreffen absagen?

»Wo ist überhaupt Zeichner?«, fragte er.

»Soviel ich weiß, ist er nach Hause gefahren, um sich ein paar Stunden auszuruhen«, antwortete Kregel.

»Er muss herkommen«, sagte Andresen entschieden. »Es müssen Entscheidungen getroffen werden. Ist das G7-Treffen unter diesen Voraussetzungen überhaupt noch sicher? Jemand muss mit dem Sicherheitschef der Veranstaltung reden.«

»Wir haben gestern Nachmittag einen Krisenstab eingerichtet«, sagte Kregel. »Kurz vor Mitternacht sind wir zuletzt zusammengekommen. Der Sicherheitschef, BKA und die zuständigen Leute der Bundesregierung waren der Meinung, dass das Treffen wie geplant stattfinden soll.«

»Einige meiner Kollegen und auch ich waren da anderer Meinung«, sagte plötzlich Hübner, der sich ihnen von hinten genähert hatte. »Wir haben mittlerweile mehr als zweihundert Einsatzkräfte, die eigentlich zur Absicherung des Treffens vorgesehen waren, hier vor Ort. Zudem bindet die Suche nach Nikolaus Wieckhorst weitere Kräfte.«

»Eines der größten Probleme, das wir momentan haben, ist das Bild, das die Stadt nach außen abgibt«, fuhr Kregel unbeeindruckt fort. »Bundesweit sind die Zeitungen voll mit dem Chaos, das hier herrscht. Die Nachrichtenseiten im Internet berichten mit Breaking News. Bei Twitter und Facebook läuft alles unter dem Hashtag hanseterror zusammen. Anstatt dass Lübeck durch das G7-Treffen positiv in der Welt wahrgenommen wird, sind wir die Stadt, die hoffnungslos überfordert ist. Die Stadt, in der Menschen sterben und bedeutende Unternehmer entführt werden. Wir können das Anliegen der Bundesregierung, sich in den nächsten Stunden dennoch geordnet der Welt zu präsentieren, nicht ignorieren.

Die Entscheidung, ob das Treffen stattfindet, liegt nicht in unseren Händen.«

»Der Krisenstab trifft sich in einer halben Stunde«, sagte Hübner, »dann wissen wir mehr.«

»Das, was hier gerade vorgefallen ist, dürfte die Sachlage noch einmal verändern«, warf Andresen ein. »Die entscheidende Frage wird sein, ob wir die Sicherheit der Außenminister weiterhin garantieren können oder nicht. Die verantwortlichen Personen werden sich mit Sicherheit nicht leicht damit tun, das Treffen abzusagen. Die Organisation ist schon so weit fortgeschritten, dass es kaum noch möglich ist, die Planungen zu stoppen. Ich befürchte, sie werden eine pragmatische Entscheidung fällen und das Treffen durchziehen, als gäbe es die Geiselnahme und die Entführung gar nicht. Stattdessen wird es schöne Bilder der Außenminister geben, wie sie mit dem Schiff auf der Untertrave bis zum Hansemuseum schippern.«

Hübner und Kregel schauten kritisch, sagten jedoch nichts.

»Unser Job ist es, hier vor Ort die richtigen Entscheidungen zu treffen«, fuhr Andresen fort. »Soll das Gebäude gestürmt werden, oder warten wir ab? Was ich denke, wisst ihr. Wir sollten meiner Meinung noch einmal versuchen, mit den Geiselnehmern Kontakt aufzunehmen.«

»Die Telefonleitungen wurden gekappt«, antwortete Kregel. »Die wollen nicht reden.«

»Ich verstehe das nicht«, sagte Andresen. »Was zum Teufel ist das Ziel dieser Leute? Erst entführen sie Wieckhorst, und dann stürmen sie ein Bankgebäude. Weshalb stellen sie keine Forderungen? Warum sagen sie nicht, was sie damit bezwecken wollen?«

»Wenn ich dich noch einmal daran erinnern darf«, sagte Kregel, »wir wissen längst noch nicht, ob die beiden Vorfälle zusammenhängen. Also halte dich bitte zurück.«

Andresen wollte gerade etwas erwidern, als Kregels Handy klingelte. Er trat zur Seite und nahm das Gespräch an. In einigen Metern Entfernung hielt ein Wagen an, und der Polizeipräsident stieg aus. »Er scheint ausgeschlafen zu haben«, murmelte Andresen und ging direkt auf ihn zu.

»Sie sind ja immer noch hier«, stellte Zeichner nüchtern fest, während er sich an Andresen vorbeidrängte. »Ich hatte gehofft, dass Ihr kläglicher Versuch, mit diesen Leuten am Telefon zu verhandeln, Sie zur Einsicht gebracht hätte.«

»Die Entführung von Nikolaus Wieckhorst und diese Geiselnahme hier hängen miteinander zusammen.« Andresen tat so, als hätte er Zeichners Worte überhört. »Wir müssen dringend herausfinden, was diese Männer vorhaben.«

»Haben Sie Beweise, oder ist das nur wieder eine Ihrer Vermutungen?«, fragte Zeichner scharf. »Wir haben keine Zeit mehr für Spekulationen. Hier sterben Menschen. Wenn wir nicht schnell etwas unternehmen, wird dieses junge Mädchen nicht das letzte Opfer gewesen sein.«

»Falls Sie einen Moment Zeit haben, erzähle ich Ihnen, was ich in Erfahrung bringen konnte«, sagte Andresen. Er wollte gerade ansetzen, um von seinen Gesprächen im Klinikum zu berichten, als er sah, dass sich Kregel von der Seite näherte. Aufgebracht steckte er sein Handy zurück in die Hosentasche.

»Was ist mit Ihnen, Kregel?«, fragte Zeichner. »Sie sehen aus, als wollten Sie uns sagen, dass sich die Geiselnehmer gerade selbst aus dem Fenster gestürzt haben.«

»Nicht ganz«, antwortete Kregel. »Ich habe allerdings gerade erfahren, dass wir angeblich wissen, wo sich Wieckhorst befindet.«

PALINGER HEIDE

Andresen klappte die Sonnenblende herunter und setzte sich so aufrecht hin, wie es der Beifahrersitz des Einsatzfahrzeugs zuließ. Wie ein Feuerball erhob sich die Sonne am Horizont, während Kregel den Wagen auf der Brandenbaumer Landstraße durch Herrnburg steuerte. Kurz hinter dem Ortsausgangsschild bog er links in Richtung Palinger Heide ein.

Immer wieder hier, fuhr es Andresen durch den Kopf. Dieser kleine Ortsteil Palingen, der nicht mehr zu Lübeck, sondern zur Gemeinde Lüdersdorf in Mecklenburg-Vorpommern gehörte, hatte eine bewegte Vergangenheit hinter sich. Andresen wusste, dass das Dorf, das im Ersten Weltkrieg als Truppenübungsplatz genutzt worden war, während der Zeit des Eisernen Vorhangs im Sperrgebiet gelegen hatte.

Doch vor allem der Fall Jakubowski in den 1920er Jahren hatte Palingen bekannt gemacht. Es handelte sich um einen der bekanntesten deutschen Kriminalfälle, und Andresen hatte ihn in seiner Ausbildungszeit studiert. Er hatte sich die Verfilmungen und Bücher über Jakubowski immer wieder angesehen. Der Fall Jakubowski war ein Paradebeispiel dafür, dass selten etwas so ist, wie es im ersten Moment scheint. Dass in der Kriminalarbeit keine voreiligen Schlüsse gezogen werden sollten und durften. Dass durch den Irrtum der Justiz ganze Leben zerstört werden konnten.

Nicht Josef Jakubowski, der polnische Landarbeiter, der nach dem Ersten Weltkrieg in Deutschland geblieben war und ein Verhältnis mit einer verheirateten Frau gehabt hatte, war für den Tod eines Kindes verantwortlich gewesen, das seine Geliebte zuvor unehelich zur Welt gebracht hatte. Es war die Familie des betrogenen Ehemanns gewesen, die das dreijährige Kind erdrosselt und Jakubowski die Schuld in die Schuhe geschoben hatte. Jakubowski war schließlich verurteilt worden und hatte per Handbeil sterben müssen. Erst Jahre später war es einem Kriminalbeamten gelungen, die Tat aufzuklären und die tatsächlich Schuldigen zu einem Geständnis zu bringen.

Vor wenigen Jahren war die Palinger Heide erneut Schauplatz eines fürchterlichen Verbrechens geworden. Eine Joggerin war auf dem alten Kolonnenweg der DDR-Grenzer von einem vorbestraften Mann überfallen und erstochen worden. Ein Mord, der überall hätte stattfinden können. Und doch haftete dieser Gegend eine düstere Stimmung an. Als zöge sie das Schlechte der menschlichen Seele förmlich an. Ein unbehagliches Gefühl machte sich in Andresen breit, während sie an Äckern und Wiesen vorbei in Richtung der Stelle fuhren, an der sich angeblich Nikolaus Wieckhorst aufhalten sollte.

»Du hast noch kein Wort gesagt, seitdem wir losgefahren sind«, sagte Kregel auf einmal. »Ist alles in Ordnung mit dir?«

»Ich mache mir Sorgen«, antwortete Andresen. »Hier in der Palinger Heide gehen die Dinge meistens nicht gut aus.«

»Seit wann lässt du dich von solchen Mythen beeinflussen?«

»Seitdem ich nicht mehr an das Gute im Menschen glauben kann.«

»Willst du darüber reden?«

»Im Augenblick nicht.« Andresen blickte aus dem Seitenfenster und versuchte, die dunklen Gedanken abzuschütteln.

Es wunderte ihn noch immer, dass sich die Atmosphäre zwischen Kregel und ihm so schnell wieder normalisiert hatte. Kregel war es sogar gewesen, der ihn gefragt hatte, ob er mitfahren wolle. Kregel kam ihm beinahe erleichtert vor, dass Zeichner ihn abkommandiert hatte, um sich vorerst um Nikolaus Wieckhorst zu kümmern, während die Verantwortung für die Geiselnahme in der Bank auf andere Köpfe verteilt wurde.

Plötzlich trat Kregel auf die Bremse und ließ den VW Passat langsam ausrollen. »Da wären wir. Auf diesem leer stehenden Hof soll sich angeblich Nikolaus Wieckhorst befinden.«

»Wo sind die anderen?«, fragte Andresen überrascht.

»Welche anderen?«

»Wer hat dich denn angerufen und Bescheid gegeben? Ich dachte, das Haus wäre bereits umstellt. Oder sollen ernsthaft nur wir beide Wieckhorst da rausholen?«

»Der Anruf kam aus dem Präsidium«, antwortete Kregel. »Jemand hat in der Einsatzzentrale angerufen und gesagt, er wisse, wo sich Wieckhorst aufhält.«

»Das heißt, wir wissen nichts Genaues?«, fragte Andresen. »Ob die Entführer auch hier sind? Woher der Anrufer überhaupt davon weiß, dass Wieckhorst hier ist?«

»Ich habe mit Zeichner besprochen, dass wir beide hierherfahren und die Lage checken. Falls er wirklich hier gefangen gehalten wird, fordern wir Verstärkung an. Alle verfügbaren Einsatzkräfte und SEKs sind derzeit in der Stadt.«

»Also wird das hier so ein typischer Einsatz gegen das Protokoll«, sagte Andresen. »Und hinterher kriege ich wieder Ärger, dass wir es auf eigene Faust gemacht haben. Manchmal hasse ich das Ganze, kannst du mir glauben.« Er stieg aus dem Wagen aus und sah sich um. Die Sonne war mittlerweile vollständig aufgegangen und hüllte die Umgebung in ein gleißendes Licht wie im Spätsommer.

Kregel hatte hinter ein paar Bäumen geparkt, um nicht aufzufallen, doch selbst von hier war das Areal rund um den Hof gut einsehbar. Der Dorfkern von Palingen befand sich einige hundert Meter nördlich, das nächste Haus war von hier nicht zu erkennen. Einzig dieses verlassene, vom Einsturz bedrohte Bauernhaus mit der ebenfalls schwer beschädigten Scheune daneben.

Andresen suchte nach einem weiteren Fahrzeug, doch weit und breit war nichts zu sehen, was darauf hindeutete, dass sich jemand im Inneren der baufälligen Gebäude befand.

»Tut mir leid, dass du meinetwegen Ärger mit Zeichner hast«, sagte Andresen plötzlich. »Ich lag beim besten Willen nicht immer richtig mit meinen Ansichten. Und natürlich ist mir klar, dass meine Arbeitsweise egoistisch und manchmal vielleicht sogar fahrlässig ist. Andererseits übe ich diesen Beruf nun schon fast dreißig Jahre lang aus. Ich war fast immer an vorderster Front unterwegs, habe mich mit Mördern, Psychopathen und Familienschicksalen auseinandersetzen müssen. Ich habe vielleicht noch nicht alles Schlimme auf dieser Welt gesehen, aber zumindest sehr vieles davon.« Andresen atmete tief durch.

»In den vergangenen Jahren ist mir klar geworden, dass Leute wie ich in der Ermittlungsarbeit immer seltener werden. Ich bin eine aussterbende Spezies, weil viele Ermittlungen in Zukunft weniger durch intellektuelle Denkleistungen und das richtige Bauchgefühl zum Erfolg führen werden. Andere Dinge werden wichtiger. Die digitale Technik hat die Oberhand gewonnen. Viele Verbrechen werden zukünftig am Schreibtisch aufgeklärt.«

»Willst du etwa in Rente gehen, oder warum redest du, als seist du aus einem anderen Jahrhundert gefallen?« Kregel schüttelte lächelnd den Kopf, während er einen Kaugummi aus der Jackentasche fischte. »Reiß dich mal zusammen, du hast noch zehn Jahre vor dir. Willst du ernsthaft, dass die jüngeren Kollegen in dir nur noch den alternden Exleiter der Mordkommission sehen, der es nicht geschafft hat, sich neue Ermittlungsmethoden und Techniken anzueignen? Denk nur mal daran zurück, was du damals über deine älteren Kollegen gedacht hast.«

»Ich glaube, du hast das völlig falsch verstanden«, sagte Andresen. »Was ich sagen wollte: Eben weil ich einer der letzten Dinos bin, die ihren eigenen Weg gehen und manchmal auch unorthodox ermitteln, ist es umso wichtiger, dass meine Stimme gehört wird. Einerseits war ich froh, nicht länger als Leiter der Mordkommission am Schreibtisch sitzen zu müssen, andererseits vermisse ich die Verantwortung als Kommissariatsleiter. Wie du weißt, habe ich mich von Zeichner damals mehr oder weniger dazu überreden lassen, die X-Einheit zu übernehmen. Du erinnerst dich bestimmt daran, wie es gelaufen ist. Schließlich wolltest du mich damals noch davon überzeugen, nicht zurückzutreten.«

»Weil ich wusste, dass du noch nicht bereit dafür bist, ins zweite Glied zu treten.«

»Und weil du selbst Angst davor hattest, meinen Job zu übernehmen. Habe ich recht?«

»Angst ist nicht der richtige Ausdruck«, antwortete Kregel. »Ich hatte allerdings sehr großen Respekt vor der Aufgabe.«

»Und wie geht es dir jetzt dabei? Machst du den Job gerne? Schriftkram, Personal einteilen, Entscheidungen treffen, dich mit Zeichner herumschlagen. So etwas wie das hier kommt nicht mehr häufig für dich vor.«

»Solange man mir freie Hand lässt, ist alles bestens.«

»Du meinst, solange ich nicht dazwischenpfusche?« Andresen lächelte, spürte jedoch, dass Kregel nicht zu Scherzen aufgelegt war.

»Verstehst du denn eigentlich immer noch nicht, dass du hier nicht mehr den Ton angeben kannst?«, fragte Kregel energisch. »Ich würde mich durchaus freuen, wenn du mir Ratschläge gibst und mir hilfst. Aber die Richtung gebe ich vor, ohne Wenn und Aber.«

»Ja, du hast absolut recht«, sagte Andresen nach einer Weile des Schweigens. »Als ich noch dein Chef war, habe ich dir immer vertraut. Das, was du gesagt hast, war richtig, deine Entscheidungen durchdacht. Und eigentlich hat sich daran nichts verändert. Ab jetzt werde ich in dieser Sache nur noch auf dich hören. Lass uns Wieckhorst befreien, und dann sehen wir, welche Hinweise er uns auf die Geiselnehmer geben kann.«

»Du lebst einfach in deiner ganz eigenen Welt, Birger«, sagte Kregel. Seine Stimme klang plötzlich wieder abwehrend. »Niemand wird dich jemals daraus befreien können. Du sagst Dinge und machst im nächsten Augenblick genau das Gegenteil.« Kregel lächelte. Es war ein müdes, resigniertes Lächeln.

»Eine Sache noch«, sagte er schließlich. »Wenn du nicht vorhast, deinen Dienst zu quittieren, dich aber auch nicht mit der Leitung der X-Einheit zufriedengeben willst, was hast du dann vor?«

»Keine Sorge, Ben. Ich habe nicht vor, zurück zur Mordkommission zu kommen. Ich habe andere Pläne.«

»Und, verrätst du sie mir?«

»Die alten Fälle, die sich auf meinem Schreibtisch stapeln und niemals aufgeklärt werden konnten, sind alles andere als vergilbte Akten über den Mord am gewalttätigen Ehemann. Die Sache auf der ›Klaipeda Express‹ war so ein Fall, der größer war als alles, was ich je in der Mordkommission erlebt habe. Es gibt da noch so einige liegen gebliebene Ermittlungen, die ein ähnliches Ausmaß erreichen können. Alleine werde ich das jedoch nicht schaffen. Mir kommt es manchmal so vor, als ginge es nur noch darum, aktuelle Ermittlungen möglichst schnell abzuschließen. Sobald eine Sache nach einem halben Jahr nicht aufgeklärt worden ist, gerät sie immer mehr in Vergessenheit. Dabei brodeln viele Verbrechen noch immer im Untergrund weiter.«

»Aus den Augen, aus dem Sinn«, kommentierte Kregel achselzuckend. »Das Problem unserer heutigen Gesellschaft. Jeden zweiten Tag wird eine neue Sau durchs Dorf getrieben. Wen interessieren da schon Kriminalfälle, die mehr als zwei Jahrzehnte zurückliegen?«

»Für das, was ich in der X-Einheit leiste, bekomme ich keinerlei Anerkennung. Und das ist genau der Punkt, den ich ändern will. Ich muss Zeichner davon überzeugen, uns personell besser aufzustellen, damit meine Einheit an Bedeutung gewinnt.«

»Zeichner ist spätestens seit der Sache auf der Fähre alles andere als gut auf dich zu sprechen. Du hast es selbst erlebt. Ich will dir gar nicht verraten, wie er sich in meiner Gegenwart über dich geäußert hat. Er würde gern sehen, dass du besser heute als morgen deinen Hut nimmst.«

»Ich hatte nie ein sonderlich gutes Verhältnis zu ihm, aber dass er überhaupt nicht einschätzen kann, was passiert ist und was ich mit Hilfe von Simon Winter und Kalle Hansen da aufgedeckt habe, ist etwas, das ich nur schwer nachvollziehen kann. Die aktuelle Situation ist gefährlich für ihn. Wenn noch mehr schiefgeht und wir weitere Opfer zu beklagen haben, wird er in Frage gestellt werden. Und wenn du mich fragst, zu Recht.«

»Da bin ich ausnahmsweise deiner Meinung.«

»Also, was machen wir jetzt?« Andresen wechselte das Thema. »Gehen wir rein?«

»Ich weiß nicht«, antwortete Kregel nachdenklich. »Entweder wollte sich jemand wichtigmachen, oder aber Wieckhorst wird tatsächlich hier festgehalten.«

»Könnte auch eine Falle sein.«

»Soll ich nicht doch Verstärkung rufen?«, fragte Kregel. Plötzlich klang er verunsichert. »Wir brauchen auch hier ein SEK.«

»Wahrscheinlich wäre es das Beste«, sagte Andresen. »Auch wenn es verdammt noch mal nicht danach aussieht, als würden wir hier überhaupt auf irgendjemanden treffen.«

Während Kregel sich ins Auto setzte, um Verstärkung anzufordern, dachte Andresen über den anonymen Anruf nach. Weshalb hatte sich der Mann nicht zu erkennen gegeben? Und woher konnte er überhaupt wissen, dass Wieckhorst hier gefangen gehalten wurde? Hatte er gesehen, dass die Entführer ihn hierherverschleppt hatten? Irgendetwas war faul, selbst Kregel hatte das erkannt.

»Warte mal, Ben.« Andresen stützte sich mit der linken Hand auf der Motorhaube des Einsatzwagens ab. Mit der rechten massierte er seine Schläfen.

»Einen Moment.« Kregel hielt sein Handy vom Ohr weg. »Was ist denn? Ich habe Zeichner in der Leitung.«

»Es gibt noch eine Möglichkeit.« Andresen tauchte ebenfalls ins Auto und nahm wieder auf dem Beifahrersitz Platz. »Vielleicht wurden wir mit voller Absicht hierhergelockt. Wir sollen Nikolaus Wieckhorst finden. Die Leute, die dahinterstecken, sind aber längst nicht mehr hier.«

»Was für einen Sinn soll das ergeben? Den bekanntesten und reichsten Unternehmer Lübecks zu entführen, ohne eine Lösegeldforderung zu stellen. Und ihn dann einfach wieder freizulassen. Klingt unlogisch. Hier stimmt doch irgendetwas nicht.«

»Das sage ich ja schon die ganze Zeit. Die Geiselnehmer aus der Bank und die Entführer von Wieckhorst stecken unter einer Decke. Sie führen uns an der Nase herum. Und das Ganze hier ist Teil ihres Plans. Haben wir eigentlich den eingegangenen Anruf verfolgen können?«

»Nein, der Mann hat aufgelegt, bevor die Kollegen etwas unternehmen konnten.«

»Weißt du, was genau er gesagt hat?«

»Der Anrufer sagte nur, dass sich Nikolaus Wieckhorst hier

aufhalte. Auf die Nachfrage, woher er das wisse, hat er nicht geantwortet. Stattdessen erwähnte er noch, dass er glaubt, die Männer die ihn entführt haben, seien sehr gefährlich.«

»Noch etwas?«

»Nein, das war's.«

»Wann exakt ist dieser Anruf eingegangen?«, fragte Andresen.

»Direkt, bevor man mir Bescheid gegeben hat«, antwortete Kregel.

»Das passt nicht«, sagte Andresen. »Beziehungsweise es passt doch.«

»Was meinst du?«

»Weshalb meldet sich dieser Anrufer um diese Uhrzeit bei der Polizei? Falls er Wieckhorst und seine Entführer tatsächlich gesehen hat, dann doch nicht heute Morgen um fünf Uhr.«

»Worauf willst du hinaus?«

»Sie wollen, dass wir hier mit großer Mannschaft anrücken«, sagte Andresen. »Das ist ihr Plan. Dass die Zahl unserer Einsatzkräfte in der Stadt geschwächt wird, wenn sie …«

»… das Bankgebäude verlassen wollen.«

Andresen und Kregel blickten sich an. Sekundenlang. Ohne etwas zu sagen. Dann nickten beide, ehe Kregel sich bei Zeichner entschuldigte und auflegte.

»Wieckhorst ist womöglich hier«, sagte Andresen leise. »Allerdings befürchte ich, dass wir zu spät kommen.«

Kregel verlor von einer Sekunde auf die andere seine rosa Gesichtsfarbe. Sein mächtiger, durchtrainierter Körper sank wie ein nasses Handtuch in sich zusammen.

»Hast du denn gar nicht in Erwägung gezogen, dass Wieckhorst gar nicht mehr am Leben sein könnte?«, fragte Andresen überrascht.

»Ich weiß nicht«, antwortete Kregel mit belegter Stimme. »Normalerweise denke ich, dass die Sachen gut ausgehen. Falls Wieckhorst tatsächlich tot ist, wäre das für viele Menschen in der Stadt ein heftiger Schock. Meine Frau hat bei Wieckhorst ihre Ausbildung gemacht. Viele hatten irgendwann schon einmal mit dem Unternehmen zu tun.«

»Vielleicht irre ich mich ja auch«, sagte Andresen, spürte jedoch selbst, dass er dabei alles andere als überzeugt klang. »Lass uns reingehen.«

Erneut stiegen sie aus dem Wagen aus. Diesmal schlossen sie die Türen hinter sich. Als sie nur noch knapp zehn Meter von der Tür des Hauptgebäudes entfernt waren, hörte Andresen das leise Vibrieren von Kregels Handy in dessen Jackentasche.

»Willst du nicht rangehen?«

Kregel zögerte, dann zog er sein Handy aus der Tasche und meldete sich.

Andresen beobachtete seinen Partner und versuchte, dessen Reaktion zu deuten. Doch Kregel rührte sich kaum. Sein Gesichtsausdruck schien wie versteinert.

»Was ist denn?«, fragte Andresen unruhig.

Kregel starrte ins Leere. Er ließ seinen Arm sinken. Andresen riss ihm sofort das Handy aus der Hand.

»Andresen hier, wer ist da?«

»Die Einsatzzentrale im Präsidium«, sagte eine Stimme, die ihm vertraut vorkam. »Wir sollten uns bei Ihnen melden. Es geht um Nikolaus Wieckhorst.«

Andresens Herz schlug schneller. Seine Halsschlagader pulsierte so heftig, dass er tief ein- und ausatmen musste, um sich zu beruhigen. »Was ist mit ihm?«, fragte er schließlich.

»Seine Leiche wurde vor einer halben Stunde gefunden.«

»Wo?«

»In einer leer stehenden Lagerhalle im Gewerbegebiet Roggenhorst.«

Andresen schwieg. Nach einer gefühlten Ewigkeit bedankte er sich bei dem Mann am anderen Ende der Leitung. Dann legte er auf.

Glaubst du mir jetzt endlich, dass alles zusammenhängt?, wollte er Kregel an den Kopf werfen. Doch er schluckte die Worte hinunter. Eilig wandte er sich von ihm ab und lief zurück zu ihrem Auto.

Bela Blank hatte die lange Zeit des Wartens unterschätzt. Dass die Nacht zermürbend werden würde, hatte er gewusst. Ihm war klar gewesen, dass ein großer Teil ihrer Operation darin bestehen würde, Geduld zu beweisen. Auf den richtigen Moment zu warten, die passende Gelegenheit zu ergreifen, wenn sie sich gerade bot. Doch das Warten auf Neuigkeiten war in diesem Moment seine größte Herausforderung.

Er wusste nicht, was da draußen vor sich ging. Ganz bewusst hatte er dafür gesorgt, dass der Raum über all die Jahre frei von jeglicher Technik war. Kein Telefon, kein Internet, nicht einmal ein Fernseher, über den er jetzt wahrscheinlich Liveberichte aus der Innenstadt hätte verfolgen können. Obwohl er die Kontrolle über alle Aktivitäten behalten musste, wollte er sich in den entscheidenden Stunden von allen medialen Einflüssen frei machen. Die nötige Ruhe finden und jedem Risiko, dass sein Versteck auffliegen könne, vorbeugen.

David und Hendrik waren die Einzigen, die noch in der Stadt unterwegs waren. Die Einzigen, die ihm Informationen darüber liefern konnten, was in der Bank vor sich ging und ob die Bullen vielleicht schon mehr wussten, als ihm lieb war.

Was die Medien betraf, hatte David selbst Informationen über die Geiselnahme in der Bank und Wieckhorsts Entführung über alle großen sozialen Netzwerke gestreut. Wochenlang hatten sie darüber diskutiert, mit welchem Hashtag er die Onlinedienste, wenn alles geplant verliefe, überfluten sollte. Schließlich hatten sie sich auf #hanseterror geeinigt. Unter diesem Schlagwort sollte das G7-Treffen in die Geschichtsbücher eingehen.

Er würde später verfolgen, was sich im Internet abspielte. Die Informations- und Bilderflut musste gewaltig sein. Die Schlagzeilen in Deutschland würden ihnen gehören. Und schon in Kürze würde jeder da draußen auch wissen, wer sie waren und wofür sie standen. Das Bekennerschreiben war so deponiert worden, dass es gefunden werden musste.

Er bedauerte zutiefst, den Moment, in dem die Staatsmacht verstand, womit sie es hier zu tun hatten, nicht miterleben zu können. Ihre ungläubigen Gesichter. Den Schock, der sie erfassen würde. Die Panik, das Außenministertreffen nicht mehr platzen lassen zu können, weil es längst zu spät dafür war.

Stattdessen war er zum Warten verdammt. Hier in diesem fensterlosen Raum nur wenige hundert Meter vom Kohlmarkt entfernt. Hier musste er ausharren und darauf hoffen, dass alles nach Plan verliefe. Warten, bis David ihn irgendwann mit den neuesten Informationen versorgte.

Blank stand auf. Wie ein Tiger im Käfig begann er, in dem nur schwach beleuchteten Raum im Kreis zu gehen. So eng an den Wänden entlang, dass er sich seinen rechten Ellbogen an dem rauen Putz aufschürfte.

Bei allen Zweifeln an Davids Aufrichtigkeit würde er ihm auf ewig dankbar sein. Er hatte ihm das Leben gerettet, als Leo in seinem Wahn auf ihn losgegangen war. Ohne zu zögern, hatte er ihn erschossen. Zwei gezielte Schüsse, einer in den Kopf und einer von hinten ins Herz. So wie er es sie gelehrt hatte.

Anschließend hatte er David minutenlang beobachtet. Die Sache war nicht spurlos an ihm vorbeigegangen, und doch hatte er stabil gewirkt. Er hatte das getan, was er tun musste. Und Blank wusste, dass er es wieder tun würde. Trotzdem blieb ihm der Junge mehr als suspekt. Was David ihm letzte Nacht erzählt hatte, erschien ihm noch immer unglaublich. Andreas Baader sollte allen Ernstes sein Großvater sein?

Es gab niemanden, der wusste, dass Baader eine weitere Tochter aus einer kurzen Affäre hatte. Laut David hatte Baader selbst keine Ahnung davon gehabt. Mehr als diese wenigen, aber unfassbar klingenden Sätze hatte David über die Hintergründe und seine Familienverhältnisse nicht erzählen wollen. So schwer es Blank fiel, diese Geschichte zu glauben, erklärte sie vielleicht, weshalb David diesen beinahe beängstigenden Willen ausstrahlte.

Obwohl er ihm versprochen hatte, niemals mit irgendjemanden darüber zu reden, malte Blank sich aus, was passieren würde, wenn er damit an die Öffentlichkeit ginge. Die vierte Generation der Roten Armee Fraktion mit dem Enkel einer ihrer Gründer an der Spitze. Der Name Baader, der die RAF bekannt gemacht hatte, würde mit David neu aufleben. Die Vorstellung war verlockend, dennoch wusste er, dass er diese Entscheidung nicht über Davids Kopf hinweg treffen durfte.

Während er weiter im Kreis lief, fielen ihm die Worte ins Auge, die an den Wänden standen. Er musste sie nicht mehr lesen, hatte sie längst verinnerlicht. Und doch hatte er sie ausgedruckt und dort aufgehängt. Vor allem für die anderen, sie sollten sie immer wieder lesen, um zu verstehen, woher sie kamen, welches politische Ziel sie verfolgten und was ihre Vorbilder damals angetrieben hatte. Und vor allem, worauf sein Manifest fußte.

Die Zitate seiner Ikonen Ulrike Meinhof, Gudrun Ensslin und Andreas Baader rasten nur so an ihm vorbei, flimmerten vor seinen Augen und hatten sich längst auf seiner Netzhaut eingebrannt.

»Wir sagen, natürlich, die Bullen sind Schweine, wir sagen, der Typ in Uniform ist ein Schwein, das ist kein Mensch, und so haben wir uns mit ihm auseinanderzusetzen. Das heißt, wir haben nicht mit ihm zu reden, und es ist falsch, überhaupt mit diesen Leuten zu reden, und natürlich kann geschossen werden.« (Ulrike Meinhof)

»Der Bankraub ist nicht kriminell, sondern politisch. Weil er dem politischen Ziel, der Stadtguerilla dient … und natürlich darf geschossen werden.« (Ulrike Meinhof)

»Wir behaupten, daß die Organisierung von bewaffneten Widerstandsgruppen zu diesem Zeitpunkt in der Bundesrepublik und Westberlin richtig ist, möglich ist, gerechtfertigt ist. Daß es richtig, möglich und gerechtfertigt ist, hier und jetzt Stadtguerilla zu machen. Daß der bewaffnete Kampf als ›die höchste Form des Marxismus-Leninismus‹ (Mao) jetzt begonnen werden kann und muss, daß es ohne das keinen

antiimperialistischen Kampf in den Metropolen gibt.« (RAF – Das Konzept Stadtguerilla, 1. Abschnitt)

»Die Pflicht eines Revolutionärs ist, immer zu kämpfen, trotzdem zu kämpfen, bis zum Tod zu kämpfen ... Von bewaffneter Propaganda werden wir nicht reden, sondern wir werden sie machen.« (RAF – Das Konzept Stadtguerilla, 6. Abschnitt: Ulrike Meinhofs Auseinandersetzung mit der These »Macht kaputt, was euch kaputt macht«)

Blank wurde schwindelig vor Augen, ging weiter im Kreis. Rannte jetzt fast, doch die Worte holten ihn immer wieder ein.

»... weil wir Kommunisten sind und es davon, ob die Kommunisten sich organisieren und kämpfen, abhängt, ob Terror und Repression nur Angst und Resignation bewirken oder Widerstand und Klassenhaß und Solidarität provozieren ...« (RAF – Das Konzept Stadtguerilla, 6. Abschnitt)

Blank stoppte, als seine Augen an den letzten bekannten Sätzen hängen blieben, die offiziell von einer RAF-Zelle veröffentlicht worden waren. Sie stammten aus dem Jahr 1998 und waren von Mitgliedern der dritten Generation geschrieben worden: *»Vor fast achtundzwanzig Jahren, am 14. Mai 1970, entstand in einer Befreiungsaktion die RAF. Heute beenden wir dieses Projekt. Die Stadtguerilla in Form der RAF ist nun Geschichte.«*

Vor siebzehn Jahren war etwas Großes zu Ende gegangen. Siebzehn Jahre, in denen offiziell keine Zelle der Roten Armee Fraktion existiert hatte. Siebzehn Jahre kein Guerillakampf, kein Widerstand gegen Staatsgewalt, keine Revolutionäre, die für die Gerechtigkeit eintraten. Siebzehn Jahre lang ein Vakuum, das nur darauf gewartet hatte, wieder gefüllt zu werden.

Doch jetzt waren sie da. Die Rote Armee Fraktion 4.0, die die Ziele der ersten Generation aufleben und den bewaffneten Kampf diesmal zu einem erfolgreichen Ende führen würde.

Acht Mitglieder waren sie bis vor wenigen Stunden gewesen, jetzt waren sie nur noch zu siebt. Aber in diesem Moment war er sich so sicher wie nie zuvor, dass sie es schaffen würden. Dass sie stark genug waren, den antiimperialistischen Kampf so lange durchzuhalten, bis sie erfolgreich waren. Doch bis dahin lag noch ein weiter Weg vor ihnen.

Der bewaffnete Kampf hatte gerade erst begonnen. Und der blutige April 2015 würde als Geburtsstunde der neuen RAF in die Geschichtsbücher eingehen.

Das dumpf ratternde Geräusch des Hubschraubers dröhnte über der Altstadt, als sich Andresen gegen kurz nach neun wieder dem Bankgebäude am Kohlmarkt näherte. Kregel hatte ihn abgesetzt und war in Richtung des Gewerbegebiets Roggenhorst weitergefahren, wo man Nikolaus Wieckhorst gefunden hatte.

Dass sie überhaupt auf die Leiche des Unternehmers gestoßen waren, war purer Zufall gewesen. Eine Gruppe Obdachloser, die in der leer stehenden Halle gelegentlich Quartier bezog, hatte Wieckhorst in den Morgenstunden vorgefunden.

Sein Tod verschärfte die gesamte Situation noch einmal. Es bestand kein Zweifel mehr daran, dass eine groß angelegte Sache im Gange war. Auch Kregel hatte inzwischen begriffen, dass hier weit mehr vor sich ging als zwei zufällig zur selben Zeit stattfindende Verbrechen.

Der Anruf mit dem Hinweis, dass sich Wieckhorst in Palingen aufhielte, hatte wahrscheinlich nur einem einzigen Zweck gedient: möglichst viele Einsatzkräfte auf die falsche Spur und weit weg vom Geschehen auf der Altstadtinsel zu locken. Letztlich hatten sie sogar Glück gehabt, denn es war mehr der in diesem Moment unbedachten Entscheidung Zeichners zu verdanken, dass tatsächlich nur Kregel und er selbst anstatt eines kompletten SEK nach Palingen gefahren waren.

»Wir können nicht alle Einsatzkräfte hierhalten.«

Andresen fuhr herum und sah Kregel neben sich stehen. »Was machst du denn hier?«, fragte er überrascht. »Etwa doch nicht in Roggenhorst?«

»Es sind Leute aus meinem Team vor Ort, ich muss nicht dort sein«, entgegnete Kregel achselzuckend. »Hier können wir wenigstens noch Schlimmeres verhindern. Außerdem hat mich Zeichner zurückbeordert. In einer knappen Stunde brechen die Außenminister am Radisson Blu Hotel auf, um mit dem Schiff in Richtung Hansemuseum zu fahren. Vor allem Hübner wird uns wohl Leute abziehen.«

»Auf gar keinen Fall«, erwiderte Andresen. »Wir können von Glück sagen, dass nur wir beide in Palingen gewesen sind. Diese Typen planen, die Bank zu verlassen, und warten nur auf den richtigen Moment.«

Wieder blickte Andresen gen Himmel. Das Geräusch des Hubschraubers hallte jetzt in Wellen über die Dächer der Stadt. Ununterbrochen kreiste er über dem westlichen Altstadtrand, gleich in der Nähe des Holstentors. Direkt daneben lag das Radisson Blu Senator Hotel, in dem einige der Außenminister untergebracht waren. Soweit Andresen wusste, hatten der deutsche und der amerikanische Außenminister dort vor wenigen Minuten gemeinsam gefrühstückt. Ein Schiff der Küstenwache würde in Kürze vor dem Hotel festmachen, um die Außenminister der G7-Nationen von dort aus auf der Trave zum Hansemuseum wenige hundert Meter flussaufwärts zu bringen.

»Hast du schon irgendetwas darüber gehört, wie Wieckhorst ums Leben gekommen ist?«

»Er soll mit einem Kopfschuss regelrecht hingerichtet worden sein«, antwortete Kregel. »Die Waffe war übrigens eine MP5 von Heckler & Koch. Dieselbe, mit der auch seine Frau getroffen wurde. Älteres Modell. Seelhoffs Techniker sind vor Ort und sichern die Spuren in der Lagerhalle. Ich hoffe, sie finden etwas, das uns hilft, herauszufinden, wer diese Männer sind.«

»Glaubt Zeichner denn wenigstens jetzt endlich, dass die Sache hier und Wieckhorsts Tod etwas miteinander zu tun haben?«

»Ich habe das Gefühl, es interessiert ihn im Moment überhaupt nicht. Die Hintergründe sind vorerst offenbar zweitrangig. Das Einzige, was zählt, ist, dass wir nicht noch mehr Opfer beklagen müssen.«

»Das eine funktioniert doch nicht ohne das andere«, sagte Andresen verständnislos. »Wenn wir nicht wissen, was sie vorhaben, werden wir sie auch nicht hindern können, ihren Plan auszuführen und weitere Menschenleben in Gefahr zu bringen.«

»Welchen Plan?«, fragte Kregel skeptisch. »Was denkst du denn, was sie noch alles beabsichtigen? Glaubst du nicht, dass sie es einfach auf die Goldreserven im Keller der Bank abgesehen haben?«

»Nur um uns abzulenken und Einsatzkräfte vom Geschehen hier in der Innenstadt wegzulocken, hätten sie nicht Nikolaus Wieckhorst entführen und umbringen müssen. Ich bin mir einfach sicher, dass sie noch etwas anderes im Schilde führen.«

»Birger Andresen, wie er leibt und lebt.«

Andresen und Kregel fuhren herum. Vor ihnen stand Harald Seelhoff, Leiter der Spurensicherung. Sein ernster Blick verriet, dass er Neuigkeiten hatte.

»Gut möglich, dass du recht hast und viel mehr hinter der ganzen Sache steckt.« Er kam direkt zur Sache. »Zumindest lässt das, was wir in der Lagerhalle in Roggenhorst gefunden haben, diesen Schluss zu.« Seelhoff zog sein Handy aus der Jackentasche, tippte auf dem Display herum und hielt es Andresen und Kregel schließlich hin. »Seht selbst, das Foto hat mir gerade Siederdissen geschickt.«

Andresen trat einen Schritt auf Seelhoff zu und senkte seinen Blick. Trotzdem gelang es ihm nicht, zu erkennen, was auf dem Foto zu sehen war. »Tut mir leid, was soll das sein?«

»Ein Schriftstück, das meine Leute gefunden haben. Ihr müsst es lesen.« Seelhoff drückte Andresen das Telefon in die Hand.

Mit einiger Mühe gelang es Andresen, das Foto auf dem Display so zu vergrößern, dass er die handschriftlich verfassten Worte lesen konnte.

»Wechsel«, las er. »Macht ist menschlich. Tief verankert in uns allen. Menschlicher als Politik. Menschlicher als Religion. Menschlicher als Systeme. Macht ist mächtig. Will immerzu die Oberhand gewinnen. Lässt sich nicht verdrängen, sobald sie tief verankert ist. Macht ist mächtiger als Liebe. Mächtiger als Glaube. Mächtiger als Geld.«

Andresen runzelte die Stirn und tauschte einen raschen Blick mit Kregel und Seelhoff. Dann wischte er über das Display und las weiter.

Als er eine knappe Minute später die letzten Sätze gelesen hatte, war er wie erstarrt. Er versuchte zu verstehen, was die Zeilen zu bedeuten hatten, doch es gelang ihm kaum, sich darauf zu konzentrieren. Alles, was vor seinen Augen tanzte, waren die Worte, die unter dem Brief standen. Die Unterschrift. Die Bekenner. Diejenigen, die für all das hier verantwortlich waren. »Rote Armee Fraktion 4.0.«

»Ich hoffe einfach mal, dass das entweder ein dummer Scherz ist oder aber geschrieben wurde, ohne zu wissen, was es wirklich zu bedeuten hat.« Seelhoff griff nach seinem Handy und steckte es zurück in seine Jackentasche.

»Das ist alles, nur kein Scherz«, sagte Andresen nachdenklich. »Ob diese Leute wirklich wissen, was sie da schreiben, weiß ich nicht. Aber wir sollten es ernst nehmen.« Andresen musste an die Tatwaffe denken. Er erinnerte sich, dass Heckler-&-Koch-Pistolen bereits in den siebziger Jahren von der RAF benutzt worden waren.

»Falls sie sich wirklich als eine neue Zelle der RAF verstehen und das, was hier steht, die Ideologie dieser Leute ist, dann haben wir nicht nur in Lübeck ein großes Problem«, fuhr er fort. »Die RAF ist seit fast zwanzig Jahren Geschichte. Schwer vorstellbar, dass sie plötzlich aktiv wird. Aber vielleicht brauchen einige Mitglieder der dritten Generation, die niemals gefasst wurden, dringend Geld und überfallen deshalb die Bank. Sofern es aber wirklich eine neue Bewegung gibt, wird das Ganze nicht länger unsere Aufgabe sein. Staatsschutz und BKA werden übernehmen müssen.«

»Was machen wir denn jetzt?« Kregel wischte sich mit der linken Hand durchs Gesicht und lief unruhig auf und ab. »Das ist der größte terroristische Angriff auf die Bundesrepublik Deutschland seit mehr als zwei Jahrzehnten, und wir haben noch immer kein einziges Gesicht, das wir diesen Leuten zuordnen können. Wir wissen einfach nichts über sie.«

Er atmete durch und versuchte, sich zu beruhigen. »Wenn es wirklich stimmt, was wir aus diesen Zeilen lesen, dann müssen wir alles daransetzen, zu verhindern, dass diese Männer aus der Bank entkommen können. Wir brauchen hier dringend noch mehr Leute. Ich muss mit Zeichner reden, das G7-Treffen muss sofort abgesagt werden.«

»Viel Spaß dabei«, sagte Andresen. »Ich glaube nicht daran, dass das Treffen jetzt noch abgesagt werden kann. Die Amerikaner würden die deutsche Regierung zerfleischen, weil sie unfähig ist, ein solches Treffen sicher zu organisieren beziehungsweise rechtzeitig Informationen über mögliche Risiken herauszugeben. Wenn nach außen dringt, dass wir es hier mit einer neuen RAF-Zelle zu tun haben, würde die Welt nicht mehr auf das G7-Treffen blicken. So wie ich unsere Regierung einschätze, wird man nicht zulassen wollen, dass die Hintergründe über das Bekennerschreiben sofort nach außen dringen. Man wird warten, bis auch der letzte Außenminister Lübeck wieder verlassen hat.«

»Glaubst du ernsthaft, dass diese Information nicht durchsickert?«, fragte Kregel. »Im Netz geht es derart hoch her, dass sich ohnehin kaum noch jemand für die Außenminister interessiert. Wir kommen nicht mehr damit hinterher, alle Infos, die auf Facebook und Twitter unter #hanseterror gepostet werden, zu überprüfen. Jeder weiß plötzlich irgendetwas, schnappt etwas auf und veröffentlicht es irgendwo im Netz. Bislang war allerdings noch nichts Nützliches dabei.«

»Wie auch?«, meinte Andresen spöttisch. »Wir selbst wissen doch fast auch gar nichts.« Er erinnerte sich an Hansens Worte im Buthmanns.

Andresen spürte das Vibrieren seines Handys in der Jackentasche. Er zog es hervor und sah, dass es Kalle Hansen war. Gerade als er rangehen wollte, hatte Hansen jedoch schon wieder aufgelegt. Auf dem Display erkannte Andresen, dass er es bereits viermal probiert hatte. »Entschuldigt mich«, sagte er. »Es scheint wichtig zu sein.« Er nickte Kregel und Seelhoff zu und entfernte sich.

Kalle Hansen meldete sich nach dem dritten Freizeichen. Er verzichtete auf sein übliches Palaver und kam direkt zur Sache.

»Ich habe mir noch einmal Gedanken über unser Gespräch gestern Abend gemacht«, sagte er. »Offenbar lag ich mit meiner

Vermutung, dass die Entführung von Wieckhorst und die Geiselnahme in der Bank zusammenhängen, ja gar nicht mal so falsch.«

»Leider hat uns diese Erkenntnis nichts mehr eingebracht«, antwortete Andresen frustriert. »Wieckhorst ist tot.«

»Schon klar«, sagte Hansen.

»Woher zum Teufel weißt du denn das schon wieder?«, fragte Andresen aufgebracht. »Wir wissen es selbst gerade mal seit einer Stunde.«

»Dazu brauche ich keinen detektivischen Spürsinn«, antwortete Hansen. »Nicht nur Facebook und Twitter sind voll mit Meldungen. Alle großen Nachrichtenseiten haben Liveticker eingerichtet, auf denen minütlich berichtet wird. Der Tod von Wieckhorst wurde schon vor über einer halben Stunde vermeldet. Aber was ist dran an der Nachricht, dass es sich um linken Terror handeln soll?«

»Wie bitte?«

»Die BILD-Zeitung schreibt etwas von einer neuen RAF-Zelle. Angeblich existiert eine vierte Generation. Stimmt das?«

»Es sieht ganz danach aus«, antwortete Andresen. Er versuchte erst gar nicht, es zu dementieren. Offenbar war es unmöglich, im Rahmen einer solchen Ermittlung gewisse Informationen geheim zu halten. Irgendein Leck gab es immer.

»Sollte dieses Kaffeetrinken der Außenminister nicht besser abgesagt werden?«, fragte Hansen flapsig.

»Gute Idee, ich hoffe noch immer, dass Zeichner alles versucht, die Bundesregierung davon zu überzeugen. Dummerweise ist der amerikanische Außenminister extra heute Morgen für das Treffen angereist und dürfte *not amused* sein, wenn er unverrichteter Dinge wieder fahren muss.«

»Eitelkeit vor Sicherheit?«

»Würde mich nicht überraschen.« Andresen holte tief Luft und suchte nach den richtigen Worten, um Kalle Hansen abzuwürgen.

»Wie auch immer«, redete Hansen unbeeindruckt weiter. »Wenn ihr es tatsächlich mit Linksterrorismus zu tun habt, dürfte die Ermordung von Wieckhorst Teil des Ganzen sein. Er war der wichtigste Unternehmer der Stadt und spielte offen mit dem Gedanken, seine Firma nach Polen zu verlagern.«

»Nach Polen?«, fragte Andresen skeptisch. »Davon höre ich zum ersten Mal.«

»Wenn jemand für Kapitalismus steht, dann er«, sagte Hansen. »Er dürfte ein ziemliches Feindbild in linken Kreisen sein. Dazu noch der Überfall auf die Bank, wo die größten Goldreserven Norddeutschlands gelagert werden. Das alles ergibt aus diesem Blickwinkel einen Sinn.«

»Worauf willst du eigentlich hinaus, Kalle?« Andresen wurde ungeduldig, obwohl er jedes einzelne Wort von Hansen nachvollziehen konnte.

»Ich habe darüber nachgedacht, was diese Leute wohl planen könnten«, fuhr Hansen fort.

»Ja, das fragen wir uns auch«, sagte Andresen genervt.

»Es geht darum, auf welche Weise sie die Bank verlassen werden. Und da ist mir vorhin, während ich mich noch im Bett herumwälzte und eigentlich von gebratenen Hähnchen träumte, etwas eingefallen, das ich vor Jahren einmal aufgeschnappt habe.«

»Kalle, komm jetzt endlich zur Sache, ich muss mich wieder um –«

»Gar nichts musst du«, fiel Hansen ihm ins Wort. »Du hast da doch überhaupt nichts mehr zu melden. Wenn du nun aber endlich mal mir zuhören würdest, könntest du dich gegenüber Kregel und Zeichner ziemlich profilieren.«

»Ich will mich nicht profilieren, sondern verhindern, dass noch mehr Menschen zu Schaden kommen«, sagte Andresen lauter, als er wollte. Aus den Augenwinkeln erkannte er, dass ihn einige Streifenpolizisten, die in der Nähe standen, irritiert ansahen. »Na los, dann erzähl mir jetzt endlich, was du weißt.«

»Mir hat mal jemand gesagt, dass es unter der Altstadt angeblich mehrere Gänge oder Tunnel geben soll. Einer davon führt direkt vom Rathaus bis vor die ehemaligen Stadttore. Es heißt, dass früher so die Bürgermeister fliehen konnten, wenn ihnen ungemütliche Zeiten bevorstanden. Ich frage mich wirklich, ob das nicht auch heute noch eine Alternative für unseren Bürgermeister wäre.«

»Moment mal«, sagte Andresen. »Du willst mir also allen Ernstes erzählen, dass es in Lübeck unterirdische Gänge gibt, die diese Typen nutzen werden, um das Bankgebäude zu verlassen? Ist es das, worauf du hinauswillst?«

»Ich habe keine Ahnung, ob einer dieser Gänge auch unterhalb der Bank entlangführt«, antwortete Hansen. »Bei den Mengen an Gold, die dort gelagert werden, würde es mich aber nicht wundern, wenn ein solcher Gang tatsächlich existiert, um das Gold im Notfall wegzuschaffen.«

»Um ehrlich zu sein, das klingt sehr abenteuerlich. Wer kann denn etwas Genaueres darüber wissen?«

»Denk doch mal nach.«

»Vielleicht irgendein Historiker oder einer dieser Stadtführer?«

»Möglich, ich meine jedoch jemand anderen.«

»Ich habe weder Zeit noch Lust, mir Gedanken darüber zu machen, wer …« Plötzlich hielt Andresen inne. »Scheiße, das ist doch nicht wirklich dein Ernst?«

»Und ob«, antwortete Hansen. »Es gibt nur eine Person, die wirklich weiß, was im Untergrund dieser Stadt vor sich geht. Der Herr der Gänge. Boris Roloff. Wenn jemand weiß, ob und wo in dieser Stadt geheime Tunnelsysteme existieren, dann er.«

»Ich würde keine Sekunde lang zögern, Roloff umzubringen, wenn ich ihn sehe«, sagte Andresen.

»Ach Birger, sei doch nicht so nachtragend. Lass dich auf Roloff ein, dann kann er dir äußerst hilfreich sein.«

»Ich habe gestern Nacht von Wiebke Dinge über Roloff erfahren, die selbst ich ihm nicht zugetraut hätte. Wenn ich dir erzählen würde, was er uns angetan hat, dann würdest du anders über ihn denken. Aber dafür habe ich jetzt keine Zeit.«

»Wie gesagt, wenn du tatsächlich wissen willst, ob es einen Geheimgang unterhalb der Bank gibt, solltest du mit ihm sprechen.«

»Selbst wenn ich über meinen Schatten springen würde,

wie sollte ich es denn anstellen, ihn auf die Schnelle überhaupt ausfindig zu machen?«

»Ich könnte dir sagen, wo du ihn findest«, antwortete Hansen ruhig. »Wenn du willst, kannst du ihn in drei Minuten treffen.«

»Verdammt noch mal«, fluchte Andresen. »Wieso eigentlich immer wieder Roloff? Wann verschwindet dieser Kerl endlich aus meinem Leben? Los, jetzt sag schon, wo ich ihn finde.«

»Er schläft seit einigen Wochen in dem leer stehenden C&A-Gebäude in der Mühlenstraße. Dort solltest du ihn antreffen.«

»Was zum Teufel macht er denn da?« Andresen schüttelte den Kopf. Am liebsten hätte er laut geschrien. »In Ordnung«, sagte er, nachdem er sich wieder beruhigt hatte. »Falls ich ihn tatsächlich aufsuche, kann ich aber für nichts garantieren. Glaub mir, ich würde ihn lieber tot als lebendig sehen.«

»Roloff hat es schon mit ganz anderen Kalibern als dir aufgenommen«, entgegnete Hansen. »Den wirst du nicht so leicht ums Eck bringen können. Pass lieber auf, dass dir nichts passiert.«

»Vielen Dank, dass du dich um mich sorgst«, sagte Andresen mit zusammengekniffenen Lippen. »Wir sprechen uns, sobald die Sache hier vorbei ist. Zum Beispiel würde mich interessieren, seit wann du weißt, wo er sich versteckt hält, ohne es mir zu sagen.«

Er legte auf und ließ sein Handy wieder in der Jackentasche verschwinden. Nachdenklich ging er zurück in Richtung der Einsatzwagen. Bereits von Weitem konnte er erkennen, dass Kregel und Seelhoff in ein Gespräch mit Zeichner vertieft waren.

Kurz entschlossen wandte sich Andresen ab und entfernte sich einige Meter von den Absperrungen. Dann bog er in die Sandstraße ein und lief raschen Schrittes in Richtung des ehemaligen C&A-Gebäudes.

Obwohl es bereits kurz nach halb zehn war, hatten sämtliche Geschäfte geschlossen. So würde es wohl auch bleiben, bis das G7-Treffen vorbei war und die Außenminister Lübeck wieder verlassen hatten. Wahrscheinlich sogar so lange, bis die ganze Sache in der Bank endlich ein Ende gefunden hatte.

Er ging quer über den Klingenberg bis zur Mühlenstraße. Auch hier das gleiche Bild. Die Straße wirkte wie ausgestorben. Keines der Cafés und Geschäfte hatte geöffnet.

Der Sechziger-Jahre-Bau, in dem sich bis vor einigen Jahren noch das C&A-Kaufhaus befunden hatte, sah aus wie ein riesiger Klotz Beton, der nur darauf wartete, von versierten Sprengmeistern vermint und verkabelt zu werden. Andresen hielt es für ausgeschlossen, dass dieses Gebäude noch einmal anderweitig genutzt werden konnte.

Während sein Blick die Fassade des Gebäudes entlangschweifte, versuchte er sich vorzustellen, was für ein Leben Boris Roloff eigentlich führte. Seit seiner Jugend hatte er keinen festen Wohnsitz mehr, tauchte in leer stehenden Häusern oder bei befreundeten Kriminellen unter. Doch diese Freunde waren in den letzten Jahren immer weniger geworden. Roloff war zum totalen Einzelgänger mutiert. Hinzu kam, dass er sich seit einigen Jahren verfolgt fühlte. Von Leuten, die er verraten hatte, damit Andresen sie zur Strecke bringen konnte.

Immer wieder hatte es auch Momente gegeben, in denen Andresens Wut auf Roloff nachgelassen und er ernsthaft darüber nachgedacht hatte, das Kriegsbeil mit ihm zu begraben. Zuletzt noch vor wenigen Tagen, als er ihm gesteckt hatte, dass Wiebke den Brand in seinem ehemaligen Haus gelegt hatte.

Doch wie jedes Mal hatte Roloff ihm auch jetzt wieder einen Schlag in den Nacken verpasst. Das, was Wiebke ihm vor ein paar Stunden erzählt hatte, war zu heftig gewesen. Zu wissen, dass Roloff sie benutzt hatte, um ihm auf derart perfide Weise Schaden zuzufügen, verursachte einen permanenten Bluthochdruck und einen Ruhepuls von weit über hundert.

Wenn Roloff sich tatsächlich in diesem Haus versteckt hielt, musste er irgendwie versuchen, all die Wut, die er in sich trug, zu zügeln. Er musste ihm gegenübertreten, als wisse er nichts von dem Kontakt zwischen Roloff und Wiebke. Alles, worauf er sich konzentrieren musste, war die Frage nach dem Tunnel, der womöglich unterhalb der Bank am Kohlmarkt existierte und irgendwo außerhalb der Altstadt endete.

Von der Mühlenstraße aus gab es keinen Zugang zu dem

Gebäude. Der frühere Eingang des Modekaufhauses war verschlossen und wurde mit Sicherheit auch nicht von Roloff benutzt, wenn er das Gebäude verließ. Andresen wusste jedoch, dass sich auf der Rückseite des Gebäudes die Lieferanteneingänge befanden.

Er bog in die Kapitelstraße ein und lief einige Meter in der Parade, bis er schließlich den Hinterhof des Gebäudes betrat. Schon von Weitem konnte er erkennen, dass Roloff sich offenbar Mühe gegeben hatte, zu vertuschen, dass er sich hier versteckt hielt. Vor den beiden rückwärtigen Eingängen standen mehrere große, rollbare Müllcontainer. Mühsam schob Andresen einen davon zur Seite, sodass er zu den Türen gelangen konnte.

Er hatte damit gerechnet, dass sie verschlossen wären, doch tatsächlich ließ sich die rechte Tür öffnen. Tat er das Richtige? War er in der Lage, aus Roloff die nötigen Informationen herauszuholen, ohne sofort auf ihn loszugehen? Womöglich begab er sich in die unnötige Gefahr, von Roloff attackiert zu werden, anstatt sich einfach ein paar hundert Meter entfernt von hier darum zu kümmern, dass die Geiselnahme möglichst ohne weiteres Blutvergießen beendet wurde.

Er schüttelte die Gedanken ab, schob die Tür auf und betrat das Gebäude. Von dem abgestandenen Gestank, der ihm im Innern entgegenschlug, wurde ihm schlecht. Nur mit Mühe gelang es ihm, den Würgereiz zu unterdrücken. Mit dem rechtem Arm vor dem Gesicht versuchte er, sich in den dunklen Fluren des Hauses zu orientieren. Je tiefer er in das Gebäude vordrang, desto weniger empfindlich reagierten seine Geruchsnerven.

Als er den ehemaligen Verkaufsraum, der zur Mühlenstraße lag, erreichte und wieder mehr Licht durch die Fenster ins Innere drang, hielt er für einen Moment inne und ließ seinen Blick kreisen. Irgendwo hier hatte er vor vielen Jahren gemeinsam mit Rita vor einem Verkaufstisch gestanden und gleich ein halbes Dutzend Hemden gekauft. Jetzt befand sich an dieser Stelle nichts mehr, lediglich die Abdrücke des Tisches auf dem Linoleumboden glaubte er noch zu erkennen.

Langsam betrat er die stillstehende Rolltreppe, die ins erste Stockwerk hinaufführte. Das Gefühl, sich allein in diesem leeren Gebäude zu bewegen, ohne zu wissen, was ihn erwartete, war einigermaßen beängstigend. Jeder seiner Schritte hallte so laut, als würde er durch das riesige Kirchenschiff von St. Marien gehen.

Auch hier deutete nichts darauf hin, dass Roloff sich in dem Gebäude aufhielt. Er konnte sich überall versteckt halten, vielleicht schlief er in einem der Büroräume im hinteren Bereich. Andresen blickte nach oben, die Rolltreppe führte ins zweite Stockwerk, wo sich früher eine weitere Verkaufsfläche befunden hatte. Irgendwo da oben wartete womöglich seine Nemesis und lauschte seinen Schritten. Doch noch ahnte Roloff nicht, dass er es war, der nach ihm suchte.

»Hey, Roloff!« Andresens Ruf klang sekundenlang in den einzelnen Stockwerken nach. »Ich bin's, Andresen. Bist du hier?«

Er wartete eine Weile, doch die erhoffte Reaktion blieb aus.

»Ich muss mit dir reden. Es hat nichts mit …« Andresen stockte. Er musste aufpassen, nichts Falsches zu sagen. »Es hat nichts mit unseren früheren Sachen zu tun«, rief er schließlich. »Du hast sicherlich von der Geiselnahme in der Bank gehört. Ich brauche deine Hilfe.«

Wieder wartete er auf Roloffs Antwort. Doch in dem großen Gebäude war nichts außer dem Wind zu hören, der durch die Luftschächte blies. Als er gerade seinen rechten Fuß auf die Rolltreppe setzte, um hoch ins zweite Stockwerk zu gehen, hörte er plötzlich das dumpfe Geräusch von Schritten über ihm. Es wurde lauter. Im nächsten Moment erkannte er Roloff am oberen Ende der Rolltreppe.

Sekundenlang starrten sich die beiden an. Andresen glaubte zu erkennen, dass Roloff blass aussah und gegenüber ihrem Aufeinandertreffen vor wenigen Wochen an Gewicht verloren hatte. Ihm fiel wieder ein, was Simon Winter gesagt hatte, als sie sich kurz davor auf der Glitzerbrücke getroffen hatten. Er hatte von einer Krankheit Roloffs gesprochen, von Problemen mit den Nieren. Damals in der Dunkelheit war ihm nichts an Roloff aufgefallen, aber jetzt stach ihm sofort ins Auge, dass der Herr der Gänge krank aussah.

»Du brauchst mal wieder meine Hilfe?« Roloffs Stimme klang klarer und fester, als Andresen erwartet hatte. Roloff kam langsam, beinahe wie in Zeitlupe, die Rolltreppe hinunter.

»Du kannst mir ruhig glauben, dass ich alles dafür gegeben hätte, nicht ausgerechnet dich um Hilfe bitten zu müssen.«

»Und wie kommst du dann ausgerechnet auf mich?«, fragte Roloff. »Es gibt nur eine Handvoll Menschen, die wissen, dass ich mich momentan hier aufhalte. Wenn Hansen jetzt auch nicht mehr seine Klappe halten kann, sollte ich mir vielleicht langsam Gedanken darüber machen, die Stadt zu verlassen.«

»Ich würde sogar darum bitten«, sagte Andresen so leise, dass Roloff ihn nicht verstehen konnte. »Hansen hat alles richtig gemacht«, schob er lauter hinterher. »Wenn wir verhindern wollen, dass diese Männer in der Bank noch mehr Blut vergießen, dürfen wir keine Zeit mehr verlieren. Deshalb bin ich hier.«

Andresen biss sich auf die Unterlippe. Beim Anblick seines immer näher kommenden Erzfeindes fiel es ihm schwer, seine Gefühle zu unterdrücken.

»Komm zur Sache, Andresen«, sagte Roloff. »Dann entscheide ich, ob ich dir helfe.«

»Du bist der Herr der Gänge, und genau darum geht es. Wir glauben, dass die Geiselnehmer über einen unterirdischen Tunnel fliehen wollen. Was weißt du darüber?«

»Gehen wir hinüber zu den Fenstern«, antwortete Roloff. »Dort haben wir mehr Licht, das hilft beim Denken.« Er drängte sich so dicht an ihm vorbei, dass Andresen angesichts des unangenehmen Körpergeruchs seinen Kopf wegdrehen musste.

Roloff wirkte ungepflegt, als hätte er sich seit Wochen nicht mehr gewaschen. Für einen kurzen Moment verschwand die Wut auf ihn. Angestrengt kämpfte Andresen dagegen an, Mitleid für Roloff zu empfinden.

»Weißt du, Andresen, mir geht es nicht so gut momentan«,

sagte Roloff. »Irgendwas mit den Nieren. Die funktionieren nicht mehr so, wie sie sollen. Der Arzt, bei dem ich war, klang ziemlich besorgt. Am besten wäre es wohl, wenn ich mich in den nächsten Tagen in ein Krankenhaus einliefern lassen würde.«

»Sehr bedauerlich«, entgegnete Andresen kühl. »Vielleicht solltest du einfach deinen Lebenswandel ändern. Hier in diesem Loch zu wohnen, fördert nicht unbedingt deine Gesundheit.«

»Danke, dass du mich darauf hinweist. Ich frage mich, ob es sich überhaupt lohnt, dass ich mich behandeln lasse. Vielleicht wäre es gar nicht so schlecht, wenn es jetzt mit mir vorbeigehen würde.« Roloff lächelte und blickte aus einem der verdreckten Fenster auf die Mühlenstraße.

»Wenn man wie ich schon seit der Kindheit nur Scheiße erlebt hat, verlassen einen irgendwann die Kräfte. Als damals die Sache mit Schmitz und diesen Heuschrecken aus Schweden passiert ist, habe ich kurzzeitig darüber nachgedacht, vielleicht endlich ein normales Leben zu führen. Es fühlte sich gar nicht mal so schlecht an, der Polizei zu helfen und dieses Arschloch hinter Gitter zu bringen. Leider hatte ich die Rechnung allerdings ohne dich gemacht.«

»Du machst allen Ernstes mich für deine Situation verantwortlich?«, fragte Andresen fassungslos.

»Seit mehr als zwei Jahren bin ich mittlerweile auf der Flucht vor Schmitz' Leuten, ohne dass du mir je geholfen hast. Entweder sie schaffen es, mich zu erwischen und umzubringen, oder aber ich sterbe auf der Flucht vor ihnen. So oder so eine beschissene Situation.«

»Findest du nicht, dass du etwas überdramatisierst? Wenn sie es wirklich auf dich abgesehen haben, hätten sie dich doch längst gefunden.«

»Sie haben mich schon ein paarmal gefunden. Trotzdem bin ich noch am Leben. So wie in den letzten Monaten will ich jedoch nicht mehr weitermachen. Ich habe lange genug auf der Straße gelebt. Wenn ich dir also helfen soll, dann wirst du mir jetzt endlich auch helfen. Und du weißt, was ich von dir will. Du schuldest mir noch diesen Gefallen.«

Andresen schloss die Augen und atmete tief durch. Da war sie wieder, diese unbändige Wut auf Boris Roloff. Er hatte versucht, sie zu kontrollieren, doch es hatte nur wenige Sätze von ihm gebraucht, und alles kam wieder hoch, vor allem Wiebkes unfassbare Geschichte von vergangener Nacht.

Sollte er ihm einfach eine verpassen? So lange auf ihn einprügeln, bis er endlich zugab, dass er Wiebke dazu gebracht hatte, sein Haus anzuzünden?

Andresen massierte seine Schläfen. Er musste sich beruhigen. Versuchen, sich voll und ganz darauf zu konzentrieren, die notwendigen Informationen aus Roloff herauszuholen.

»Wir werden diese Leute von Schmitz, die hinter dir her sind, dingfest machen.« Andresen presste die Worte mühsam hervor. »Das verspreche ich dir.«

»Du hast dich zwei Jahre lang dagegen gesträubt, mir zu helfen. Weshalb sollte ich dir das jetzt glauben?«

»Weil ich sehe, wie es dir gesundheitlich geht«, sagte Andresen. »Und ich habe verstanden, dass du Angst vor ihnen hast.«

»Ich glaube dir kein Wort, Andresen«, entgegnete Roloff mit ruhiger Stimme. Er drehte sich zu ihm um und blickte ihn aus trüben Augen an. »Dir geht es nur um deinen eigenen Vorteil. Aber ich bin zu müde, um den Kampf noch länger auszutragen. Ich sage dir jetzt einfach, was ich weiß.« Roloff schluckte schwer, das Reden schien ihn anzustrengen.

»Es existieren tatsächlich mehrere Tunnelsysteme unter der Innenstadt. Die meisten sind eingestürzt und nicht mehr begehbar. Der Gang unterhalb des Rathauses ist allerdings noch in einem halbwegs vernünftigen Zustand. Er führt auch unterhalb der Bank entlang, hier existiert sogar ein direkter Zugang.« Wieder legte Roloff eine Pause ein. Er musste husten und fasste sich schmerzverzerrt in die Seite.

»Dieser Tunnel ist der einzige noch begehbare unterirdische Weg, der von der Altstadt unter der Trave hindurch auf die Wallhalbinsel führt.«

»Wo genau kommt der Tunnel wieder heraus?«

»Auf dem Gelände der Walli«, antwortete Roloff. »Es gibt kaum jemanden, der von der Existenz dieses Tunnels weiß.«

»Auf der Walli?«

»Ursprünglich verlief der Gang wohl noch weiter, bis hinter den Stadtgraben. In diesem Bereich ist er heute jedoch verschüttet. Jemand hat in den vergangenen Jahren auf der Walli einen Ausgang gebaut, allerdings bin ich mir ziemlich sicher, dass keiner der Alternativen dort davon etwas weiß. Er liegt sehr versteckt unter einigen Büschen kurz vor dem Stadtgraben.«

»Vielleicht hat ihn keiner von denen gebaut, die dort aktuell leben«, sagte Andresen leise, »aber dafür Leute, die sich früher dort herumgetrieben haben.«

»Was willst du damit sagen?«

»Wir glauben, dass wir es mit linkem Terror zu tun haben«, sagte Andresen. »Vielleicht sogar mit einer neuen Zelle der RAF. Das würde eventuell zur Walli passen. Vielleicht sind einige Leute aus der Alternative mit ihren Antifa-Gedanken irgendwann etwas zu weit nach links abgedriftet. Weißt du irgendetwas darüber?«

»Tatsächlich habe ich letztes Jahr im Sommer einige Wochen lang dort gelebt«, antwortete Roloff. »Das war eine gute Zeit, ich habe mich willkommen und frei gefühlt. Nur diese ganzen Hunde haben genervt.«

»Hast du dort Leute kennengelernt, denen du zutraust, Teil einer terroristischen Vereinigung zu sein, die einen Lübecker Unternehmer ermordet und eine Bank überfällt?«

»Wieckhorst ist tot?«

»Er wurde regelrecht hingerichtet«, antwortete Andresen. »Es gab nicht einmal eine Lösegeldforderung.«

»Ich würde von mir behaupten, dass ich einen guten Riecher für Menschen habe, die eine kriminelle Ader in sich tragen.« Roloff versuchte zu lächeln, doch sein hageres Gesicht schien sich zu weigern. »Da war tatsächlich jemand, dem ich zugetraut habe, einen terroristischen Anschlag zu planen. Er war nicht oft da, aber wenn, dann hat er viel Zeit damit verbracht, andere von seinen antikapitalistischen Ideen zu überzeugen.«

»Tun das nicht alle Alternativen auf der Walli?«

»Die meisten dort sind Träumer«, antwortete Roloff. »Doch

dieser Mann war irgendwie anders. Seine Sprache war mächtiger, seine Ideologie rigoros. Er hatte etwas Missionarisches an sich.«

»Erinnerst du dich an seinen Namen?«

»Ich glaube, er hieß Bela. Bela Blank.«

»Bela Blank?«, wiederholte Andresen. »Nie gehört, ist das sein richtiger Name?«

»Denke schon.«

»In Ordnung.« Andresen stand einige Meter von Roloff entfernt. Er war unschlüssig. Obwohl er mit den Informationen, die Roloff ihm gegeben hatte, dringend zurück zu den anderen musste, zuckte es in seinen Fingerkuppen. Er konnte unmöglich einfach gehen, ohne Roloff für das, was er ihm angetan hatte, zumindest zur Rede zu stellen.

»Was ist?«, fragte Roloff mit einem Mal. »Warum verschwindest du nicht und kümmerst dich um die Typen in der Bank?«

»Vielleicht interessiert dich, dass ich letzte Nacht mit Wiebke gesprochen habe.«

»Das hättest du auch schon früher machen können, wenn du dich nicht geweigert hättest, mit mir zusammenzuarbeiten.«

»Um eins mal gleich klarzustellen«, sagte Andresen entschieden. »Egal, welche Informationen wir beide austauschen, wir werden niemals zusammenarbeiten, verstanden?«

»Natürlich, wie konnte ich das vergessen.«

»Ob und wann ich mich dazu entscheide, mich überhaupt auf dich einzulassen, ist ganz allein meine Sache.« Andresen trat näher an Roloff heran und fixierte ihn. »Hast du mir noch etwas zu sagen?«

»Alles, was du willst. Ich habe nichts mehr zu verlieren.«

»Dann sag es mir hier und jetzt. Ich will es aus deinem Mund hören.«

»Hilfst du mir vielleicht kurz auf die Sprünge?«

Andresen schloss die Augen. Der Drang, einfach zuzuschlagen, ließ sich kaum mehr unterdrücken.

»Allmählich verstehe ich«, sagte Roloff plötzlich. »Was hat sie dir erzählt?«

»Was sie mir erzählt hat?«, fuhr Andresen ihn an. Er trat noch näher an Roloff heran. Schlechter Atem schlug ihm entgegen. »Sie hat mir die Wahrheit erzählt«, brüllte er ihn an. »Nämlich, dass du verdammtes mieses Schwein Wiebke erst dazu gebracht hast, mein Haus anzuzünden. Du hast ihr gesagt, dass ich eine Affäre habe, und damit erreicht, dass sie sich an mir rächt.«

»So hat sie das gesagt?«

»Ja, genau so hat sie es gesagt. Und ich glaube ihr.«

»Andresen, ich weiß, dass du kein schlechter Bulle bist«, sagte Roloff. Seine Worte klangen ruhig, aber ihm war anzusehen, dass es jetzt auch in ihm brodelte. »Um ehrlich zu sein, bist du sogar der beste Bulle, den ich kenne. Aber zwischenmenschlich fehlt es dir wirklich an allem. Wenn du wirklich glaubst, dass ich Wiebke angestachelt habe, bist du vollkommen falsch gewickelt.«

»Hast du ihr gesagt, dass zwischen Ida-Marie und mir etwas läuft?«

»Nein.«

»Woher soll sie es denn sonst gewusst haben?«

»Hast du vielleicht mal darüber nachgedacht, dass dein eigener Sohn darüber Bescheid weiß, was du so treibst? Offenbar schiebt Wiebke mich vor, weil sie wütend auf mich ist, dass ich dir die Wahrheit über sie verraten habe.«

»Was soll das denn jetzt schon wieder heißen?«

»So hart es auch für dich klingen mag, aber es war Ole, dein Sohn, der dich verraten hat.«

Andresen trat einen Schritt zurück und starrte Roloff an. Die Sekunden vergingen, ohne dass er fähig war, einen klaren Gedanken zu fassen. Dann ballte er seine Faust, holte aus und schlug Roloff mitten ins Gesicht.

DAS WAR ERST DER ANFANG

»Was sagt dir der Name Bela Blank?« Andresen atmete schwer, während er die Mühlenstraße hinauflief und gleichzeitig in sein Handy redete.

»Bela?«, fragte Kalle Hansen überrascht. »Sag nicht, er hat etwas mit der Sache zu tun?«

»Kennst du ihn etwa?«

»Alter Kindergartenfreund«, antwortete Hansen. »Ich habe ihn eine Zeit lang hier und da getroffen. Aber das ist jetzt auch schon wieder Jahre her.«

»Was heißt hier und da?«

»Na, wo man sich in Lübeck nun mal so trifft. Einmal bin ich ihm sogar auf der Travemünder Woche begegnet. Daran kann ich mich erinnern, weil er dort so heftig herumgepöbelt hat, dass er von deinen Kollegen in Gewahrsam genommen wurde.«

»Herumgepöbelt?«, fragte Andresen verwundert. »Weißt du noch, worum es ging?«

»Ich glaube, irgendwelche ziemlich hasserfüllten antikapitalistischen Parolen, die …« Hansen stockte, als ihm bewusst wurde, was er gerade gesagt hatte. »Verdammt, ist er tatsächlich euer Mann?«

»Los, streng dich an, Hansen«, drängte Andresen. »Was fällt dir noch zu ihm ein?«

»Jemand hat mir mal vor ein paar Jahren erzählt, dass es Blank übel erwischt hätte«, antwortete Hansen zögerlich.

»Was soll das heißen, es hat ihn übel erwischt?«

»Nervenzusammenbruch, Burn-out, er ist einfach durchgedreht. Was auch immer.« Hansen klang plötzlich seltsam genervt. »Jedenfalls soll er wohl für mehrere Monate in der Geschlossenen eingesessen haben. Mehr weiß ich allerdings auch nicht.«

»Was ist mit der Walli? Weißt du, ob er sich dort aufgehalten hat?«

»Ist auf der Walli nicht jeder irgendwann mal gewesen?«

»Der eine so, der andere so«, antwortete Andresen. »Ich erinnere mich daran, dass ich auf dem Gelände mal einen Bauwagen gestürmt habe, weil wir glaubten, dass ein verdächtiger Mörder dort Unterschlupf gefunden hat. Also, sag schon, was du weißt.«

»Keine Ahnung«, sagte Hansen. »Ich kann mich nicht daran erinnern, ihn jemals da gesehen zu haben. Meine Zeit auf der Walli liegt mittlerweile allerdings auch schon fast zwanzig Jahre zurück.«

»In Ordnung.« Andresen bedankte sich und wollte gerade auflegen, als Hansen sich noch einmal räusperte. »Was hast du? Ist dir noch etwas eingefallen?«

»Eine etwas unangenehme Sache, über die ich bislang noch nie gesprochen habe.«

»Was kommt denn jetzt?«

»Dieser Klinikaufenthalt von Bela Blank«, sagte Hansen mit ungewohnt leiser Stimme. »Ich weiß davon, weil ich zu dieser Zeit ebenfalls dort war.«

»In welcher Angelegenheit?«

»In meiner eigenen«, antwortete Hansen nach kurzem Zögern. »Auch im Leben von Kalle Hansen gab es eine Phase, in der nicht alles rundgelaufen ist. Als meine Mutter starb, bin ich für einige Jahre etwas abgestürzt.«

»Der große Kalle Hansen, der sich immer über alles erhaben fühlt, saß allen Ernstes in einer Psychoklinik? Du willst mich wohl auf den Arm nehmen?«

»Klingt seltsam, ich weiß. Ist aber die Wahrheit.«

»Und wann, bitte schön, soll das gewesen sein?«

»Irgendwann Ende der Neunziger«, antwortete Hansen. »So genau kann ich mich gar nicht mehr erinnern, ich war in dieser Zeit meistens zugedröhnt und nicht wirklich auf der Höhe.«

»Angenommen, es stimmt, was du sagst, was mir immer noch schwerfällt zu glauben«, sagte Andresen, »dann warst du also zur selben Zeit wie Blank in dieser Klinik?«

»In Heiligenhafen, das war wirklich übel.«

»Wie eng war denn euer Kontakt während dieser Zeit?«

»Im Grunde hatten wir gar nichts miteinander zu tun«, antwortete Hansen. »Es gab allerdings einen Moment, an den ich mich ganz genau erinnern kann und der vielleicht interessant sein könnte. Es war ein kurzes Gespräch mit ihm im Raucherzimmer. Damals haben seine Worte irgendwie gar keinen Sinn ergeben. Er klang total wirr, schließlich war er ja bis oben hin mit Psychopharmaka vollgepumpt.«

Andresen blieb stehen, als er sah, dass er den Kohlmarkt fast wieder erreicht hatte. Hinter den Absperrungen herrschte hektische Betriebsamkeit. Es schien so, als bereite sich das SEK auf den Sturm des Bankgebäudes vor.

»Kalle, komm zur Sache«, rief er in sein Handy. »Ich glaube, hier tut sich was.«

»Ich fasse mich kurz«, sagte Hansen. »Blank hat davon geredet, eines Tages dafür zu sorgen, dass alles anders wird. Er hat von einem Wechsel gesprochen, den er irgendwann herbeiführen wird. Von einem neuen System, das die Gesellschaft verändern wird. Und von der Macht des Kollektivs.«

»Er ist es«, sagte Andresen leise. »Wir suchen Bela Blank. Wenn er das wirklich damals schon so zu dir gesagt hat, wusste er schon vor über fünfzehn Jahren, was er jetzt in die Tat umsetzen will. Wir haben einen Brief gefunden, in dem fast exakt diese Worte verwendet werden. Unterschrieben mit ›Rote Armee Fraktion 4.0‹.«

»Hast du eigentlich schon mit Roloff gesprochen?«, fragte Hansen plötzlich.

»Ja.«

»Was hat er gesagt?«

»Später«, antwortete Andresen. »Ich muss jetzt weiter. Danke für deine offenen Worte.«

»Ich hoffe, dass ich das nicht eines Tages bereuen werde«, sagte Hansen. Es klang, als ärgere er sich, so viel über sich preisgegeben zu haben. »Wenn du Blank treffen solltest, dann richte ihm aus, dass er mich schon im Kindergarten genervt hat. Hätte ich ihn damals doch bloß noch ein wenig länger in den Schwitzkasten genommen.«

Andresen lächelte still und schüttelte den Kopf. Ohne etwas zu erwidern, legte er auf.

»Wo zum Teufel hast du denn jetzt schon wieder gesteckt?« Kregel war derart aufgebracht, dass er Andresen für einen kurzen Moment an den Schultern packte und rüttelte.

»Ich weiß alles«, antwortete Andresen mit ruhiger Stimme. »Während ihr hier gewartet habt, dass irgendetwas passiert, bin ich unterwegs gewesen, um zu verstehen, was hier überhaupt vor sich geht. Und nun weiß ich, wer hinter der RAF-Zelle steckt. Was diese Person plant. Und wie und wohin die Geiselnehmer flüchten wollen.«

»Was? Zeichner und Hübner haben gerade angeordnet, dass das Gebäude gestürmt werden soll. Sie wollen, dass die Geiselnahme beendet ist, bevor die Außenminister im Hansemuseum ankommen. Alle Einsatzkräfte stehen bereit, es geht in Kürze los.« Kregels Pupillen bewegten sich nervös hin und her.

»Was ist mit dir?«, fragte Andresen besorgt. »Du siehst schlecht aus.«

»Ich glaube, dass wir einen großen Fehler begehen. Wie du gesagt hast, es ist viel zu riskant. Wenn die Geiseln bei der Aktion sterben, haben wir alles falsch gemacht.«

»Hör mir jetzt gut zu, Ben«, sagte Andresen eindringlich. »Sie werden durch einen unterirdischen Tunnel entkommen, der auf der Walli endet. Mitten auf dem Gelände der Alternative. Wenn wir Pech haben, sind sie schon längst weg.«

»Ich habe keine Ahnung, wovon du sprichst«, entgegnete Kregel. »Willst du jetzt plötzlich auch, dass wir die Bank stürmen? Verdammt, es geht um das Leben der Geiseln. Nichts anderes zählt.«

»Warum hast du Zeichner nicht gesagt, was du von seiner Idee hältst? Brauchst du wirklich mich, um dich gegen ihn durchzusetzen? Du bist derjenige, der hier sagen müsste, wo es langgeht.«

Kregels Augen funkelten. Es brodelte in ihm. Die Wut auf Zeichner war in jeder Falte seines Gesichts ablesbar. Er suchte noch nach den richtigen Worten, als plötzlich erneut ein lauter Knall aus dem Bankgebäude zu hören war. Die Explosion war noch heftiger als die vom Tag zuvor. So stark, dass Andresen einen Moment lang befürchtete, das Gebäude würde einstürzen. Es vergingen nur wenige Sekunden, dann loderten bereits die Flammen aus den zersplitterten Fenstern der oberen Stockwerke.

Mehrere Löschfahrzeuge, die etwas abseits geparkt standen, rückten an, Absperrungen wurden beiseitegeräumt. Aus der anderen Richtung setzte sich die Hundertschaft des SEK in Bewegung. Vorsichtig näherten sich die Beamten entlang den benachbarten Hausfassaden der Bank. Als die ersten von ihnen den Eingang erreicht hatten, hielten sie ein und gaben sich letzte Zeichen. Dann stürmten sie ins Innere.

Andresen war für einen Moment versucht, einfach hinterherzurennen, doch dann besann er sich. Wahrscheinlich hatten die Männer einen Zeitzünder benutzt. Er war sich sicher, dass sie sich längst nicht mehr in der Bank aufhielten. Sie hatten den unterirdischen Tunnel, von dem Roloff erzählt hatte, zur Flucht genutzt.

In dem hektischen Gedränge, das um ihn herum ausgebrochen war, versuchte er, Kregel und Zeichner auszumachen. Doch sie waren nirgends zu sehen. Stattdessen wurde er von einigen Kollegen der Schutzpolizei unsanft nach hinten gedrängt, um mehr Platz für die Löschfahrzeuge zu machen. Er musste mit jemandem reden. Das, was er herausgefunden hatte, mussten auch Zeichner und die anderen Verantwortlichen wissen.

Früher hätte er wahrscheinlich versucht, die Sache auf eigene Faust durchzuziehen. In gewisser Weise hatte er es auch dieses Mal wieder getan. Sich jedoch allein mit den Geiselnehmern und dem Mann, der vermutlich hinter alldem steckte, anzulegen, war nichts, wonach er strebte.

Endlich erkannte er Kregel. Er stand etwas abseits und unterhielt sich mit Zeichner, Hübner und Jörg Prange, dem Leiter des LKA in Kiel. Andresen näherte sich langsam und versuchte, ihrer Unterhaltung zuzuhören, ohne dass sie es bemerkten.

»Ich habe das aus einer verlässlichen Quelle«, sagte Kregel.

»Ich hoffe, Sie verstehen, dass ich meinen Informanten nicht nennen kann.«

Andresen ballte seine Fäuste in den Jackentaschen und biss sich auf die Unterlippe. Kregel hinterging ihn, indem er die Informationen, für die er ein hohes Risiko eingegangen war, als seine eigenen verkaufte. Jahrelang hatten sie mit einer gewissen Distanz, aber eng und vertrauensvoll zusammengearbeitet. In den letzten Monaten war ihr Verhältnis allerdings zunehmend schlechter geworden. Die veränderten Machtverhältnisse hatten beiden nicht gutgetan.

»Ich habe davon gehört, dass es diese unterirdischen Gangsysteme unter der Altstadt geben soll«, pflichtete Zeichner Kregel bei. »Allerdings dachte ich, dass sie größtenteils eingestürzt und nicht mehr benutzbar seien.«

»Der Gang, der bis zur Walli führt, ist offenbar noch immer begehbar«, erklärte Kregel. »Wir sollten so schnell wie möglich ein großes Aufgebot in die Willy-Brandt-Allee schicken. Ich bin mir absolut sicher, dass das ihr Fluchtweg ist. Wir müssen sie von beiden Seiten einkesseln.«

»Wir warten, bis wir wissen, was da drinnen los ist«, sagte Zeichner. »Falls die Geiselnehmer nicht mehr anzutreffen sind, werden wir umgehend veranlassen, dass sich alle verfügbaren Einsatzwagen in Richtung Walli begeben sollen.«

»Sie sind nicht mehr da«, sagte plötzlich Hübner. Er hatte einen Knopf im Ohr und schien direkt mit einem der Einsatzbeamten des SEK verbunden zu sein. »Eine der Geiseln sagt, dass die Männer bereits vor einer ganzen Weile verschwunden seien.«

»Verdammt«, fluchte Prange. »Wie kann es sein, dass wir von diesem Tunnel nichts gewusst haben? Los, Zeichner, geben Sie den Befehl. Alle verfügbaren Einsatzkräfte und auch unser SEK sollen unverzüglich dorthin, wo dieser Tunnel endet.«

»Sie brauchen mir nicht zu sagen, was ich zu tun habe«, sagte Zeichner ungehalten. »Dank Kriminalhauptkommissar Kregel wurden wir überhaupt erst darüber informiert, dass dieser Tunnel existiert und wohin er führt. Machen Sie sich lieber Gedanken darüber, ob wir noch die Sicherheit des

G7-Treffens garantieren können. Wie soll der geplante Ablauf denn vonstattengehen? Das Schiff mit den Außenministern an Bord legt in zehn Minuten am Radisson Blu ab. Die Walli befindet sich nur einen Steinwurf vom Hotel und der Untertrave entfernt.«

»Glauben Sie ernsthaft, dass Sie so mit mir sprechen können, Zeichner?«, entgegnete Prange aufgebracht. »Das wird noch ein Nachspiel haben, das schwöre ich Ihnen.« Der klein gewachsene, glatzköpfige Leiter des LKA schnaubte vor Wut und wandte sich ab. Im letzten Moment drehte er sich noch einmal um. »Hübner, holen Sie Ihre Leute da raus und bringen Sie sie so schnell wie möglich auf diese Walli.«

»Gut gemacht, Kregel«, sagte Zeichner. »Hören Sie nicht darauf, was dieser überambitionierte Beamte aus Kiel sagt. Wenn es stimmt, was Ihr Kontaktmann gesagt hat, haben Sie einen guten Job gemacht. Jetzt gilt es, diese Wahnsinnigen dingfest zu machen.« Zeichner klopfte Kregel auf die Schulter und entfernte sich ebenfalls.

Kregel nickte, dann drehte er seinen Kopf und blickte Andresen direkt in die Augen. Für einen kurzen Augenblick empfand Andresen beinahe dieselbe Abneigung, die er Roloff gegenüber hegte. Dann verstand er jedoch, dass Kregel womöglich endlich eine Führungsrolle übernommen hatte. Er verdrängte die schlechten Gedanken und ging einen Schritt auf Kregel zu.

»Das war wirklich gut«, sagte er mit ruhiger Stimme. »Du hast getan, was du tun musst.«

»Es tut mir leid, dass ich mir dafür deine Informationen zunutze gemacht habe.«

»Offenbar glaubst du mir jetzt endlich«, sagte Andresen. »Wir haben es hier mit einer linksterroristischen Gruppierung zu tun. Es gibt einen Mann namens Bela Blank, von dem der Brief, den wir gefunden haben, stammen könnte. Vielleicht ist er der Anführer der RAF 4.0.«

»Woher weißt du das?«

»Ich habe dir meine Informationen gegeben, das muss reichen.«

»Woher weiß ich denn, dass ich all das glauben kann?«

»Weil ich davon überzeugt bin«, antwortete Andresen. »Blank hat diese Aktion schon lange vorbereitet. Die Gruppe müsste mindestens sechs oder sieben Personen umfassen. Wir sollten aber davon ausgehen, dass es noch mehr sind.«

»Wer ist dieser Blank? Was weißt du über ihn?«

»Ich erzähle es dir auf dem Weg zur Walli. Wir sollten jetzt keine Zeit mehr verlieren. Ich befürchte ohnehin, dass wir zu spät kommen.«

Kregel nickte und drängte sich an Andresen vorbei. Ein leises »Danke« huschte über seine Lippen.

Gerade als die beiden den Weg zu Kregels Einsatzwagen einschlagen wollten, hörte Andresen plötzlich laute Stimmen aus Richtung der Bank. Mehrere SEK-Beamte traten aus dem Gebäude. Sie stützten eine jüngere Frau und zwei Männer mittleren Alters. Körperlich schienen sie unversehrt, doch ihre tränenüberlaufenen Gesichter zeugten von dem Horror, den sie in den vergangenen Stunden erlebt hatten.

»Da fehlt noch eine Geisel«, sagte Andresen.

»Der Direktor der Bank.« Kregel zögerte keine Sekunde und ging eiligen Schrittes auf den SEK-Mann zu, der die Anweisungen gab und per Knopf im Ohr mit Hübner, dem Leiter des SEK, in Kontakt stand. Andresen konnte nicht verstehen, was die beiden miteinander beredeten, doch Mimik und Gestik des Mannes waren eindeutig. Der Bankdirektor schien nicht mehr am Leben zu sein.

Als Kregel sich bereits wieder abwenden wollte, holte der SEK-Beamte einen Zettel aus seiner Hosentasche und hielt ihn ihm hin. Andresen ahnte sofort, worum es sich handelte. Das Schreiben, das sie auch in der Lagerhalle in Roggenhorst gefunden hatten. »Wechsel«. So hatte die Überschrift gelautet. Die Erklärung der RAF 4.0. Ihr Manifest. Höchstwahrscheinlich verfasst von Bela Blank.

Sein Blick richtete sich nach oben. Immer noch loderten einzelne Flammen aus den Fenstern des Gebäudes. Für einen kurzen Moment kamen die Erinnerungen an den Brand seines eigenen Hauses wieder in ihm hoch. Er hatte die Blaulichter schon von Weitem zucken sehen. Die Gewissheit, dass es tatsächlich sein Haus war, das vor seinen Augen abbrannte, war wie ein harter Faustschlag gewesen und hatte ihn beinahe umgehauen.

Die Feuerwehr versuchte, mit Drehleitern und so viel Wasser und Schaum, dass auch die unteren Stockwerke nicht mehr zu retten wären, Herr der Lage zu werden. Das altehrwürdige Bankgebäude, das bereits während des Zweiten Weltkriegs bis auf die Fassade zerstört worden war, würde ein Totalverlust sein. Angesichts dreier Toter, einer schwer verletzten Geisel und einer im Koma liegenden Unternehmerwitwe würde das jedoch nur eine Randnotiz bleiben.

Was haben Blank und seine Leute nur vor?, fuhr es ihm durch den Kopf. Auf das Gold im Keller der Bank hatten sie es jedenfalls nicht abgesehen. Trotz einiger Überfälle auf Geldtransporte war es der RAF in den siebziger und achtziger Jahren nie um Geld gegangen. Im Gegenteil, jeden materiellen Wert hatten sie – zumindest nach außen – abgelehnt. Geld hatten sie ausschließlich für die Planung ihrer Anschläge benötigt.

Weshalb sollte eine vierte Generation diese Ideologien plötzlich über Bord werfen? Und wie hätten sie die gelagerten Goldbarren mit einem Gewicht von mehreren Tonnen überhaupt wegschaffen wollen? Die Ermordung von Wieckhorst und dem Bankdirektor trug dagegen ohne Zweifel die Handschrift der Roten Armee Fraktion.

Andresen erinnerte sich an seine Jugend Ende der siebziger Jahre. Er war gerade einmal siebzehn Jahre alt gewesen, als die Aktionen der RAF beinahe täglich die Nachrichten bestimmt hatten. Der Deutsche Herbst im September und Oktober 1977 brannte sich in die Köpfe einer ganzen Generation ein. Die zweite Generation der RAF versuchte damals, Gründungsmitglieder wie Andreas Baader, Ulrike Meinhof und Gudrun Ensslin aus der JVA Stammheim freizupressen. Mit der Ermordung von Hanns Martin Schleyer und der Entführung der Lufthansamaschine »Landshut« nach Mogadischu durch die mit der RAF kooperierende Volksfront zur Befreiung Palästinas hatte der Linksterrorismus in Deutschland seinen Höhepunkt erreicht.

Jahre später, gegen Ende der Achtziger, machte schließlich eine dritte Generation der RAF noch einmal mit Anschlägen und Tötungen deutscher Politiker und Wirtschaftsvertreter auf sich aufmerksam. Im Gegensatz zum RAF-Terror der siebziger Jahre gab es hierbei jedoch kaum noch Gesichter, die für die Taten standen. Die RAF agierte nur noch aus dem Untergrund und verschwand schließlich Mitte der neunziger Jahre endgültig aus dem öffentlichen Bewusstsein.

Bis vor vierundzwanzig Stunden hatte sich niemand vorstellen können, dass es in Deutschland tatsächlich noch einmal zu einer Wiederbelebung der Roten Armee Fraktion kommen würde: durch eine vierte Generation, der es offenbar gelungen war, eine Struktur aufzubauen, um den linken Terror mit voller Wucht zurückzubringen.

Sie hatten es geschafft, den wichtigsten Unternehmer Lübecks zu entführen und anschließend zu ermorden und zeitgleich eine Bank im Herzen der Altstadt zu überfallen. Professionell und bis ins letzte Detail geplant. Offenbar erst in dem Moment, als sie sich in Sicherheit wähnten, hatten sie preisgegeben, wer sie waren. Und mehr durch Zufall kannte Andresen den Namen des mutmaßlichen Kopfs der RAF 4.0. Bela Blank.

Je länger er darüber nachdachte, desto klarer wurde ihm, dass diese Männer ihnen entkommen waren. Sie waren längst wieder im Untergrund verschwunden.

Andresen schrak zusammen, als ihn plötzlich ein SEK-Beamter anrempelte und lautstark aufforderte, Platz zu machen. Ohne es zu merken, hatte sich Andresen dem Gebäude bis auf einen knappen Meter genähert. Er stand direkt vor dem Eingang zur Bank. Ohne Unterlass liefen Einsatzkräfte und Feuerwehrmänner in das Gebäude. Hektisch, bewaffnet, kaum verständliche Anweisungen schreiend.

Andresen sah sich um. Kregel war erneut in ein Gespräch mit Zeichner verwickelt. Ein paar Meter entfernt wurden die befreiten Geiseln von Rettungssanitätern betreut. Die ersten

Streifenwagen setzten sich mit quietschenden Reifen in Richtung Wallhalbinsel in Bewegung.

Der Entschluss, sich in der Bank ein wenig umzusehen, fiel spontan. Andresen betrat das Foyer und hatte sofort wieder die Szenen des Vortags vor Augen. Die Schusssalven, die zersplitternden Deckenleuchten, die aufgeregten Schreie der Kunden und Bankangestellten und nicht zuletzt Mark Peters, den es so schwer erwischt hatte, dass er noch immer nicht außer Lebensgefahr war.

Genau wie draußen vor dem Gebäude knirschte es auch hier drinnen unter seinen Füßen. Der Boden war komplett von kleinen Glassplittern bedeckt. Andresen ging raschen Schrittes die Treppen hoch in Richtung des hinteren Teils der Bank, wo sich die Terroristen mit ihren Geiseln am Vortag verschanzt hatten. Bereits aus einiger Entfernung konnte er den leblosen Körper des Bankdirektors erkennen. Um ihn herum standen Rettungssanitäter und legten eine Decke über ihn.

»Darf ich ihn sehen?«, bat Andresen, als er schließlich direkt vor ihm stand.

»Wer sind Sie denn?«, fragte einer der Sanitäter zurück.

»Kriminalhauptkommissar Andresen.«

»Kein schöner Anblick, aber wenn Sie unbedingt wollen.«

»Von Wollen kann keine Rede sein.« Andresen schloss für einen kurzen Augenblick die Augen. Als er sie wieder öffnete, versuchte er, sich nur auf die Todesursache zu konzentrieren. Der Bankdirektor, dessen Namen Andresen nicht kannte, war mit einem Kopfschuss knapp oberhalb der rechten Schläfe hingerichtet worden. Die Leiche sah weniger schlimm aus, als er erwartet hatte, sodass er den toten Körper genauer in Augenschein nahm.

Der Mann trug einen dunkelblauen Anzug mit goldenen Manschettenknöpfen. Darunter ein feines weißes Seidenhemd und eine klassisch hanseatisch gestreifte Krawatte. Obwohl Andresen ihn nicht älter als Mitte fünfzig schätzte, hatte der Mann beinahe weißes Haar. Ein Bankdirektor der alten Garde. Hüter des Geldes und Inbegriff des Kapitalismus. Sie hatten es auf ihn abgesehen. Doch anstatt ihn einfach auf der Straße zu erschießen oder wie Wieckhorst zu entführen, hatten sie das Risiko in Kauf genommen und waren zu viert in die Bank eingedrungen. Weshalb nur?

»Wo geht's zu den Kellerräumen?«, fragte er einen von Seelhoffs Technikern, die ihre Arbeit bereits aufgenommen hatten.

»Dahinten die Treppe runter, aber das ist momentan keine gute Idee.«

»Weshalb denn nicht?«

»Wir müssen Spuren sichern. Die Explosion hat einigen Schaden da unten angerichtet«, erklärte der Techniker. »Außerdem ist irgendetwas mit den Goldbarren.«

»Was meinen Sie?«

»Keine Ahnung. Irgendetwas, das wir uns ansehen sollen.«

Andresen blickte den Kollegen nachdenklich an, dann wandte er sich von ihm ab. Bereits auf der Treppe drang ihm der penetrante Geruch von Sprengstoff und verbranntem Plastik in die Nase. Die Luft wurde rauchiger, je tiefer er stieg. Als er die letzten Stufen nahm, erkannte er Seelhoff, der für seine Verhältnisse ziemlich aufgebracht war und hektisch Anweisungen gab. Er stand vor der Wand, hinter der offenbar der Tresorraum für die Goldvorräte lag.

Andresen ging auf Seelhoff zu und packte ihn an der Schulter. »Was ist hier passiert?«

»Sieh es dir selbst an.« Seelhoff trat langsam zur Seite. Andresen nickte und duckte sich durch ein Loch, das durch die Explosion, die bis auf die Straße zu hören gewesen war, in die Wand hineingebombt worden war.

Der Glanz der Goldbarren, die in Dutzenden Stapeln in den Regalen des Raums aufbewahrt wurden, war derart surreal, dass er einen Moment lang glaubte, sich das Geschehen der vergangenen Stunden nur eingebildet zu haben. Doch die Botschaft, die die Männer hinterlassen hatten, war eindeutig. Mit schwarzem Lack hatten sie quer über die Goldbarren nicht nur »RAF 4.0« und einen Stern mit einer Maschinenpistole darin gesprayt. Das, was Andresen tatsächlich beunruhigte, stand unleserlich direkt daruntergeschrieben.

»Das war erst der Anfang«, wiederholte er mit leiser Stimme. Ein Schauer lief über seinen Körper. Der Gedanke, dass der Terror gerade erst begonnen hatte, machte ihm Angst. Nach dem, was er über Bela Blank bereits wusste und wie sich diese Männer in den vergangenen Stunden verhalten hatten, zweifelte er nicht daran, dass sie ihre Drohung in die Tat umsetzen würden.

HOTSPOT WALLI

Andresen kniff die Augen zusammen, während er aus dem Seitenfenster von Kregels Dienstwagen sah. Die Sonne hatte sich endgültig hinter den Wolken hervorgeschoben und ließ die Altstadt pünktlich zum G7-Treffen zum ersten Mal seit Monaten wieder erstrahlen. Doch alles, was er in diesem Augenblick tatsächlich erkennen konnte, war blau und weiß.

So weit sein Blick reichte, reihte sich ein Einsatzwagen an den nächsten. Nicht nur in der Willy-Brandt-Allee, in die sie gerade eingebogen waren, sondern auch in den anderen Straßen rund um die Altstadt. Der gesamte westliche Bereich der Stadt zwischen Untertrave und Hauptbahnhof und die Altstadt selbst waren seit dem frühen Morgen für den öffentlichen Verkehr gesperrt.

»Sind sie das?« Kregel zeigte auf das Schiff der Küstenwache, das gerade vom Anleger neben dem Radisson Blu Senator Hotel abgelegt hatte.

Andresen nickte. Keine zweihundert Meter entfernt fuhr das Schiff mitsamt den angeblich sieben wichtigsten Außenministern der Welt auf der Untertrave in Richtung Hansemuseum. Das Treffen fand tatsächlich statt, als wäre gar nichts passiert. Sie lachten und winkten, als sei in Lübeck alles in bester Ordnung. Unwahrscheinlich, dass die Außenminister nichts davon wussten, dass die Stadt von Terroristen angegriffen worden war.

In den sozialen Netzwerken herrschte kaum mehr ein anderes Thema. Obwohl Andresen selbst kein Interesse daran hatte, sich mit dieser Art der Kommunikation zu beschäftigen, wusste er, wie schnell sich die Nachrichten über diese Kanäle verbreiteten und welche Folgen dies nach sich zog. Und selbst die klassischen Boulevardmedien, die sie mit viel Mühe vom Geschehen in der Altstadt hatten fernhalten können, berichteten im Minutentakt.

Sie hatten alles versucht, die Details des Banküberfalls und der Entführung von Nikolaus Wieckhorst so lange wie möglich geheim zu halten, doch durch die jüngsten Ereignisse schien es ihm schwer vorstellbar, dass nicht längst auch die tatsächlichen Hintergründe und die Absichten der Terroristen im Internet die Runde machten: dass es nach fast zwanzig Jahren einen neuen Ableger der Roten Armee Fraktion gab, der ausgerechnet in der Hansestadt zuschlug.

Lübeck bestimmte die Schlagzeilen als Synonym für die Wiedergeburt des Linksterrorismus. Dutzende Sender hatten ihre Reporter bereits in die Stadt geschickt, um gleich nach den Hauptnachrichten Brennpunkte zu senden. Und selbst die Kanzlerin würde sich einschalten, um den Menschen zu sagen, dass ihnen ein langer und harter Weg im Kampf gegen die Extremisten bevorstand.

Und am Ende würde die RAF 4.0 eine Publicity erfahren, die ihnen womöglich zu ungeahnter Popularität verhelfen würde.

»Ich fahre jetzt einfach rechts ran und stelle das Auto hier ab«, sagte Kregel und holte Andresen aus seinen Gedanken. »Den Rest bis zur Walli gehen wir zu Fuß.« Kregel fuhr auf den Bürgersteig und parkte den Wagen. Er blickte Andresen nachdenklich an. »Was ist los mit dir? Warum zögerst du?«

»Diese Typen sind nicht mehr hier«, antwortete Andresen. »Ich denke darüber nach, was als Nächstes kommt, wenn das erst der Anfang war.«

»Und?«

»Keine Ahnung.« Andresen zuckte mit den Schultern. »Ich könnte mir jedoch vorstellen, dass sie erst einmal eine Weile untertauchen werden. Die wissen auch, wie riskant es wäre, in der jetzigen Situation einen weiteren Anschlag durchzuführen.«

»Wir haben auf jeder verdammten Ausfallstraße Sperren eingerichtet«, sagte Kregel. »Auch die Autobahnauffahrten werden kontrolliert. Wie sollen sie da entkommen?«

»Wenn es ihnen gelungen ist, mitten in Lübeck eine Bank zu überfallen, während sich dreitausend Polizisten in der Stadt befinden, und anschließend unbemerkt durch einen

Tunnel zu entkommen, dann bin ich mir auch sicher, dass sie einen Plan haben, wie sie aus der Stadt herauskommen und wo sie untertauchen. Wenn es so ist, wie Seelhoff vermutet, und sie bei der Explosion heute Morgen tatsächlich einen Zeitzünder benutzt haben, könnte es sein, dass sie bereits vor Stunden geflüchtet sind. So wie es eine der Geiseln gesagt hat. Und vor sieben Uhr gab es noch keine Sperren an den Ausfallstraßen.«

»Wir verschaffen uns schnell einen Überblick«, sagte Kregel. »Anschließend kümmern wir uns um diesen Blank. Wir müssen ihn finden.«

Andresen und Kregel stiegen aus dem VW Passat und gingen an Dutzenden Streifen- und Mannschaftswagen vorbei, die in einer endlos wirkenden Reihe hintereinander in der Willy-Brandt-Allee warteten. Auf Höhe der Musik- und Kongresshalle überquerten sie die Straße und betraten das Gelände der Alternative e.V., des Zentrums interkultureller, antifaschistischer und autonomer Kultur und Politik, die aufgrund ihrer Lage auf der Wallhalbinsel gemeinhin als Walli bekannt war.

Sie gingen am »Treibsand«, dem Konzertraum der Alternative, vorbei und drangen weiter auf das Gelände vor. Zu dieser Tageszeit war die Walli weitestgehend leer – abgesehen von dem riesigen Aufgebot an Einsatzkräften, die das Gelände durchkämmten. Andresen beobachtete die Beamten des SEK. Unsanft holten sie die Bewohner der Alternative aus ihren Bauwagen. Auch der Konzertraum wurden durchsucht. Doch nichts deutete darauf hin, dass sie fündig wurden. Je länger die Aktion dauerte, desto sicherer war sich Andresen: Bela Blank und seine Leute hielten sich nicht auf der Walli versteckt.

Die Bilder seines damaligen Einsatzes hier zogen vor seinem inneren Auge vorbei. Und dann war da noch ein ganz persönliches Erlebnis, über das er nie zuvor mit jemandem gesprochen hatte. Selbst als Hansen vorhin von seinen eigenen Erfahrungen auf der Walli berichtet hatte, hatte er geschwiegen.

Vor mehr als dreißig Jahren, kurz bevor er seine Ausbildung bei der Polizei begonnen hatte, war Andresen eines Abends auf dem Bauwagengelände der Walli gelandet. Rita war es gewesen, die ihn auf der Suche nach etwas Haschisch nach einem langen feuchtfröhlichen Abend in Lübecks Kneipen dorthingeführt hatte. Es hatte nicht lange gedauert, und einer der Bewohner der Alternative hatte ihnen einen fertigen Joint verkauft. Sie hatten ihn geraucht, ohne dass sich bei ihm eine spürbare Wirkung eingestellt hatte. Ganz im Gegensatz zu Rita, die damals nur ab und zu geraucht und den Rest der Nacht über der Kloschüssel verbracht hatte.

Andresen hatte nie mit Rita über diese Nacht gesprochen. Vor allem, weil es ihm unangenehm gewesen war. Er hatte nicht der Langweiler sein wollen, der für Abende wie diese zu spießig war. Aber er hatte sich zwischen den Alternativen, Autonomen, Punks und den vielen Hunden, die auf dem Gelände herumstreunten, einfach nicht wohlgefühlt. Doch statt Rita die Wahrheit zu sagen, hatte er, wie so oft in den Jahren, die noch gefolgt waren, geschwiegen.

»Hier ist es.« Kregel unterbrach seine Gedanken. »Dann steigen wir mal runter in den Tunnel.«

Der Ausgang des Tunnels lag kaum sichtbar unter zwei Bäumen und mehreren buschigen Sträuchern. Er war normalerweise mit einer großen Steinplatte verdeckt, die von einigen Beamten zur Seite gewuchtet worden war. Obwohl er so versteckt lag, erschien es Andresen unmöglich, dass keiner der Bewohner der Walli von diesem Tunnel gewusst hatte. Roloff hatte ihm erzählt, dass der Zugang zum Tunnel über das Walli-Gelände erst vor ein paar Jahren gegraben worden war. Wenn nicht durch die Bewohner der Walli, dann womöglich durch Blanks Leute.

»Ich bleibe hier oben«, sagte Andresen. »Das SEK durchkämmt doch längst den Tunnel von beiden Seiten. Ich will lieber mit ein paar Leuten sprechen. Vielleicht hat jemand etwas beobachtet.«

»In Ordnung, ich komme später dazu.«

Andresen nickte Kregel zu und wandte sich um. Vor ihm stand in einiger Entfernung ein rot gestrichener Bauwagen, auf dem sich neben bunten Sonnenblumen auch einige Antifa-

Parolen befanden. Es war der einzige auf dem Areal, von dem aus die Stelle unter den Bäumen direkt einzusehen war.

Die Tür zum Wagen stand offen. Aus dem Augenwinkel hatte Andresen gesehen, dass er bereits von mehreren SEK-Beamten inspiziert worden war. Langsam näherte er sich der Tür und räusperte sich. »Hallo?«, rief er.

Ein Mann um die fünfzig mit zerzausten Haaren erschien im nächsten Moment und trat ihm entgegen. Der Mann sah aus wie eine Mischung aus Keith Richards und Rainer Langhans.

»Kriminalhauptkommissar Andresen«, stellte er sich vor. »Ich würde Ihnen gerne ein paar Fragen stellen, Herr …«

»Früher hätte ich Ihnen sofort meinen Hund auf den Hals gehetzt«, entgegnete der Mann. »Aber wir sind wohl alle älter geworden. Nennen Sie mich ganz einfach Pappe. Also, was wollen Sie von mir?«

»Sie wissen bereits, weshalb wir das Gelände durchkämmen?«

»Ich kann mir denken, worum es geht. Wir leben zwar in Bauwagen, aber deshalb sind wir nicht abgeschnitten von der Welt.« Pappe, der eine Art Gewand trug, zog ein Smartphone aus einer Umhängetasche und hielt es in die Luft. »Unser Walli-Hotspot versorgt alle Bewohner«, sagte er nicht ohne Stolz.

»Sie können als Einziger hier von Ihrem Bauwagen aus die Stelle des Tunnelausgangs einsehen.« Andresen kam direkt zur Sache. »Ist Ihnen heute Morgen irgendetwas Ungewöhnliches aufgefallen?«

»Sie meinen, ob ich die Geiselnehmer aus der Bank gesehen habe? Diese Terroristen, die behaupten, eine neue Zelle der RAF zu sein?«

»Genau die meine ich.« Andresen verzog sein Gesicht zu einer Grimasse. »Es waren also tatsächlich bereits Einzelheiten an die Öffentlichkeit geraten.«

»Glauben Sie allen Ernstes, wir würden hier Straftätern Unterschlupf gewähren?« Pappe wich einen Schritt zurück und verschränkte seine Arme abwehrend vor dem Körper. »Oder dass wir denen zur Flucht verhelfen?«

»Was ich glaube, spielt keine Rolle«, antwortete Andresen. »Sagen Sie mir einfach, was Sie wissen.«

»Jeder hier kennt den Tunnel«, sagte Pappe. »Und jeder weiß, dass er einmal gebaut wurde, damit die Bürgermeister sich verpissen konnten, wenn die Luft für sie dünn wurde. Aber der Gang ist in Richtung Stadtgraben schon lange nicht mehr begehbar. Nicht weit von hier ist er auf einer Länge von bestimmt mehr als fünfzig Metern verschüttet.«

»Das heißt, die Männer konnten es von der Bank aus nur bis hierher schaffen«, sagte Andresen. Obwohl Pappe nicht wie jemand wirkte, der Linksterroristen deckte, musste er in dem Fall etwas von deren Flucht durch den Tunnel mitbekommen haben. »Waren Sie jemals unten in dem Tunnel?«, fragte er schließlich.

»Ich war noch niemals dort unten«, antwortete Pappe entschieden. »Was soll die Frage?«

»Wissen Sie, wie oft in letzter Zeit die Steinplatte auf dem Ausgang bewegt wurde?«

»Keiner der Leute hier hat etwas damit zu tun, okay?«

»Der Ausgang auf dem Gelände hat nicht immer existiert«, sagte Andresen unbeirrt. »Wer hat ihn gebaut? Waren das Bewohner der Alternative?«

»Weshalb sollten wir einen Zugang zu dem Tunnel bauen?«

»Sagen Sie es mir.«

»Verstehen Sie denn nicht, ich habe keine Ahnung, wann dieser Zugang gebaut wurde«, sagte Pappe. »Ich habe vorhin zum ersten Mal davon gehört, dass hier überhaupt einer existiert.«

»Ich kann Sie nicht dazu zwingen, mir die Wahrheit zu sagen«, sagte Andresen, »aber wir werden herausfinden, wer diesen Zugang gebaut hat und wer davon wusste. Das Ganze ginge natürlich schneller, wenn Sie uns einfach helfen. Und es wäre auch für Sie besser, wenn Sie sofort sagen, was Sie wissen. Falls Sie uns nämlich etwas verschweigen und sich herausstellen sollte, dass der Zugang von den Bewohnern der Walli gebaut wurde, wird Sie das in große Schwierigkeiten bringen.«

Pappe zuckte mit den Schultern und drehte sich von Andresen weg.

»Warten Sie, ich bin noch nicht fertig«, sagte Andresen. »Mich würde noch interessieren, seit wann genau Sie hier leben.«

»Ich bin Gründungsmitglied, wenn Sie es so nennen wollen. Seit 1984 wohne ich hier auf der Walli. Und seit mehr als zehn Jahren in diesem Bauwagen.«

»Was sagt Ihnen der Name Bela Blank?«

»Wer soll das sein?«

»Hören Sie auf mit Ihren Spielchen, dafür ist jetzt nicht der richtige Moment. Ich weiß, dass Sie ihn kennen. Er war letztes Jahr hier. Und er hat versucht, Bewohner der Walli von seiner wahnsinnigen Idee zu überzeugen.«

»Wie soll dieser Typ denn ausgesehen haben?«

»Sagen Sie es mir doch einfach.«

»Hat er etwas mit dem Überfall auf die Bank zu tun?«

»Wir ermitteln in alle Richtungen.«

»Na schön, ich verrate Ihnen etwas.« Pappe klang plötzlich interessiert. Er fuhr sich durch die angegrauten Haare und setzte seine rahmenlose Brille ab. »Bela war ein halbes Jahr lang hier, bevor wir ihn rausgeschmissen haben. Er hat Dinge getan, die wir nicht akzeptieren.«

»Und zwar?«

»Er hat versucht, hier eigene Strukturen aufzubauen und uns gegeneinander aufzubringen. So etwas wollen wir hier nicht.«

»Welches Ziel hat er verfolgt? Wollte er eine radikale Gruppierung gründen?«

»Nein, er hat behauptet, es gäbe sie längst. Er wollte, wie Sie bereits gesagt haben, weitere Mitglieder anwerben.«

»Und niemand von Ihnen hat sich ihm angeschlossen?«

»Sie denken also wirklich, dass wir die Brutstätte von linksextremistischen und terroristischen Aktionen sind, habe ich recht?«

»Ich muss Sie leider enttäuschen«, entgegnete Andresen. »Ich habe keinerlei Vorurteile. Erst recht nicht gegen Sie, weil ich weiß, dass die Alternative es nie einfach gehabt hat. Aber in dem Moment, in dem ich merke, dass man mich anlügt, werde ich ungemütlich.«

»Mir ist egal, ob Sie ungemütlich werden oder nicht. Wir haben in den vergangenen Jahrzehnten schon ganz andere Kämpfe mit euch Bullen ausgetragen. Alles, was wir wollen, ist ein friedliches, gemeinschaftliches Leben hier auf der Walli. Nach unseren Vorstellungen und Werten.«

»Und ich will wissen, wer dieser Bela Blank ist und was er hier gemacht hat«, drängte Andresen. »Gab es Leute, die sich ihm angeschlossen haben?«

»Hören Sie, Ihre Fragen führen zu nichts. Blank war hier einfach nicht mehr gern gesehen. Niemand, der hier lebt, möchte mit linksextremistischen Fanatikern etwas zu tun haben.«

»Linksextremistischer Fanatiker? Können Sie das etwas näher erläutern?«

»Er hat ziemlich offen davon gesprochen, das Staatssystem ändern zu wollen. Allerdings mit Mitteln, die wir nicht unterstützen.«

»Das heißt?«

»Gewalt.«

»Gewalt?«

»Er war der festen Überzeugung, den Umsturz nur mittels gewaltvoller Maßnahmen herbeiführen zu können. Er nannte immer wieder die RAF als sein Vorbild.«

Andresen nickte. Pappes Worte bestätigten alles, was er über Blank bereits in Erfahrung gebracht hatte. »Lassen Sie uns über heute Morgen reden. Ist Ihnen vielleicht irgendetwas aufgefallen? Die vier Geiselnehmer aus der Bank, sind sie hier über den Ausgang des Tunnels geflüchtet?«

»Wenn ich etwas gesehen hätte, würde ich es Ihnen sagen.«

Andresen war davon noch nicht überzeugt. Doch mit einem Mal war er abgelenkt. Es drangen Stimmen aus dem Tunnel, die immer lauter wurden. Mehrere SEK-Beamte stiegen im nächsten Moment aus dem Tunnel heraus. Andresen trat auf einen von ihnen zu.

»Ich befürchte, sie haben den Tunnel nicht hier verlassen«, sagte der SEK-Beamte.

»Was soll das heißen?«

»Wir sind davon ausgegangen, dass der Tunnel in Richtung Stadtgraben verschüttet ist. Das stimmt jedoch nicht. Er ist frei begehbar bis zur anderen Seite des Stadtgrabens. Kurz vor den Bahngleisen führt ein schmaler Schacht nach oben. Wir sind hochgeklettert und haben frische Fußspuren im Gras und auf den matschigen Wegen gefunden. Das ist eine Stelle, an die normalerweise kaum jemand hinkommt.«

»Scheiße«, fluchte Andresen. Zu wissen, dass die Männer unbemerkt nur hundert Meter weiter nordwestlich dem Tunnel entstiegen waren, machte ihn rasend vor Wut.

Mitten in Lübecks Altstadt hatten die Täter eine Bank überfallen, umringt von Hunderten Polizisten. Und trotzdem war es ihnen nicht gelungen, ihre Flucht zu verhindern. Plötzlich zweifelte er daran, dass ihre Entscheidung, das Bankgebäude erst so spät zu stürmen, richtig gewesen war.

»Wo enden die Spuren?«, fragte er schließlich den SEK-Beamten.

»Direkt vor den Gleisen«, antwortete der Mann. »Auch wenn wir es nicht genau erkennen konnten, gehen wir davon aus, dass es sich um vier verschiedene Spuren handelte. Wahrscheinlich haben sie die Gleise überquert und sind auf der anderen Seite über die Katharinenstraße geflüchtet.«

»Gute Arbeit.« Andresen nickte. Er wandte sich ab und ging in die Hocke. Frustriert vergrub er das Gesicht in den Händen. Er versuchte, in Gedanken durchzuspielen, wohin die Männer gelaufen sein konnten. Der Hauptbahnhof war nicht allzu weit entfernt, doch wimmelte es dort nur so von Polizisten, die verhindern sollten, dass gewaltbereite Demonstranten zum G7-Treffen anreisen konnten.

Irgendwo mussten sie ihre Kleidung gewechselt haben, überlegte er. Sicherlich trugen sie ihre schwarze Kampfmontur längst nicht mehr. Und wahrscheinlich hatten sich ihre Wege bereits getrennt. Wenn sie nicht sofort die Aufmerksamkeit der Polizei auf sich ziehen wollten, würden sie einzeln oder zu zweit flüchten. Möglicherweise waren sie auch irgendwo in der Nähe untergetaucht. In der Wohnung eines Unterstützers. Oder aber in einem leer stehenden Gebäude. Andresen dachte an den ehemaligen Schlachthof. Dort war genügend Platz in den großen, verlassenen Hallen, um eine Zeit lang Unterschlupf zu finden.

»Hier bist du.«

Andresen fuhr herum. An Kregels ernster Miene erkannte er sofort, dass er Neuigkeiten mitbrachte.

»Wir haben ein Fahndungsfoto von Bela Blank.«

»Zeig her.«

Kregel zog sein Handy hervor, tippte auf dem Display herum und hielt es Andresen schließlich hin.

Er kannte diese Momente, in denen plötzlich, ohne Vorankündigung, eine Tür aufging. Andresen schloss die Augen. Die vergangenen achtundvierzig Stunden liefen wie in einem Zeitraffer vor ihm ab, ohne dass er eine Chance hatte, die Sequenzen anzuhalten.

Der Mann, den er in dem Schlauchboot auf der Untertrave beobachtet hatte, während er dieses seltsame Gespräch mit dem Polizisten unter der Burgtorbrücke geführt hatte. Er war auf die Hubbrücke zugesteuert, um dann kurz davor wieder umzukehren und mit dem Boot zurück in Richtung Klughafen zu fahren. Obwohl er ihn nicht aus der Nähe gesehen hatte, bestand kein Zweifel mehr, dass dieser Mann derjenige war, den sie suchten. Bela Blank. Der Kopf der RAF-Zelle. Er war ihm aufgefallen, ohne dass er in diesem Augenblick hatte ahnen können, wer er tatsächlich war.

Blank selbst war bei dem Überfall auf die Bank am Kohlmarkt nicht dabei gewesen, dessen war sich Andresen sicher. Er hatte die vier Männer dort gesehen, mit einem von ihnen sogar geredet. Blank hatte sich die Hände also nicht selbst schmutzig gemacht. Er hatte seine Leute, die für ihn die Bank überfallen und Wieckhorst entführt und getötet hatten.

Auch wenn das Manifest, das sie gefunden hatten, das Kollektiv in den Vordergrund stellte, war all das, was passiert war, von diesem Mann ausgegangen, der schon vor vielen Jahren seine linksradikalen, antikapitalistischen Thesen verbreitet hatte, ohne dass er offenbar ernst genommen worden war. Jemand, der nicht davor zurückgescheut hatte, ganz offen Leute für seine mörderische Ideologie anzuwerben. Und der zugleich wegen psychischer Probleme in Behandlung gewesen war.

»Birger, was ist denn los mit dir?«

Andresen schreckte hoch und sah Kregel an, der sein Handy wieder in seiner Jackentasche verschwinden ließ.

»Ich kenne ihn«, sagte er nachdenklich.

»Was meinst du?«

»Ich habe Blank vor zwei Tagen gesehen, aber ich weiß noch nicht, was das zu bedeuten hat.«

»Du hast ihn gesehen?«

»Ja, frühmorgens. Kurz vor der Hubbrücke. Er fuhr mit einem Schlauchboot auf der Kanaltrave in Richtung Untertrave, drehte im letzten Moment jedoch ab.«

»Und du bist dir absolut sicher?«

»Ja.« Andresen kratzte sich am Kopf. Er hatte geglaubt, dass es sich um ein Schlauchboot der Einsatzkräfte handele, das die Wasserwege rund um das Hansemuseum patrouilliere. Was hatte Blank dort zu suchen gehabt?

»Nein«, flüsterte er plötzlich. »Verdammt, verdammt, verdammt. Weshalb habe ich es nicht gleich gemerkt?«

»Wovon sprichst du?«

»Dieser Polizist, mit dem ich gesprochen, war gar keiner.«

»Ich verstehe kein Wort.«

»Blank hat es auf das G7-Treffen abgesehen«, fuhr Andresen fort. »Das ist sein Plan. Alles andere war nur ein Vorspiel. Reines Ablenkungsmanöver.«

»Drei Tote. Ein Vorspiel?«

»Verstehst du es denn nicht?«, fragte Andresen aufgebracht. »Die haben sich als Polizisten ausgegeben. Was meinst du wohl, warum?«

»Du hast angeblich Blank auf diesem Schlauchboot gesehen und schließt daraus, dass sein Ziel das G7-Treffen ist? Ich bin mir nicht sicher, ob du –«

»Angeblich?«, fuhr Andresen wütend dazwischen.

»Ich will nur vermeiden, dass wir uns lächerlich machen.«

»Neben den drei Toten haben wir auch noch zwei Schwerverletzte und ein Bekennerschreiben einer neuen RAF-Zelle mit einem psychopathischen Anführer.« Andresen wurde so laut, dass Kregel einige Schritte zurückwich. »Wie kannst du da sagen, dass wir uns lächerlich machen? Wovor kuschen wir? Etwa vor der Bundesregierung? Oder vor den anderen Außenministern? Dürfen wir nicht zugeben, dass wir ein Problem haben? Dass wir vielleicht sogar versagt haben?«

»Glaubst du das denn?«

»Ich glaube zumindest, dass wir es besser hätten machen können«, antwortete Andresen. »Aber jetzt ist nicht der richtige Moment, um darüber zu reden. Ich weiß nur, dass wir tatsächlich versagen werden, wenn wir jetzt nicht handeln.«

»Und was genau hast du vor?«

»Na, was schon«, sagte Andresen trotzig und kämpferisch zugleich. »Verhindern, dass das passiert, was ich befürchte. Und wenn ich dafür die Außenminister höchstpersönlich beschützen muss.«

MARTINSHÖRNER

Blank hatte Ruhe bewahren wollen. Den Augenblick, in dem David endlich das tat, worauf sie all die Monate hingearbeitet hatten, wollte er einfach nur genießen. Ohne genau zu wissen, was da draußen in diesen Minuten tatsächlich vor sich ging. Doch in diesem Moment musste er sich eingestehen, dass er zu schwach war.

Er konnte nicht hier in diesem Raum sitzen und darauf warten, dass sich die Tür öffnete und David hoffentlich mit der Nachricht zurückkehrte, dass alles nach Plan verlaufen war. Er wollte nur einmal kurz auf die Straße treten. Es mit eigenen Augen sehen.

Vorsichtig öffnete Blank die dicke Stahltür und verließ den Raum, in dem er wohl oder übel die nächsten Wochen verbringen musste. Er tastete sich durch den schmalen Gang, der früher einmal kaum mehr als ein Erdloch gewesen war. Bis er die Eisenleiter erreichte, die hoch in den Hof führte.

Er hielt sich mitten in der Innenstadt, nur wenige Meter vom Hansemuseum entfernt, auf und fühlte sich trotz allem sicher. Es gab niemanden, der von dem Raum unter den alten Ganghäusern wusste. Ein Versteck, das wahrscheinlich vor vielen Jahrzehnten als Schutzbunker erbaut worden war. Er hatte ihn vor einigen Jahren durch Zufall entdeckt und einige Nächte dort verbracht. Keiner der Bewohner der umliegenden Häuser war gekommen und hatte sich beschwert oder Anspruch auf den Raum erhoben. Es war, als gäbe es ihn überhaupt nicht. Mitten in der Altstadt ein Ort, den vielleicht niemand kannte.

Nach und nach hatte er den Raum zu seinem Rückzugsort, aber auch zu seiner Schaltzentrale umgebaut. Er hatte ihn eingerichtet, sogar selbst einen großen Eichentisch, an dem alle Platz finden konnten, gebaut. Und er hatte ihn so abhörsicher wie nur möglich gemacht und verzichtete in diesen Tagen auf jegliche Art von Telekommunikation.

Unzählige Male hatten sie sich hier getroffen. Sie hatten

gemeinsam an dem großen Tisch gesessen und sich kennengelernt – soweit es jeder von ihnen zugelassen hatte. Sie hatten gegessen und getrunken. Und gestritten.

Nicht selten war ihm die Hand ausgerutscht, wenn er der Meinung war, dass es nötig sei. Einiges war ihm gegen den Strich gegangen. Nicht alle seine Leute hatten von Anfang an verstanden, worauf es wirklich ankam. Er hatte sie einzeln auf den richtigen Weg bringen müssen. Sie auf den Guerillakrieg, der ihnen bevorstand, einschwören müssen. Hier in diesem Raum hatten sie das geplant, was sie in den letzten vierundzwanzig Stunden in die Tat umgesetzt hatten. Und das, was nun noch bevorstand.

Auf den letzten Sprossen der Leiter hielt er inne. Blank spürte plötzlich seinen Herzschlag. Seine Brust bebte förmlich. Einen Moment lang befürchtete er zu hyperventilieren.

Ein Gefühl wie damals, als er innerhalb weniger Monate gleich mehrere Nervenzusammenbrüche gehabt hatte. Sie hatten ihn in eine Klinik eingeliefert, nachdem er mitten in der Fußgängerzone die Helfer eines Wahlstands der FDP angegangen war. Er konnte sich kaum mehr erinnern, was genau er getan hatte, aber der Vorfall hatte auch etwas Gutes gehabt: Er hatte aus seinen Fehlern gelernt. Fortan war er in der Öffentlichkeit vorsichtiger geworden. Er hatte um jeden Preis vermeiden wollen, ins Visier der Polizei und des Staatsschutzes zu geraten.

Blank biss die Zähne zusammen und steckte die Taschenlampe, die er in der rechten Hand hielt, in die hintere Tasche seiner Jeans. Dann schob er die schwere Metallplatte, die den Zugang zu ihrem Bunker versperrte, beiseite.

Da stand er nun und blinzelte mit den Augen. Pünktlich zum feierlichen Tag zeigte sich die Sonne am Himmel, als wolle sie den Moment, auf den sie monatelang hingearbeitet hatten, in ein besonderes Licht hüllen.

Die Wärme der Aprilsonne beruhigte ihn. Sein Atmen normalisierte sich. Er war bereit, sich selbst davon zu überzeugen, dass alles in Ordnung war. Er wollte einen kurzen Blick riskieren, dass die Operation noch andauerte und David nicht aus irgendeinem Grund aufgeflogen war. Und vielleicht, wenn es nicht zu gefährlich wäre, würde er warten, bis David tatsächlich abgedrückt hatte.

Blank bückte sich und ging durch den Gang, der mitten durch eines der Häuser führte. Er war so breit und hoch, dass gerade einmal ein Sarg hindurchpasste.

Die Straße, auf die der Gang führte, hieß Engelswisch. Ausgerechnet hier lag die Keimzelle der neuen RAF. Allerdings hatte die Straße mit Engeln nichts zu tun – die Bedeutung des Namens hatte ihm einmal ein Stadtführer erklärt. Vor mehr als siebenhundert Jahren war der Engelswisch zum ersten Mal erwähnt worden. Damals befand sich westlich dieser Straße noch eine Niederung, die sich bis zur Trave hingezogen hatte. Engelswisch war der niederdeutsche Name für die damals noch existierenden Wiesen gewesen, wo im Mittelalter diejenigen Schiffe hier an der Trave angelegt hatten, die Waren nach England brachten.

Blank schüttelte den Kopf über seine Gedanken. In wenigen Minuten würde David den amerikanischen Außenminister erschießen, und er sinnierte über historische Banalitäten.

Er näherte sich der quer verlaufenden Großen Altefähre. Wenn er Pech hatte, würden die Bullen hier auf ihn warten und ihn nicht in Richtung Untertrave durchlassen. Den Weg über die Kleine Altefähre hatten sie mit Sicherheit bereits gesperrt. Schließlich mündete sie direkt neben dem Hansemuseum in die Straße An der Untertrave.

Blank konnte keine Absperrungen erkennen, als er die Große Altefähre erreichte. Er war nervös. War etwas schiefgegangen? Hatte man das Treffen abgesagt, weil ihr Plan aufgeflogen war? Oder war alles im Lot und David würde in Kürze das tun, worauf er ihn vorbereitet hatte?

Als sein Blick die Straße hinunter Richtung Untertrave fiel, atmete er tief durch. Der Anblick der Absperrung war in diesem Augenblick wie eine Beruhigungspille. Zwei Streifenwagen und ein paar offenbar entspannte Polizisten waren ein deutliches Zeichen, dass bislang noch alles nach Plan verlief.

Blank ging zielstrebig die Straße hinunter, bis er an der

Absperrung ankam und von den Polizisten mit einem freundlichen Nicken begrüßt wurde. Wieder spürte er seinen Puls. Was er tat, war nicht Teil seines Plans. Es war unnötig und riskant. Und doch konnte er nicht anders. Zeit seines Lebens war er unberechenbar gewesen, kühl denkend und doch immer wieder von seinen Emotionen getrieben. Ganz anders als David, der offenbar die Gabe besaß, alles um sich herum auszuschalten und sich nur auf seine Aufgabe zu konzentrieren.

»Hier können Sie nicht weiter«, sagte einer der Polizisten. »Sind Sie Anwohner?«

Blank nickte. Er musterte den Polizisten. Er war groß gewachsen und durchtrainiert. Blank schätzte ihn auf Ende zwanzig. Irgendetwas an seiner Erscheinung rief eine tiefe Abneigung in ihm hervor. Es war nicht nur die Tatsache, dass er Bulle war.

»In etwa drei Stunden geben wir die Straßen wahrscheinlich wieder frei«, erklärte der Polizist. »Die Außenminister verlassen Lübeck schon in Kürze wieder. Aber diese Info haben Sie nicht von mir.«

»Natürlich nicht.« Blank lächelte, während er seinen Blick über die Untertrave und die gegenüberliegende Wallhalbinsel schweifen ließ. Um ihn herum war alles ruhig. Keine Spur mehr von den G7-Gegnern, die gestern noch überall in der Stadt zu sehen gewesen waren. Einzig Dutzende Einsatzfahrzeuge der Polizei zeugten davon, dass etwas anders war als sonst.

»Viel Lärm um nichts, was?«, sagte Blank.

»Besser so, als dass wir uns mit diesen Spinnern Straßenschlachten liefern müssen.«

»Spinnern?«

»Niemand von uns Polizisten hat etwas gegen friedliche Demonstranten. Aber für diesen linksautonomen Mist hat niemand Verständnis.«

»Nein, das hat keiner.« Wieder nickte Blank.

»Jeder weiß, dass es denen um nichts anderes geht, als zu randalieren und Aufmerksamkeit zu erzeugen. Wir Bullen eignen uns nun mal hervorragend als Feind. Mit politischer

Einstellung hat das nichts zu tun. Die wollen nur zerstören und sich prügeln.«

»Wirklich schlimm.« Blank schloss für einen kurzen Moment die Augen. Er kontrollierte seine Atmung, um seinen Puls stabil zu halten. Denn die Wut auf diesen Bullen war grenzenlos.

»Am besten gehen Sie nach Hause und warten bis heute Nachmittag, dann herrscht hier wieder Normalzustand.«

»Vielleicht.«

»Ganz bestimmt sogar.«

Blank sah den Polizisten an. Er spürte das Zucken in seiner Faust. Am liebsten hätte er zugeschlagen, doch es gelang ihm gerade noch, sich zurückzuhalten. Stattdessen lächelte er, so freundlich er konnte.

Er blieb noch eine Weile stehen, während sein Blick auf dem in der Sonne funkelnden Wasser der Untertrave hängen blieb. Der Bereich direkt vor dem Eingang zum Hansemuseum war von hier aus nicht einsehbar, sodass es unmöglich war, David zu beobachten. Trotzdem war Blank zufrieden, dass offenbar alles nach Plan verlief. Er musste nicht länger hierbleiben und unnötige Risiken eingehen. Er konnte zurück in seinen Bunker gehen, um darauf zu warten, dass David schon bald auftauchte und ihm berichtete, dass alles gut verlaufen sei.

Ohne die beiden Polizisten eines letzten Blickes zu würdigen, wandte sich Blank ab. Doch plötzlich zuckte er zusammen. Da war dieses Geräusch. Ganz weit weg, kaum zu hören. In den vergangenen Stunden war es beinahe minütlich in Lübeck zu hören gewesen. Selbst bis in den Bunker hatte es ihn verfolgt.

Doch diesmal klangen die Martinshörner anders. Unrhythmisch. Noch weit entfernt und doch bereits so laut, dass sie in der ganzen Innenstadt zu hören sein mussten.

Sie kamen näher. Immer schneller. Aus Richtung der Musik- und Kongresshalle auf der Wallhalbinsel. Dort, wo er letztes Jahr einige Zeit verbracht hatte. Nicht weit von der Stelle, an der Julian und die anderen den Tunnel verlassen hatten, wenn auch bei ihnen alles planmäßig verlaufen war.

»In Ordnung, wir stärken die Präsenz.«

Blank fuhr herum und sah den Polizisten an, mit dem er sich gerade noch unterhalten hatte. Der Beamte machte ein ernstes Gesicht, während er offenbar auf weitere Anweisungen über das Funkgerät wartete.

»Verstehe«, sagte er. »Wir sind wachsam.« Während er das Funkgerät wieder in seiner Jackentasche verschwinden ließ, sah er sich besorgt um.

»Alles in Ordnung?«

»Wie bitte?«, fragte der Polizist.

»Entschuldigen Sie, dass ich mitgehört habe, aber Sie wollen die Präsenz verstärken«, sagte Blank. »Gibt es etwa Probleme?«

»Das wissen wir noch nicht«, antwortete der Polizist zögerlich. »Ich würde Sie bitten, diesen Ort jetzt zu verlassen. Und zwar so schnell wie möglich.«

Blank starrte den Mann in Uniform an. Er fragte sich, wer von ihnen beiden in diesem Moment beunruhigter war. Sein ungutes Gefühl wuchs mit jedem Meter, den die Martinshörner näher kamen. Diesmal schaffte er es nicht, seine Atmung zu kontrollieren. Seine Lungen pumpten, das Herz schlug ähnlich unrhythmisch, wie die Martinshörner quer über die Untertrave hallten.

Blank schnappte nach Luft und fasste sich an den Hals, als wolle er die unsichtbare Hand, die ihm den Atem abschnürte, endlich abschütteln. Unter größter Anstrengung gelang es ihm schließlich, sich zu beruhigen. Herzschlag und Atmung verlangsamten sich.

Mit verschwommenem Blick erkannte er, dass sich die beiden Polizisten ihm näherten. Seine Panik wuchs. Wussten sie, wer er war? Hatten sie alles durchschaut?

Langsam glitt Blanks rechte Hand in seine Jackentasche. Er umfasste den Griff der Pistole und schloss für einige Sekunden die Augen. Dann öffnete er sie wieder, zog blitzartig die Waffe hervor und feuerte. Ein halbes Dutzend Kugeln traf die beiden Polizisten.

»Der US-Außenminister verlässt das Hansemuseum in weniger als fünfzehn Minuten. Das Treffen der restlichen sechs Außenminister endet wie vorgesehen um dreizehn Uhr. Alle Einsatzkräfte rund um das Gebäude und im gesamten Bereich Untertrave sofort auf Position. Die Scharfschützen in Bereitschaft. Weitere Anweisungen folgen.«

Andresen drehte den Funk in Kregels Wagen leiser und blickte aus dem Fenster. Der schnellste Weg in Richtung Hansemuseum war gesperrt, weil die Drehbrücke bereits seit Monaten saniert wurde. Stattdessen fuhren sie mit Blaulicht und Martinshorn über die Nordtangente in Richtung Untertrave. Die Stadtsilhouette rauschte zu seiner Rechten an ihm vorbei. Verschwommen, so wie die Geschehnisse der vergangenen vierundzwanzig Stunden.

Hier, von der Eric-Warburg-Brücke aus, hatte man einen der besten Blicke auf die Türme der Altstadt, doch in diesem Moment gelang es Andresen nicht einmal, auch nur einen einzigen von ihnen zu fixieren. Alles um ihn herum wankte und wackelte.

Der amerikanische Außenminister war höchstwahrscheinlich das Ziel dieser Wahnsinnigen. Er sollte sterben, um den größtmöglichen Effekt zu erzielen. Mit einem riesigen Knall wäre die RAF plötzlich wieder da. In Zeiten, in denen der rechte Rand massiv an Zulauf gewann, würden Linksterroristen nicht nur Deutschland, sondern die gesamte westliche Welt angreifen. Und ihnen blieben keine zehn Minuten mehr, um das zu verhindern.

»Zeichner ist über deine Beobachtung informiert«, sagte Kregel, während er den Wagen mit quietschenden Reifen in die Hafenstraße steuerte. »Der Sicherheitschef der Bundesregierung und natürlich alle Einsatzkräfte müssten inzwischen wissen, dass sich die Attentäter womöglich als falsche Polizisten ausgeben. Wie du schon sagtest, das Leben des US-Außenministers muss mit allen zur Verfügung stehenden Mitteln gesichert werden.«

»Du denkst also auch, dass der amerikanische Außenminister besser beschützt werden muss als die anderen sechs?«

»Was soll der Quatsch?«

»Kein Quatsch«, sagte Andresen. »So makaber es klingt, der amerikanische Außenminister ist gewissermaßen mehr wert. Ich glaube, dass Blank und seine Leute es wahrscheinlich auf ihn abgesehen haben. Ihn zu töten, wäre der Super-GAU für Deutschland. Die Regierung wäre schwer getroffen. Ein Attentat dieser Größenordnung würde zudem schwere diplomatische Spannungen hervorrufen. Vor allem nach dem, was in den vergangenen Stunden in der Stadt bereits vorgefallen ist. Wir hätten darauf drängen müssen, das Ministertreffen abzusagen.«

»Wie hätte das funktionieren sollen? Du hast selbst gesagt, dass die Bundesregierung diese Schmach nicht zugelassen hätte.«

»Zeichner, Hübner und die anderen Verantwortlichen hätten die Gefahr richtig einschätzen müssen«, sagte Andresen. »Und auch wir hätten es erkennen können.«

»Wie denn?«

»Vielleicht schon gestern Morgen. Wir hätten uns zum Beispiel fragen können, weshalb die Sache mit Wieckhorst und der Überfall auf die Bank ausgerechnet an diesem Tag passiert sind.«

»Das haben wir, Birger. Und wir alle waren der Meinung, dass es um das Gold in der Bank ging und diese Typen das Chaos in der Stadt ausnutzen wollten.« Kregel verlangsamte das Tempo und parkte den Wagen vor den Absperrungen, die direkt vor der Hubbrücke aufgestellt worden waren. »Noch können wir das Schlimmste verhindern«, sagte er. »Solange diese Sache nicht ausgestanden ist, sollten wir uns nicht selbst zerfleischen.«

»Darum geht es nicht«, entgegnete Andresen. »Es fehlt einfach an Führung und einer klaren Kompetenzverteilung. Zu meiner Zeit hätte es das nicht gegeben. Wer zum Teufel trifft hier eigentlich überhaupt noch Entscheidungen?«

»Es reicht jetzt endgültig.« Kregel platzte der Kragen. »Ich habe mir diesen Scheiß nun wirklich lange genug angehört. Zeichner hat absolut recht gehabt: Du bist tatsächlich ein unkontrollierbares, selbstgefälliges und egozentrisches Arschloch. Mach, was du willst. Von jetzt an werde ich nicht mehr mit dir zusammenarbeiten.« Er stieg aus und knallte wütend die Tür hinter sich zu.

Andresen öffnete die Beifahrertür. Er wollte Kregel hinterherrennen, ihn zur Rede stellen. Doch im letzten Augenblick überlegte er es sich anders und zog die Tür wieder zu. Er konnte sich selbst nicht erklären, woher der Drang kam, seinem Kollegen ständig mangelnde Führungsfähigkeiten vorzuwerfen. Vielleicht lag es daran, dass er tatsächlich der Meinung war, dass Kregel nicht der Richtige für den Posten des Kommissariatsleiters war. Vielleicht aber auch einfach daran, dass er ein Problem damit hatte, selbst nicht mehr das Sagen zu haben.

Was es auch war, in diesem Moment hatte er keine Zeit, sich darüber Gedanken zu machen. Ein rascher Blick auf seine Armbanduhr zeigte ihm, dass seit dem Funkspruch bereits sechs Minuten vergangen waren. Es blieben nur noch acht, vielleicht neun Minuten Zeit, bis der amerikanische Außenminister das Hansemuseum verlassen und wieder in seine Limousine einsteigen würde. Irgendwo hier ganz in der Nähe wartete Bela Blank oder einer seiner Leute, um aus der Entfernung tödliche Schüsse abzufeuern oder ihn als Polizist verkleidet aus nächster Nähe zu eliminieren.

Andresen stieg aus dem Wagen aus und ging raschen Schrittes auf die Polizisten vor der Absperrung zu. Er hielt seine Polizeimarke hoch und bedankte sich mit einem flüchtigen Nicken bei den Kollegen. Am anderen Ende der Hubbrücke erkannte er Kregel, der hastig in Richtung Hansemuseum lief.

Etwa auf der Mitte der Brücke blieb Andresen stehen. Die Bilder des gestrigen Morgens erschienen wieder vor seinem inneren Auge. Ein Mann hatte sich als Polizist ausgegeben und ihn angesprochen. Das Schlauchboot war genau auf die Stelle zugerast, an der er gerade stand. Als Kregel ihm vorhin das

Foto von Blank gezeigt hatte, hatte er in ihm den Mann auf dem Boot erkannt. Und sofort war ihm bewusst geworden, was das Ganze zu bedeuten hatte.

Blank und seine Männer hatten in aller Ruhe die Umgebung rund um das Hansemuseum ausgespäht. Es konnte keinen Zweifel geben, dass sie es auf das G7-Treffen abgesehen hatten. »Das war erst der Anfang«, diese Nachricht hatten sie im Keller der Bank hinterlassen. Die Geiselnahmen und die Entführung von Wieckhorst waren nichts weiter als Ablenkung gewesen, ihr Hauptinteresse galt den sieben Außenministern und wahrscheinlich vor allem dem amerikanischen Außenminister.

Mit einem Mal zuckte Andresen zusammen. Direkt unter ihm befand sich ein Schlauchboot. Es lag auf der Kaimauer, etwas versteckt unter der Brücke. Er war sich sicher, dass es sich um dasselbe dunkelblaue Schlauchboot handelte, das er gestern Morgen gesehen hatte.

Wieder blickte Andresen auf seine Uhr. Nur noch fünf Minuten. Er musste Blank und seine Helfer finden. Außer Kollegen in Uniform und schwer bewaffneten SEK-Beamten war weit und breit niemand zu sehen. Wenn Blank sich womöglich als einer von ihnen ausgab, würde er alles daransetzen, nicht aufzufallen. Wahrscheinlich würde er erst im allerletzten Moment, wenn der US-Außenminister die Treppe vom Eingang des Museums hinuntergestiegen war, in Erscheinung treten.

Andresen ging weiter, vorbei am Brückenturm, bis sich links vor ihm das Europäische Hansemuseum erhob. Der Anblick des Gebäudes irritierte ihn noch immer.

Sein Blick schwenkte weiter. Die schwarze Limousine, in der der amerikanische Außenminister weggefahren würde, parkte etwa zwanzig Meter von dem langen Treppenaufgang entfernt, der hinauf zum Museumseingang und weiter auf die Dachterrasse führte. Auch dort oben, wo sich der Übergang zum Burgkloster befand, war alles abgesperrt worden. Mehrere Scharfschützen hatten sich auf der Dachterrasse des Museums postiert.

Noch zwei Minuten. Andresens Unruhe wurde immer stärker. Er drehte sich im Kreis. An der Untertrave waren unzählige Einsatzfahrzeuge abgestellt, zur Trave hin lagen der Schuppen 9 und direkt vor ihm das Europäische Hansemuseum. Trotz der Polizeipräsenz und der Absperrungen konnte Blank letztlich überall sein.

Wieder blieb sein Blick am Museumsgebäude hängen. Hinter der großen Fensterfront erkannte er die Flaggen der G7-Nationen. Auch die Schatten einiger Personen zeichneten sich hinter der getönten und hoffentlich auch gepanzerten Scheibe ab. Die weißen Haare, die er glaubte erkennen zu können, waren womöglich sogar die des deutschen Außenministers.

Plötzlich tat sich etwas. Der Fahrer der Limousine stieg aus, richtete seine Mütze und sprach in sein Headset. Einige Sekunden vergingen, dann nahm er wieder im Wagen Platz.

Auf der Treppe bezogen mehrere Beamte Stellung. Jeden Augenblick würde nun wohl der amerikanische Außenminister mit seinem Tross das Gebäude verlassen und die Treppe hinuntergehen. Erst jetzt verstand Andresen endgültig, dass jeder der Beamten, die sein Leben beschützen sollten, auch sein Mörder sein konnte.

Er setzte an, die Stufen hinaufzulaufen und die Delegation zu warnen, doch dann erkannte er Kregel direkt an der Seite des US-Außenministers. Er war ihm zuvorgekommen. Er hatte das getan, was er sich schon längst von ihm gewünscht hatte.

Andresen spürte, dass sich sein Puls wieder etwas beruhigte. Erneut ließ er seinen Blick die Treppe hochschweifen. Er scannte jeden Beamten, jeden Sicherheitsmann, der die Amerikaner eskortierte. Niemand dieser Leute hatte auch nur die geringste Ähnlichkeit mit Blank. Und auch die Männer aus der Bank hatten anders ausgesehen.

Er hoffte in diesem Augenblick, dass er sich doch alles nur eingebildet hatte. Hatten der falsche Polizist und Blank in seinem Schlauchboot bloß die allgemeine Lage ausgekundschaftet? Er hatte keinerlei Beweis dafür, dass es Blanks RAF tatsächlich auf das G7-Treffen und den amerikanischen Außenminister abgesehen hatte. Vielleicht waren Wieckhorst und der Bankdirektor für den Moment die einzigen Anschlagsziele gewesen, und weitere Aktionen würden erst in ein paar Wochen folgen.

Langsam ging Andresen der Delegation entgegen. Obwohl er schon mit so manchem schleswig-holsteinischen Spitzenpolitiker an einem Tisch gesessen hatte, fühlte er plötzlich etwas wie Verlegenheit in sich aufsteigen. Er spürte förmlich die Aura, die den amerikanischen Außenminister umgab.

Der Mann war eine imposante Erscheinung. Groß gewachsen, mit ergrautem, zum Seitenscheitel gekämmtem Haar und festgefrorenem Lächeln, machte er einen staatstragenden Eindruck. Trotzdem – oder gerade deshalb – wurde Andresen das Gefühl nicht los, als stehe da nicht der wirkliche US-Außenminister, sondern sein Doppelgänger aus Madame Tussauds Wachsfigurenkabinett vor ihm.

Andresen näherte sich so weit, dass er ihm problemlos die Hand hätte reichen können. Er hielt sich jedoch zurück und blickte stattdessen in die Gesichter der Sicherheitsbeamten und der Entourage des Außenministers. Da war niemand, der ihm bekannt vorkam. Und auch niemand, der sich auffällig benahm oder dem er zutraute, in wenigen Augenblicken eine Waffe zu zücken und sie auf den Außenminister zu richten.

Für einen kurzen Moment trafen sich Kregels und seine Blicke – einige kleine Giftpfeile, die sie austauschten. Dann suchte Kregel wieder das Gespräch mit einem der Sicherheitsleute. Andresen glaubte für den Bruchteil einer Sekunde sogar, dass Kregel soeben veranlasste, ihn von hier fortzuschaffen. Er traute es ihm zu, so wütend, wie er vorhin gewesen war. Doch stattdessen drängten sich plötzlich mehrere Sicherheitsbeamte rasch an ihm vorbei und gaben dem US-Außenminister ein Zeichen, die Treppe etwas zügiger hinabzusteigen.

Jetzt erst erkannte Andresen, dass auch der deutsche Außenminister und Lübecks Bürgermeister das Hansemuseum verlassen hatten und, gefolgt von weiteren Sicherheitskräften, die Treppe hinuntergingen. Andresen tat es ihnen gleich, bis sie schließlich auf dem breiten Bürgersteig vor dem Europäischen Hansemuseum anlangten.

Mit einem Mal erschienen wie aus dem Nichts einige Fotografen. Die beiden Außenminister und der Bürgermeister posierten seelenruhig vor dem Gebäude. Das Lächeln der drei wirkte dennoch wie eingefroren. Die Situation war absurd.

Doch Andresen fand keinen konkreten Anhaltspunkt für die akute Gefahr, die er spürte. In wenigen Sekunden würde der amerikanische Außenminister in seine gepanzerte Limousine steigen und Lübeck nach nur ein paar Stunden wieder verlassen. Ab diesem Moment würde kaum noch eine Möglichkeit bestehen, ein Attentat durchzuführen. Es sei denn, sie planten einen Autobombenanschlag, wie es die RAF bereits Ende der achtziger Jahre getan hatte, als der Bankmanager Alfred Herrhausen ums Leben gekommen war.

Andresen spürte, dass ihn die Geduld verließ. Er ging zu Kregel hinüber und packte ihn am Arm. »Was ist hier los? Glaubst du etwa, ich spinne?«

»Wie bitte?«

»Auf dem Foto, das du mir gezeigt hast, ist im Hintergrund definitiv der Mann zu sehen, der vorgestern hier als Polizist stand«, sagte Andresen eindringlich. »Weshalb sind hier immer noch alle so entspannt? Hast du denn Zeichner oder dem Sicherheitschef noch immer nicht gesagt, was genau wir befürchten?«

»Natürlich habe ich das«, antwortete Kregel.

»Und?«

»Sie haben es zur Kenntnis genommen.«

»Mehr nicht?«

Kregel schüttelte den Kopf.

»Verdammt, die können das doch nicht ignorieren«, sagte Andresen aufgebracht. »Wenn der Attentäter tatsächlich als Polizist oder Sicherheitsbeamter herumläuft, haben wir keine Chance.«

»Ich befürchte, die Sicherheitsleute des amerikanischen Außenministers lassen sich nicht unbedingt etwas von einem dahergelaufenen deutschen Kriminalkommissar vorschreiben. Die hören nur auf ihre eigenen Geheimdienste. Zumindest der Sicherheitschef der Bundesregierung ist zusammengezuckt, als ich ihm deine Beobachtungen noch einmal genau geschildert habe.«

»Du glaubst mir also?«, fragte Andresen.

»Welchen Unterschied macht das?«

»Für mich einen gewaltigen«, antwortete Andresen. »Also, was machen wir jetzt? Packe ich mir den amerikanischen Außenminister allein und zerre ihn in seine Limousine? Oder machen wir es gemeinsam?«

»Lass uns noch einmal mit dem Sicherheitschef sprechen«, sagte Kregel. »Danach entscheiden wir.«

»Es muss jetzt schnell gehen«, drängte Andresen und wandte sich von Kregel ab. Der Sicherheitschef stand etwas abseits von den Außenministern und dem Bürgermeister, die sich gerade lachend die Hände schüttelten. Andresen ging auf ihn zu und kam sofort zur Sache.

»Der amerikanische Außenminister muss sofort hier weggebracht werden«, sagte er leise. »Mein Kollege Kregel hat Ihnen doch bereits gesagt, dass wir eine akute Gefahrenlage sehen. Weshalb reagieren Sie nicht?«

»Es wird nichts passieren«, antwortete der Mann. Er klang dabei, als müsse er sich selbst von seinen Worten überzeugen. »Unsere Scharfschützen sind postiert. Wir haben alles unter Kontrolle.«

»Ich sehe eine ganze Menge Kollegen der Schutzpolizei und SEK-Beamte«, sagte Andresen eine Spur zu laut, sodass sich der Bürgermeister zu ihm umdrehte und ihn argwöhnisch ansah. »Vermutlich ist einer von ihnen allerdings kein Polizist und wird alles daransetzen, den amerikanischen Außenminister zu töten.«

»Was macht Sie so sicher?«

»Vertrauen Sie mir einfach«, antwortete Andresen. »Es sind die Männer, die die Bank überfallen und Wieckhorst umgebracht haben. Ihr eigentliches Ziel steht allerdings dort drüben.« Er deutete auf die Politiker, die noch immer Shakehands für die Fotografen zeigten.

»In Ordnung«, sagte der Sicherheitschef plötzlich. »Wir schaffen ihn in den Wagen.«

»Sofort?«

»Ja.«

Andresen nickte und trat einen Schritt zurück. Er wartete darauf, dass der Mann die entsprechenden Anweisungen gab.

Im nächsten Moment brach das Chaos aus. Ein lauter Knall hallte durch die Luft, vor ihm sackte der Sicherheitschef der Bundesregierung sofort zusammen. Eine Kugel hatte ihn im Oberschenkel getroffen. Ein zweiter Schuss folgte, verfehlte sein Ziel jedoch und peitschte stattdessen über die Pflastersteine des Bürgersteigs.

»Alle runter!«, schrie Andresen und warf sich auf den Boden. Aus dem Augenwinkel erkannte er, dass ein Mann hinter den Absperrungen zur Großen Altefähre hervortrat und mit vorgehaltener Waffe auf sie zurannte. Er war keine dreißig Meter mehr von ihnen entfernt und feuerte um sich. Die Polizisten, die hinter der Absperrung zur Kleinen Altefähre standen, sprangen zur Seite und gingen in Deckung.

Andresen hatte keinen Zweifel, dass es sich bei dem Schützen um Bela Blank handelte. Trotz der Entfernung erkannte er den Mann vom Schlauchboot sofort wieder.

Von überall hörte Andresen laute, hektische Stimmen. Der Sicherheitschef rollte sich mit schmerzverzerrtem Gesicht zur Seite. Im nächsten Moment folgte eine Schusssalve, die von Scharfschützen abgegeben wurde, die auf dem Dach des Hansemuseums und des gegenüberliegenden Schuppens 9 postiert waren. Kugeln peitschten über die Karosserie der schwarzen Limousine des amerikanischen Außenministers und der weiteren Fahrzeuge seines Gefolges hinweg, die etwas weiter rechts vom Museum geparkt waren. Andresen lag noch immer bäuchlings auf dem Bürgersteig und scannte die Umgebung. Er erkannte Kregel nur wenige Meter entfernt, er war unverletzt. Ein Stück weiter die Außenminister mit ihren Leuten und den Bürgermeister, den er in all den Jahren, in denen er bereits im Amt war, noch nie so fassungslos gesehen hatte. Ihr einziger Schutz vor den Kugeln war die große Limousine, die in einigen Metern Entfernung parkte.

Wo war Blank? Er konnte ihn nicht mehr sehen. Wahrscheinlich hatte er sich hinter einem Vorsprung oder einem Hauseingang versteckt. Andresen wartete noch einige Sekunden, bevor er sich langsam aufrichtete. »In die Autos und weg von hier!«, schrie er. Doch niemand rührte sich.

Beinahe wäre er losgerannt, um dem amerikanischen Außenminister höchstpersönlich hochzuhelfen und ihn in die Limousine zu schaffen. Doch dann reagierten endlich die Sicherheitsleute. Sie standen auf und stellten sich schützend vor den Mann. In diesem Augenblick wurde Andresen einmal mehr bewusst, wie die Kräfteverhältnisse in dieser Welt verteilt waren. Während der amerikanische Außenminister von einem Dutzend Sicherheitsleute geschützt und zu seiner Limousine begleitet wurde, lagen der deutsche Außenminister und Lübecks Bürgermeister noch immer auf dem Bürgersteig. Zwei Sicherheitskräfte und ein paar Polizisten versuchten, ihnen Schutz zu geben, indem sie mit gezückten Waffen vor ihnen in Stellung gingen.

»Was machen wir jetzt?«

Andresen blickte zur Seite und sah Kregel, der unentschlossen, aber nicht ängstlich wirkte. »Alle so schnell wie möglich in Sicherheit bringen«, antwortete er. »Um Blank sollen sich die Scharfschützen kümmern.«

Nachdem die Schüsse verhallt waren, herrschte eine fast beängstigende Stille. Im nächsten Moment rückten jedoch von der anderen Straßenseite mehrere Dutzend bewaffnete SEK-Beamte an, die sich hinter dem Schuppen 9 bereitgehalten haben mussten. Sie stürmten auf den deutschen Außenminister und den verwundeten Sicherheitschef zu und brachten sie samt ihren Begleitern im Treppenaufgang des Museums in Sicherheit. Auch um den Bürgermeister kümmerten sich zwei Beamte. Wenig zimperlich zogen sie ihn beiseite und eskortierten ihn ebenfalls in Richtung Treppenaufgang.

Andresen sah dem amerikanischen Außenminister hinterher. Der Fahrer der Limousine öffnete ihm gerade die hintere Tür. Zwei Leibwächter schoben den Mann auf die Rückbank. Dann stiegen auch sie in den Wagen ein, ehe der Fahrer die Tür hinter ihnen schloss.

Andresen atmete durch. Zumindest das Leben des amerikanischen Außenministers war gerettet. Durch die gepanzerten Türen des Fahrzeugs würde kein Schuss dringen.

Er wollte den Blick gerade abwenden, um nach Blank Ausschau zu halten, als der Fahrer sich für den Bruchteil einer Sekunde genau in seine Richtung drehte und den Kopf hob, bevor er in den Wagen einstieg.

Andresen versuchte zu verstehen, was er sah. Der Fahrer des Wagens – er kannte ihn. Es war der Mann auf dem Foto, das Kregel ihm auf seinem Handy gezeigt hatte. Nicht Bela Blank, sondern jemand, der im Hintergrund gestanden hatte. Er war kaum zu erkennen gewesen, und dennoch hatte Andresen keinen Zweifel daran, dass er es war. Der falsche Polizist. Er war offenbar derjenige, der aus dem Hintergrund agierte. Er war es, der den amerikanischen Außenminister töten sollte.

Die Fahrertür der Limousine fiel zu. »Verdammt«, flüsterte Andresen. Dann wiederholte er es lauter. Und noch ein zweites Mal. Schließlich schrie er. So laut, dass seine Stimme zwischen Hansemuseum und Schuppen 9 mehrfach widerhallte. »Wir müssen den Wagen aufhalten«, brüllte er in Richtung Kregel. »Der Fahrer, das ist …«

Seine Worte gingen in einer erneuten Schusssalve unter. Die Scharfschützen feuerten in Richtung der Häuser zwischen Kleiner und Großer Altefähre. Hier irgendwo musste sich Bela Blank versteckt halten.

Andresen wartete nicht mehr. Er rannte auf die schwarze Limousine zu, in der der amerikanische Außenminister saß. Einige der Schüsse, die durch die Luft hallten, schlugen nur wenige Meter von ihm entfernt ein. Erst jetzt verstand er, dass nicht nur die SEK-Beamten schossen, sondern auch Blank.

Er zückte seine eigene Waffe und zielte auf das Auto, als er plötzlich zusammenschrak. Aus dem Wageninneren drangen dumpfe Geräusche, doch durch die tiefschwarz getönten Scheiben konnte er nicht das Geringste erkennen. Er spürte Panik in sich aufsteigen und erwischte sich bei dem beschämenden Gedanken, dass der unbekannte RAF-Terrorist im Wagen die beiden Bodyguards getötet und den amerikanischen Außenminister hoffentlich am Leben gelassen hatte.

Andresen musste ihn stoppen, ihn irgendwie aus dem Auto holen. Er befand sich jetzt keine fünf Meter mehr von der Limousine entfernt, als sie sich mit einem Mal in Bewegung setzte. Er musste etwas tun. Auf den Wagen zu schießen, würde nichts bringen. Andresen zielte auf die Reifen links vorne und hinten. Sie platzten binnen weniger Sekunden. Doch den Mann am Steuer schien das nicht zu stören. Die Limousine fuhr einfach auf den Felgen weiter. Direkt an ihm vorbei.

Funken sprühten. Noch hoffte er, dass der amerikanische Außenminister am Leben war. Er ruderte mit den Armen als Zeichen für die Scharfschützen, dass sie die Limousine ins Visier nehmen sollten.

Der Wagen rollte langsam weiter in Richtung Hubbrücke, geriet jedoch immer mehr ins Schlingern, bis er schließlich zum Stillstand kam. Andresen winkte Kregel zu, gemeinsam liefen sie hinterher. Von beiden Seiten näherten sie sich dem Auto, als auf einmal die Fahrertür aufgestoßen wurde. Andresen sprang sofort hinter das Auto, als er den Pistolenlauf erkannte, der direkt auf ihn zeigte. Aus dem Augenwinkel sah er Kregel, der ebenfalls in Deckung gegangen war.

Vorsichtig versuchte Andresen, einen Blick an den Rücklichtern vorbei nach vorn zu werfen. Die Fahrertür stand noch immer offen, doch es war niemand zu sehen. Auch der Pistolenlauf war verschwunden.

»Was wollen wir machen?«, fragte Kregel leise.

»Den Minister retten.«

»Tatsächlich? Und wie?«

»Ich habe keine Ahnung.«

»Warum schießen die Scharfschützen denn nicht?«

»Weil ihnen niemand den Befehl gibt«, antwortete Andresen. »Die haben noch nicht verstanden, dass wir es mit einem zweiten Täter zu tun haben.«

»Hörst du das?«, fragte Kregel plötzlich. »Der Motor ist wieder an. Los, zur Seite!«

Beide sprangen hinter dem Heck hervor. Im nächsten Augenblick fiel die Fahrertür wieder zu, und der Wagen setzte zurück.

Andresen stöhnte vor Schmerz von dem harten Aufprall auf den Asphalt, trotzdem richtete er sich sofort wieder auf. Die Limousine kam direkt vor ihm zum Stehen. Ohne zu zögern, riss er an der Fahrerseite die hintere Tür auf, die, wie er gehofft hatte, nicht mehr von innen verriegelt war. Der blutüberströmte Körper eines der beiden Bodyguards fiel aus dem Wagen auf die Straße. Auch der andere Leibwächter, der zur Wagenmitte hin gekippt war, schien tot zu sein, aus Mund und Nase lief Blut heraus.

Es vergingen einige Sekunden, ehe Andresen den amerikanischen Außenminister erkannte. Er war am Leben und kauerte im Fußraum hinter dem Beifahrersitz. Trotz seiner Körpergröße war es ihm gelungen, sich so klein zu machen – er wirkte in diesem Moment wie ein hilfloses Kind. Überall an seiner Kleidung klebte Blut, selbst in seinen Haaren. Doch es war nicht sein eigenes.

Im Schutz der geöffneten Wagentür sah Andresen, dass der Mann auf dem Fahrersitz sich zu ihm umgedreht hatte und seine Waffe auf ihn richtete. »Geben Sie auf«, sagte er. »Andernfalls kommen Sie hier nicht lebend raus.«

Der Mann reagierte nicht, lediglich ein kaum sichtbares Lächeln zeichnete sich auf seinen Lippen ab.

»Lassen Sie den Mann gehen und nehmen Sie mich als Geisel.«

»In Ordnung.«

Die Panik überfiel ihn diesmal so schnell wie ein ICE, der sich ihm mit Tempo dreihundert auf freier Strecke näherte. Andresen wollte nicht sterben. Noch nicht. Nicht hier in der Limousine des amerikanischen Außenministers.

Er schloss die Augen und zählte leise bis drei. Dann sprang er mit einer schnellen Bewegung über den leblosen Körper des Leibwächters hinweg ins Auto und schlug dem Mann auf dem Fahrersitz an der Kopflehne vorbei mit der rechten Faust die Waffe aus der Hand. Er holte erneut aus und traf den Mann so hart am Kinn, dass er nach hinten gegen das Lenkrad fiel.

Andresen kletterte rückwärts aus dem Wagen, um im nächsten Moment die Fahrertür aufzureißen. Aus dem Augenwinkel erkannte er die Scharfschützen des SEK, die sich langsam näherten. Sie hatten offenbar verstanden, was vor sich ging. Dass Bela Blank nicht die alleinige Gefahr darstellte.

Andresen versuchte, den Mann hinter dem Steuer am Kragen zu packen und ihn aus dem Auto zu zerren. Doch der setzte sich zur Wehr und traf Andresen mit einem Fußtritt im Unterleib. Er schnappte nach Luft, während er mitansehen musste, dass der Mann seine Waffe wieder zu fassen bekam. Er fuchtelte damit herum, bis er sie schließlich auf den Außenminister richtete.

Andresen zögerte nicht und verpasste dem Mann eine weitere Rechte, die ihn nach hinten auf die Mittelkonsole schleuderte. Auf seinem ausdruckslosen Gesicht zeichnete sich für einen Augenblick Verwunderung ab. Dann löste sich ein Schuss aus der Waffe.

Der Schmerz, den Andresen unmittelbar in seiner Magengegend verspürte, war heftiger als alles, was er jemals erlebt hatte. Als schneide ihm jemand bei vollem Bewusstsein den Bauch auf. Sofort spürte er das Blut, das aus seinem Körper drang, während alles um ihn herum schemenhaft wurde. Er wollte schreien vor Schmerz, doch alles, was er in diesem Moment hervorbringen konnte, war ein kehliges Röcheln.

Während er verstand, dass er allmählich das Bewusstsein verlor, erkannte er Kregel, der inmitten der eintreffenden Scharfschützen, die mit ihren Waffen im Anschlag die Limousine umringten, die Beifahrertür aufriss und dem Mann, der gerade dabei war, auf den wie erstarrten amerikanischen Außenminister zu zielen, die Pistole aus der Hand trat.

Die Schemen, die Andresen sah, gingen allmählich in ein tiefes Schwarz über. Es war vorbei. Langsam kippte er nach vorn auf den Fahrersitz. Die warme Flüssigkeit zwischen seinen Händen war das Letzte, was er wahrnahm. Dann schloss er die Augen.

ABSCHIED

Das verschwommene Gesicht des Mannes in Weiß entzerrte sich nach und nach. Ihm war, als verschwinde endlich die riesige Blase, in der er sich seit einer gefühlten Ewigkeit befand.

»Da sind Sie ja wieder. Wurde auch Zeit.«

Andresens Lippen bewegten sich, aber er ahnte, dass er nicht zu verstehen war.

»Ihre Werte sind so weit in Ordnung. Ich denke, wir brauchen uns keine Sorgen mehr um Sie zu machen.« Der Mann lächelte und legte seine Hand auf Andresens Stirn. »Schwester Agnes wird sich jetzt um Sie kümmern.«

Eine Welle des Schocks durchfuhr Andresen. Von einer auf die andere Sekunde verstand er, wo er sich befand. Und was noch wichtiger war, er erinnerte sich auch wieder daran, weshalb er hier in diesem Krankenhausbett lag und sein Körper halsabwärts so sehr schmerzte, als wäre er unter die Ketten eines Panzers geraten.

»Der Schuss aus der Waffe des Fahrers des amerikanischen Außenministers hat nur knapp Ihren linken Lungenflügel verpasst«, fügte der Arzt noch hinzu.

»Dr. Wahl, warten Sie«, sagte Andresen schmerzverzerrt, als ihm wieder eingefallen war, wer der Mann war, der gerade im Begriff war, das Zimmer zu verlassen. Sein Versuch, sich aufzurichten, scheiterte jedoch. »Hören Sie, ich muss wissen, was passiert ist.«

»Was passiert ist?«, fragte Dr. Wahl überrascht. »Sie sind ein Held, nicht mehr und nicht weniger. Sie sollten sich darauf einstellen, bald in jede Talkshow des Landes eingeladen zu werden.«

»Wie bitte?«

»Seit gestern gibt es bundesweit kein anderes Thema mehr«, erklärte Dr. Wahl. »Aber nicht nur in den deutschen Medien. Wir mussten hier im Klinikum bereits eine Pressekonferenz abhalten. Vor dem Gebäude campieren die Journalisten. Jeder will wissen, wie es Ihnen geht.«

»Sehr witzig.«

»Es ist wahr.« Plötzlich trat Agnes hinter dem Arzt hervor und blickte Andresen mit einem Lächeln auf den Lippen an. »Sie sind das Trending Topic.«

»Was?«

»Im Internet werden Sie als Held dargestellt. Es gibt keine Nachrichtensendung, die nicht über Sie berichtet.« Agnes setzte sich auf die Bettkante und griff nach seiner Hand.

»Das ist ein Witz, oder?« Die Situation überforderte ihn, auch wenn es ein gutes Gefühl war, Agnes wiederzusehen. Zwischen ihnen hatte etwas in der Luft gelegen, doch in diesem hilflosen Zustand, in dem nur noch fehlte, dass sie ihm die Bettpfanne unter seinen Hintern schob, fühlte er sich befangen.

»Sie haben dem amerikanischen Außenminister das Leben gerettet«, sagte Agnes mit einem Strahlen in den Augen. »Und so ganz nebenbei haben Sie auch noch eine neu gegründete Zelle der RAF zerstört, bevor sie noch mehr Schaden anrichten konnte. Und das alles mehr oder weniger im Alleingang.«

»Ich?«, fragte Andresen verwundert.

»Etwa nicht?«

»Doch, schon, aber ich habe nichts anderes getan als sonst. Seit mehr als fünfundzwanzig Jahren arbeite ich auf diese Weise. Bislang habe ich mir mit meinen Alleingängen noch jedes Mal Ärger eingehandelt. Und jetzt soll ich plötzlich ein Held sein? Warum, nur weil es der amerikanische Außenminister war, auf den sie es abgesehen hatten?«

»Gut möglich.« Agnes lächelte verunsichert. »Haben Sie denn ein Problem damit, dass man Sie als Helden feiert?«

»Ich habe einfach meine Arbeit gemacht, das war alles. Ich muss meine Erinnerungen erst einmal wieder zusammenfügen, ich weiß allerdings, dass das Schwierigste an diesem Fall nicht ausschließlich die Aufklärung war.«

»Wie meinen Sie das?«

Andresen winkte ab. Alles war wieder da. Die Probleme, die er mit Zeichner und Kregel gehabt hatte. Es hatte nicht viel gefehlt, und das Ganze wäre noch schlimmer ausgegangen als ohnehin schon. Und alles nur, weil der Polizeipräsident es nicht ertragen konnte, wie er seine Ermittlungen führte, und sein langjähriger Kollege Kregel nicht in der Lage gewesen war, die richtigen Entscheidungen zu treffen. Ganz zu schweigen von der Rolle der Politik. Sie hatten den Sicherheitschef der Bundesregierung gewarnt, und doch hatte er sie ignoriert. Der reibungslose Ablauf des G7-Treffens war wichtiger gewesen, als für die Sicherheit der Außenminister zu sorgen.

»Als ich bei unserer letzten Begegnung gesagt habe, ich würde Sie gern wiedertreffen, hatte ich mir das eigentlich anders vorgestellt«, sagte Agnes plötzlich. Als ahnte sie bereits, worauf sie sich mit ihm einlassen würde.

»Tut mir leid. Kommt nicht jede Woche vor, dass ich als gefeierter Held im Krankenhaus liege.« Er versuchte zu lächeln, doch die Schmerzen in seinem Oberkörper ließen seine Gesichtszüge entgleiten.

»Sie müssen sich erst einmal schonen«, sagte sie mit ruhiger Stimme. »Die Kugel hat zwar die Lunge verfehlt, dafür aber einige Nervenstränge im Rücken getroffen. Nichts Irreversibles, aber es wird einige Zeit dauern, bis Sie wieder im Vollbesitz Ihrer Kräfte sind.«

Andresen nickte, ohne dass er eine Vorstellung davon hatte, was ihm bevorstand. »Ich heiße übrigens Birger«, sagte er schließlich.

»Agnes.«

Der kurze Moment, in dem sich ihre Blicke trafen, kam Andresen wie eine kleine Ewigkeit vor. Was auch immer da zwischen ihnen war, er wollte mehr davon.

»Da draußen steht übrigens dein Kollege Kregel und will mit dir reden.«

»Sag ihm, ich bin noch nicht so weit.«

»Er meinte, es sei sehr dringend.«

»Hast du ihm denn nicht gesagt, wie es um mich steht?«

»Doch.«

»Aber?«

»Er hat angedeutet, weshalb er mit dir sprechen will. Und ich glaube, du solltest wissen, was er dir zu sagen hat.«

Andresen seufzte und atmete tief durch. Sofort spürte er

einen stechenden Schmerz, der durch seinen Oberkörper jagte. Als befände sich die Kugel, die er abbekommen hatte, noch immer in ihm.

»Warte«, sagte er, nachdem der Schmerz wieder etwas nachgelassen hatte. »Bevor du Kregel hereinholst, musst du mir sagen, was genau passiert ist.«

»Was genau willst du denn wissen?«

»Ab dem Moment, als ich getroffen wurde, weiß ich gar nichts mehr«, sagte Andresen. »Sind die Attentäter bei dem Schusswechsel ums Leben gekommen, oder wurden sie festgenommen?«

»Ich kann nur sagen, was ich in den Nachrichten gehört habe. Demnach wurde einer der RAF-Terroristen tödlich verletzt.«

»Wer?«

»Sie haben den Namen genannt, aber ich kann mich nicht erinnern.«

»Bela Blank vielleicht?«

»Möglich. Es wurden aber auch einige dieser Leute festgenommen.«

»Alle?«

»Es klang im Radio zumindest so, als wäre sich die Polizei sicher, dass man alle erwischt hat. Es gab gestern eine ganze Reihe Polizeieinsätze in ganz Schleswig-Holstein. Die A 1 wurde für mehrere Stunden voll gesperrt und jeder Wagen, der die Stadt verlassen wollte, kontrolliert.«

»Was ist mit dem Sicherheitschef der Bundesregierung?«, fragte Andresen. »Ich erinnere mich noch, dass auch er angeschossen wurde.«

»Ihm geht's besser«, antwortete Agnes. »Er hat das Krankenhaus schon wieder verlassen.«

Andresen nickte. »Und Mark Peters und Vanessa Wieckhorst?«

»Sie kämpfen noch immer, aber ihr Zustand lässt hoffen, dass sie es schaffen werden. Zwei Leibwächter des US-Außenministers sind jedoch ums Leben gekommen. Wie durch ein Wunder wurde sonst niemand verletzt.«

»Ein Wunder?«, wiederholte Andresen mit Sarkasmus in der Stimme. »Fünf Menschen wurden getötet, dazu noch einer der Terroristen. Außerdem gab es mehrere Schwerverletzte. Ein Wunder sieht für mich irgendwie anders aus.«

»Natürlich, tut mir leid.« Agnes streichelte Andresen sanft über die Stirn. »Ich werde jetzt deinen Kollegen hereinholen, in Ordnung?«

»Ich schulde dir übrigens noch eine Antwort«, sagte Andresen plötzlich.

»Du meinst …?«

»Sobald ich wieder auf den Beinen bin, würde ich gerne mit dir ausgehen«, unterbrach er sie. »Ganz privat. Keine Schwester Agnes, kein Kommissar Birger Andresen.«

»Das hört sich gut an.«

Agnes klang so nüchtern, dass Andresen sofort Zweifel bekam, ob sie überhaupt noch Interesse besaß. »Du kannst ruhig sagen, wenn du dich nicht mit mir treffen möchtest«, sagte er. »Hat es mit meinem Job zu tun? Du wärst nicht die Erste, die ein Problem damit hat.«

»Es ist alles in Ordnung.« Agnes schüttelte den Kopf und lächelte gleichzeitig. »Ich habe kein Problem damit, dass du Polizist bist.«

»Auch wenn ich dich nicht gut kenne, sehe ich, dass irgendetwas nicht stimmt. Was ist los? Bin ich etwa doch schwerer verletzt, als du mir bislang gesagt hast?«

»Nein, du bist in Ordnung«, sagte Agnes leise. »Also mehr oder weniger. Es geht um etwas anderes. Dein Kollege Kregel wird es dir erzählen.« Sie entfernte sich langsam von seinem Bett, um das Zimmer zu verlassen.

Andresen sah Agnes hinterher. Was sollte diese Geheimniskrämerei? Was gab es so Wichtiges, dass Agnes sich so seltsam verhielt?

Im nächsten Moment betrat Kregel mit ernster Miene den Raum, in dem er ganz allein lag. Je näher er auf ihn zukam, desto mulmiger wurde Andresen.

»Wie geht's dir?«, fragte Kregel, als er schließlich neben seinem Bett stand und auf ihn hinabblickte.

»So weit okay«, antwortete Andresen. »Agnes hat mir erzählt, was passiert ist. Wir haben alle?«

»So ist es. Blank ist tot, einer der Scharfschützen hat ihn getroffen. Den Attentäter, der sich als Fahrer des amerikanischen Außenministers ausgegeben hat, konnten wir überwältigen. Wir versuchen derzeit noch, herauszufinden, wie er sich Zugang zu dem Wagen verschaffen konnte.«

»Wie heißt er?«

»David Streller.«

»Nie gehört.«

»So ging es uns auch«, sagte Kregel. »Noch haben wir kaum etwas über ihn in Erfahrung bringen können.«

»Und die anderen?«

»Wir haben sie gefasst, als sie fliehen wollten. Die vier aus der Bank und einen weiteren, der an der Entführung von Wieckhorst beteiligt gewesen ist. Er hat sich freiwillig gestellt und bereits einige wichtige Details genannt. Zum Beispiel hat er das Versteck der Gruppe in einem unterirdischen Bunker mitten in der Stadt verraten. Dort haben wir noch einen von ihnen gefunden. Ein junger Kerl, erschossen, möglicherweise von Blank.«

»Gute Arbeit«, sagte Andresen. »So wie ich Agnes eben verstanden habe, willst du mir etwas Dringendes sagen. Also, worum geht's?«

»Zuerst einmal will ich mich bei dir entschuldigen«, antwortete Kregel fahrig. »Du hast mit allem recht gehabt. Nicht nur, dass du gewusst hast, was diese Typen tatsächlich vorhaben. Es stimmt auch, was du über mich gesagt hast.«

»Was meinst du?«

»Ich habe gemacht, was Zeichner gesagt hat, anstatt auf dich und mich selbst zu hören. Als Leiter der Mordkommission habe ich letztlich versagt.«

»Das war kein Fall für die Mordkommission. Das Ganze hätte niemals in deinem Verantwortungsbereich liegen dürfen.«

»Niemand konnte ahnen, was dahintersteckt, als wir von der Entführung Wieckhorsts gehört haben. Natürlich war es am

Anfang meine Aufgabe, die Ermittlungen zu leiten. Aber was dann kam, konnte ich nicht mehr kontrollieren. Ich dachte, dass Zeichner einen Plan hätte, aber von ihm kam einfach gar nichts.«

»Und das hat dich überrascht?«

»Er hat allen Kommissariatsleitern klar zu verstehen gegeben, dass du nicht mehr Teil des Teams bist«, entgegnete Kregel. »Nach der Sache auf dieser Fähre hattest du sämtlichen Kredit bei ihm verspielt. Alleingänge sollte es auf gar keinen Fall noch einmal geben.«

Andresen schüttelte den Kopf. Jahrelang hatte Zeichner seine Arbeitsweise kritisiert. Seine neue Aufgabe als Leiter der X-Einheit war zwar einvernehmlich zwischen ihnen getroffen worden, und doch war er nie das Gefühl losgeworden, dass Zeichner ihn hatte abschieben wollen. Und jetzt, wo er zum ersten Mal in einem Einsatz ernsthaft verletzt worden war, sollte er plötzlich ein Held sein? Gefeiert werden für seinen Alleingang, der gar keiner gewesen war?

»Was hast du jetzt vor?«, fragte er Kregel nach einer Weile des Schweigens. »Willst du die Leitung hinschmeißen? So wie dein Vorgänger? Und deine Vorvorgängerin?«

»Nein«, antwortete Kregel entschieden. »Egal, wie das Ganze gelaufen ist, ich werde den Schwanz nicht einziehen.«

»Gut.« Andresen fixierte Kregel. »Wenn du dir absolut sicher bist, dass du es willst, dann wirst du es auch schaffen. Hör nicht auf Zeichner und schon gar nicht auf mich. Geh deinen eigenen Weg.«

Wieder fuhr ein stechender Schmerz durch seinen Oberkörper. Für einen kurzen Moment befürchtete er sogar, das Bewusstsein zu verlieren. Doch der Schmerz verging so schnell, wie er gekommen war. »Erzähl mir jetzt endlich, weshalb du so dringend mit mir reden wolltest«, sagte er schließlich.

»Es ist etwas passiert«, sagte Kregel. Seine Worte klangen hölzern. »Eigentlich hätte es dir jemand anderes sagen müssen, aber vielleicht ist es sogar besser, wenn du es von mir erfährst.«

»Was ist los, Ben?« Andresen spürte, dass sich sein Herzschlag plötzlich beschleunigte. Ein Anflug von Panik sorgte dafür, dass er die Schmerzen unterhalb seiner Brust nicht mehr spürte. »Sag bitte nicht, dass etwas mit den Kindern ist.«

»Nicht direkt«, antwortete Kregel. »Aber auf dem Präsidium ging heute Morgen ein Notruf von einem Spaziergänger ein. Er berichtete davon, dass eine Frau mit einem kleinen Mädchen an der Hand direkt an der Klippe am Brodtener Steilufer stehen würde. Als der Anrufer die Frau angesprochen hat, drohte sie damit, zu springen.«

»Nein …« Andresen atmete schwer, während er versuchte, sich aufzurichten. »Sag, dass das nicht wahr ist.«

»Es ist alles in Ordnung mit Wiebke«, beruhigte Kregel Andresen sofort. »Wir haben sie nach mehr als einer Stunde davon überzeugen können, mit uns mitzukommen.«

»Und Marlene?«

»Auch sie ist okay.«

»Wo sind sie jetzt?«

»Wiebke ging es anschließend psychisch nicht so gut«, antwortete Kregel. »Sie war kaum ansprechbar und machte einen verwirrten Eindruck. Als die Kollegen sie zu ihrem Einsatzwagen bringen wollten, ist sie handgreiflich geworden. Sie hatten große Probleme, sie zu bändigen.«

»Worauf willst du hinaus?«

»Den Kollegen ist irgendwann nichts anderes übrig geblieben, als den sozialpsychiatrischen Dienst zu rufen. Sie haben Wiebke in die Notaufnahme der Psychiatrie des Uniklinikums gebracht. Sie liegt Luftlinie keine dreihundert Meter weit entfernt von hier.«

»Ich hätte es wissen können«, sagte Andresen. »Sie war schon nicht mehr bei Sinnen, als ich sie in der Nacht besucht habe. Ich hätte niemals gedacht, dass es einmal so zwischen uns enden würde.«

Ihm drängte sich ein anderer Gedanke auf. Einer, der ihn all die Jahre unterschwellig beschäftigt hatte. »Egal, wie sehr ich sie verletzt habe«, sagte er, »sie hat immer alles ertragen. Dabei hätte ich mir im Grunde gewünscht, dass sie mir einfach mal den Kopf wäscht. Es nicht hinnimmt, dass ich sie betrüge, dass ich nie für sie da bin, dass unser Haus in Brodten für mich kein Zuhause ist.«

Er hielt inne und horchte in sich hinein. Doch weder Schock oder Entsetzen noch Mitleid wollte sich als Reaktion auf die Nachricht, dass Wiebke sich und Marlene hatte umbringen wollen, einstellen. Nur Leere.

»Anfangs habe ich gedacht, sie sei einfach stark«, sagte er. »Aber jetzt weiß ich, dass sie alles nur in sich hineingefressen hat. Das Ganze war abzusehen. Und im Endeffekt trage ich die Schuld für das, was passiert ist.«

»Keine Ahnung, was zwischen euch vorgefallen ist«, sagte Kregel. »Ich wollte einfach nur, dass du es weißt.«

»Danke.«

»Falls du dich übrigens fragen solltest, wie es deiner Tochter geht und wo sie sich befindet, Ole kümmert sich um sie.« Kregel sah ihn streng an. »Sobald du wieder auf den Beinen bist, musst du das übernehmen. Aber das ist nur meine Meinung.«

Andresen verzog den Mund und wandte sein Gesicht ab. Mit großer Wucht kamen die Erinnerungen an das Gespräch mit Boris Roloff zurück. Er hatte dessen Behauptung, Ole habe Wiebke von seiner Affäre mit Ida-Marie erzählt, einfach verdrängt. Doch Kregels Bemerkung machte ihm bewusst, wie viel in seiner Familie tatsächlich im Argen lag.

Kregels Handy vibrierte. Andresen beobachtete seinen Kollegen, während er den Anruf entgegennahm. Sein Blick war ernst, während er nur stumm nickte. Es verging eine halbe Minute, ehe er endlich redete.

»In Ordnung, danke, dass du dich gleich gemeldet hast. Noch etwas?«

Wieder vergingen einige Sekunden, in denen Kregel nichts sagte. Dann bedankte er sich noch einmal, legte auf und ließ sein Handy in der Jackentasche verschwinden.

»Was ist los?«

»Das war Julia«, antwortete Kregel. »Sie ist gerade in der JVA Lauerhof. David Streller hat sich umgebracht. Man hat ihn erhängt in seiner Zelle gefunden.«

»Suizid in der Haft, genau wie Baader und Meinhof«, murmelte Andresen. »Sie versuchen, es ihnen bis zum bitteren Ende gleichzutun.«

»Das ist noch nicht alles«, sagte Kregel. »Streller hat einen Abschiedsbrief hinterlassen.«

»Nicht ungewöhnlich, oder?«

»Nein«, antwortete Kregel nachdenklich. »Aber Julia sagte, wir müssen den Brief lesen. Und zwar so schnell wie möglich.«

BLUT IST DICKER ALS WASSER

... lade ich Sie herzlich ein, mich und meinen Außenminister im Weißen Haus zu treffen, um Ihnen für Ihren Heldenmut zu danken. Der Außenminister und ich sind Ihnen zu tiefstem Dank verpflichtet. Gleichzeitig trauern wir gemeinsam mit Ihnen um die Opfer, die bei diesem feigen terroristischen Akt sterben mussten. Lassen Sie uns diese Menschen und ihre Angehörigen in unsere Gebete aufnehmen ...

Andresen faltete den Brief, der vom US-Präsidenten höchstpersönlich unterschrieben worden war, zusammen und schob ihn wieder zurück in seinen Umschlag. »Surreal« war ein viel zu schwacher Begriff, um zu umschreiben, was er empfand, wenn er diese Worte las. Nach allem, was passiert war. Den vielen Jahren, in denen er immer alles dafür getan hatte, Leben zu retten und für Gerechtigkeit zu sorgen.

Er konnte sich nicht daran erinnern, jemals mehr als ein lapidares Dankeschön für seine Arbeit erhalten zu haben. Ganz zu schweigen von der dauernden Kritik der Vorgesetzten an seinem Vorgehen. Und jetzt plötzlich wurde er für seinen Heldenmut ins Weiße Haus eingeladen. Wenn der Anlass nicht so traurig wäre, würde er glatt vermuten, dass sich seine Kollegen einen üblen Scherz mit ihm erlaubten.

Er musste an die Opfer der vergangenen Tage denken, die sie nicht hatten verhindern können. Was Zeichner und Kregel anging, hatte er bis zuletzt das Gefühl gehabt, dass ihre Arbeit in diesem Fall alles andere als heldenhaft gewesen war. Doch das Leben des amerikanischen Außenministers zu retten, schien tatsächlich einen anderen Wert in der öffentlichen Wahrnehmung zu besitzen. Dabei hatte er seinen Job so gemacht, wie er es für jeden anderen auch getan hätte.

Andresen verdrängte die Gedanken und nahm den anderen Briefumschlag, der neben ihm lag. Kregel hatte ihn bereits vor fünf Tagen Andresen überreicht. Es handelte sich um den Brief, den David Streller in seiner kurzen Zeit in der Untersuchungshaft geschrieben hatte. In den knapp dreißig Stunden zwischen seiner Festnahme und dem Moment, in dem er sich in seiner Zelle mit einem Bettlaken erhängt hatte.

Ein achtseitiger handgeschriebener Brief – Andresen hatte ihn bereits mehrmals gelesen. Er hatte versucht, Strellers unfassbare Worte zu verstehen, jedes einzelne, und zu begreifen, mit wem sie es tatsächlich zu tun gehabt hatten.

Anschließend hatte er Kregel angerufen. Er und seine Leute prüften noch, ob es wirklich möglich war, dass Streller der Enkel von Andreas Baader sein konnte. Doch Andresen war sich längst sicher, dass er es wirklich gewesen war.

Streller und Blank hatten durch einen Zufall zueinandergefunden und schließlich ihre unterschiedlichen persönlichen Ziele dem gemeinsamen Ganzen unterordnet.

Eine der interessantesten Informationen aus dem Brief war die Tatsache, dass Bela Blank offenbar bis vor wenigen Tagen nichts davon gewusst hatte, wer Streller tatsächlich gewesen war. Innerhalb der Gruppe hatte man sich weniger nahegestanden, als sie vermutet hatten. Blank war es jedoch gelungen, Streller und die anderen unter der Strahlkraft einer RAF 4.0 zu vereinen.

Innerhalb der RAF hatte es eine klare Aufgabenteilung gegeben. Blank war der Kopf der Gruppe gewesen und Streller womöglich sein wichtigster Mann. Dennoch schien Streller auch eigenverantwortlich agiert zu haben. Er hatte einen klaren Plan verfolgt, vielleicht hatte er Blank sogar dazu benutzt, seine eigenen Ziele zu verfolgen. Um fortzusetzen, was sein Großvater begonnen hatte. Und gleichzeitig zu rächen, dass man ihn in den Tod getrieben hatte.

Vieles in diesem Brief hätte so oder so ähnlich auch von den Männern stammen können, die das Land in den siebziger und achtziger Jahren terrorisiert hatten. Die harte Sprache, Strellers Intention und nicht zuletzt seine persönliche Lebensgeschichte waren so erschreckend nahe an den Motiven der RAF-Mitglieder der ersten Generation orientiert, dass Andresen phasenweise geglaubt hatte, Auszüge aus alten Stadtguerilla- und Klassenkampfschriften vor sich zu haben.

Zu lesen, dass Streller tatsächlich dieselben kruden Ziele wie Andreas Baader verfolgt hatte, schien Andresen nur schwer vorstellbar, doch die Erinnerung an die wenigen Augenblicke in der Limousine des amerikanischen Außenministers, an das ausdruckslose, aber entschlossene Gesicht Strellers, ließen keinen Zweifel an seiner Skrupellosigkeit aufkommen.

Es hatte offenbar niemanden gegeben, der wusste, dass Baader noch eine weitere Tochter gehabt hatte. Sie stammte aus einer früheren Beziehung Baaders, auch wenn das Wort »Beziehung«, so war es zumindest aus Strellers Brief herauszulesen, nicht wirklich das traf, was es gewesen war. Bis zu seinem zwanzigsten Geburtstag hatte ihn seine Mutter im Unklaren darüber gelassen, wer sein Großvater, also ihr Vater, gewesen war. Möglicherweise sogar, weil sie es lange Zeit selbst nicht gewusst hatte. Doch ab dem Moment, in dem sie es ihm gesagt hatte, war mit David Streller etwas passiert, das er selbst in seinem Brief »Moment der Auslösung« nannte.

Streller hatte sich auf die Suche begeben. Beinahe minutiös hatte er geschildert, wie er in das Leben seiner Mutter und vor allem das seines Großvaters eingetaucht war. Je mehr er darüber erfahren hatte, wer Baader gewesen war und wofür er gestanden hatte, desto faszinierter war er von ihm gewesen.

Bei den meisten Menschen hätten Baaders Taten und seine bisweilen menschenverachtende Ideologie dazu geführt, sich von ihm zu distanzieren. Sich voller Abscheu abzuwenden. Nicht so bei Streller: Blut war dicker als Wasser. Sogar dann, wenn der eigene Großvater ein Terrorist gewesen war.

Und tatsächlich schien es, als wäre der eigentliche Treiber Strellers weniger die Ideologie des antikapitalistischen Kampfes gewesen, sondern vielmehr der pure Wille, das Schicksal seines Großvaters zu rächen. Den Tod eines Mannes, der – wie Streller es in seinem Brief formuliert hatte – »dem System die Stirn geboten hatte, um die Welt von dem kapitalistischen Übel, das sich wie ein Krake über sie gelegt hatte, zu befreien«.

Als Andresen schließlich auf die Passage gestoßen war, in der Streller detailliert beschrieb, was der Auslöser für seine Radikalisierung gewesen war, hatte er zum ersten Mal das

Gefühl gehabt, als gebe Streller etwas Persönliches von sich preis. Noch einmal las er die Stelle:

Die Erkenntnis, jemand zu sein, der von einem Teil der Gesellschaft verstoßen werden würde, falls herauskäme, wer man tatsächlich ist, führt dazu, dass man jedes Gesicht auf der Straße, jede unbekannte Stimme am Telefon, jeden angeblichen Freund mit ganz anderen Sinnen wahrnimmt. Skepsis wird zum alltäglichen Begleiter. Man spürt Blicke, die es nicht geben kann. Und doch waren sie da. Von dem Moment an, in dem ich erfahren habe, wer ich bin.
Schlimmer als die Blicke ist nur noch die Wahrheit. Ich meine nicht die Wahrheit über die eigene Identität, sondern dass die Menschen, die der Meinung waren, es wäre besser für meine Mutter, wenn sie die Wahrheit nicht erfahre, ihr diese mehr als drei Jahrzehnte lang verschwiegen hatten. Menschen aus Behörden, die glaubten, mit ihrer Macht über jedes Schicksal bestimmen zu können. Familien unter dem Vorwand des guten Willens über ihre Vorfahren im Unklaren zu lassen. Niemand, der nicht selbst erfahren hat, was es bedeutet, wenn einem der eigene Ursprung vorenthalten wird, wird verstehen können, welche Gedanken dies auslöst.
Der »Moment der Auslösung« ist kaum in Worte zu fassen. Von einem Moment auf den anderen war ich meinem Großvater, den ich lediglich aus Dokumentarfilmen kannte, so nahe. Mir war sofort klar, dass ich etwas tun musste. Ich konnte nicht zulassen, dass sie ihn mir genommen hatten. Meinen Großvater. Einen Menschen, der zeit seines Lebens für die Gerechtigkeit gekämpft hatte.
Heute weiß ich, dass es nur die Angst war, die sie angetrieben hat, so lange zu schweigen. Die Angst, dass ich oder meine Mutter eines Tages meinem Großvater nacheifere. Sie haben versucht, es abzuwenden, und genau dadurch erreicht, dass es so gekommen ist. Ich würde gerne lachen, weil es so absurd klingt, aber ich kann es nicht. Noch dazu, dass meine Mutter überhaupt nur durch Zufall erfahren hat, wer ihr Vater war.

Andresen blickte starr auf die handgeschriebenen Worte. Noch immer war er fassungslos und ratlos zugleich. Ein überzeugendes Motiv ließ sich aus den Formulierungen Strellers einfach nicht ableiten. Baaders Hass gegen das Staatssystem schien sich in dem Augenblick, als Streller erfahren hatte, wer er war und wie lange man seiner Familie die Wahrheit verschwiegen hatte, auf ihn übertragen zu haben. Jedoch ohne dass er dabei die antikapitalistische Ideologie seines Großvaters verinnerlicht hatte.

Über die Zeit, in der Streller Bela Blank kennengelernt hatte, fanden sich nicht viele Sätze in dem Brief. Auffallend und für Andresen überraschend war jedoch, dass Streller Blank offenbar nicht sonderlich gemocht hatte. Er beschrieb ihn als aggressiven Choleriker, der die Gruppe unterdrückt hatte, um die RAF 4.0 nach seinen Vorstellungen aufzubauen. Und obwohl Streller Blank grundsätzlich als ungeeignet empfand, die Gruppierung zu führen, war er ihm mehr oder weniger stillschweigend gefolgt.

Aus dem Brief ging ebenfalls nicht hervor, weshalb ausgerechnet der amerikanische Außenminister Ziel der Anschlagspläne gewesen war. Es gab keine genaue Erklärung, warum sie das G7-Treffen zum Anlass genommen hatten, weshalb sie Nikolaus Wieckhorst entführt und umgebracht hatten. Und warum sie zugleich die Bank überfallen und auf brutale Weise den Bankdirektor und eine junge Frau getötet hatten.

Aber vielleicht gab es auf diese Fragen auch nur eine Antwort: dass diese zwei Tage im April die passende Gelegenheit gewesen waren, die größtmögliche Aufmerksamkeit für die neue RAF zu erlangen. Die Personen, auf die sie es abgesehen hatten, passten genau in das Schema, dem auch die Terroristen der ersten drei Generationen der RAF gefolgt waren: ein erfolgreicher Unternehmer, ein Bankdirektor und einer der wichtigsten Politiker der Welt. Blank und Streller hatten dort weitergemacht, wo Baader, Meinhof und Ensslin vor fünfundvierzig Jahren angefangen und die dritte Generation 1998 aufgehört hatte.

Andresen sah hoch. Er ließ beide Briefumschläge in seinen

Schoß fallen und nickte dem Pfleger zu, der gerade einige Meter entfernt seine Zigarette in dem großen sandbefüllten Aschenbecher vor dem Eingang des Uniklinikums ausdrückte. Er atmete tief ein und aus. Die frische Luft wirkte befreiend. Plötzlich hatte er das Gefühl, endlich bereit zu sein für das, was ihm bevorstand.

»Zurück ins Zimmer?«, fragte der junge Mann. Er umfasste die Griffe des Rollstuhls, in dem Andresen saß, und begann zu schieben.

»Nein«, antwortete Andresen mit fester Stimme. »Bringen Sie mich bitte ins ZIP.«

»In die Psychiatrie?«

Andresen nickte, als müsse er sich selbst davon überzeugen, dass es richtig war, was er tat. Schließlich graute ihm davor, Wiebke nach allem, was passiert war, gegenüberzutreten. Aber er musste sie sehen. Noch ein letztes Mal. Um zu erfahren, wer denn nun wirklich die Wahrheit gesagt hatte. Und um endgültig mit den vergangenen sieben Jahren abschließen zu können.

Jobst Schlennstedt
TÖDLICHE STIMMEN
Broschur, 208 Seiten
ISBN 978-3-89705-561-2

»Eine psychologisch ausgefeilte Geschichte.« Radio ZuSa

»›Tödliche Stimmen‹ ist ein Krimi, der diese Bezeichnung verdient.« Lübecker Nachrichten

Jobst Schlennstedt
DER TEUFEL VON ST. MARIEN
Broschur, 208 Seiten
ISBN 978-3-89705-624-4

»Viel Spannung, aber auch Anregung, sich mit einigen der hier angesprochenen Konflikte vielleicht einmal näher zu befassen.«
NDR 1, Niedersachsen

»Macht unbedingt Lust auf mehr.« Lesen

www.emons-verlag.de

Jobst Schlennstedt
MÖWENJAGD
Broschur, 224 Seiten
ISBN 978-3-89705-825-5

»Jobst Schlennstedt entwickelt komplexe Handlungsstränge und wartet am Ende nicht mit Patentlösungen auf. Es bleibt kompliziert, und das macht seine Romane so lesenswert.« Radio ZuSa

»Eine spannende Geschichte mit glaubwürdigen Charakteren.«
Ultimo-Stadtzeitung, Lübeck

Jobst Schlennstedt
TRAVEBLUT
Broschur, 208 Seiten
ISBN 978-3-89705-918-4

»Es wimmelt voller bekannter Lübecker Ecken. Und genau das lieben die Leser.« NDR 1, Welle Nord

Jobst Schlennstedt
KÜSTENBLUES
Broschur, 208 Seiten
ISBN 978-3-95451-110-5

»Fans von Regionalkrimis kommen voll auf ihre Kosten. Das überraschende Finale einer komplexen Geschichte, Schlennstedts Leser müssen mitdenken. Mit einer großen Portion norddeutschem Küstenflair.« NDR

»Dass der Autor in Lübeck zu Hause ist, merkt man dem sorgfältig recherchierten Roman an. Dieser fünfte Krimi um Kommissar Birger Andresen ist wieder sehr spannend und das Ende überraschend. Lesen!« Lübecker Nachrichten

Jobst Schlennstedt
TODESBUCHT
Broschur, 224 Seiten
ISBN 978-3-95451-299-7

»Jobst Schlennstedt hat sich mit Regionalkrimis einen Namen gemacht – und die Lektüre lohnt sich.« Lübecker Nachrichten

Jobst Schlennstedt
SPUR ÜBERS MEER
Broschur, 224 Seiten
ISBN 978-3-95451-450-2

Als eine siebzehnjährige Lübecker Schülerin verschwindet, wendet sich ihre verzweifelte Mutter an Privatermittler Simon Winter. Die Spur führt ihn in den Filz der schleswig-holsteinischen Landespolitik. Doch erst als im dänischen Rødby ein Fahrzeug mit einem weiteren verschleppten Mädchen entdeckt wird, ahnt Winter, welche Dimension der Fall tatsächlich hat.

Jobst Schlennstedt
KÜSTE DER LÜGEN
Broschur, 224 Seiten
ISBN 978-3-95451-534-9

»Wie Jobst Schlennstedt den Fall auflöst: Hut ab, das ist sehr spannend! So geht Thriller, bitte mehr davon!« Lübecker Nachrichten

www.emons-verlag.de

Jobst Schlennstedt
WESTFALENBRÄU
Broschur, 224 Seiten
ISBN 978-3-89705-768-5

»Jobst Schlennstedt hat einen spannenden Regionalkrimi geschrieben, der auch von der Charakterisierung der Figuren lebt.«
Westfalen-Blatt

Jobst Schlennstedt
DORFSCHWEIGEN
Broschur, 208 Seiten
ISBN 978-3-89705-996-2

»Wer ›Dorfschweigen‹ angefangen hat zu lesen, folgt dem Kommissar gerne in seiner Aufklärungsarbeit.« Westfalen-Blatt

www.emons-verlag.de

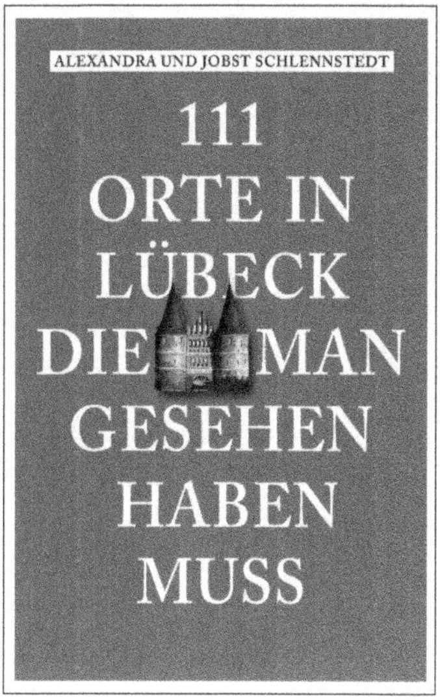

Alexandra Schlennstedt,
Jobst Schlennstedt

111 ORTE IN LÜBECK,
DIE MAN GESEHEN HABEN MUSS

Broschur, 240 Seiten
ISBN 978-3-95451-564-6

Holstentor, Marzipan, Hanse, sieben Türme und Ostseestrand – klar, das ist Lübeck. Zöllnerhaus, Schellbruch und Industriemuseum? Auch das ist die Hansestadt. Von Buntekuh bis Travemünde gibt es in diesem Buch 111 spezielle Orte zu entdecken. Von den engen Gassen des Weltkulturerbes über ausgedehnte Naturschutzgebiete bis zum Meer zeigt dieser Entdeckungsführer die vielfältigen Facetten Lübecks.

www.emons-verlag.de